LA

CHARTREUSE DE PARME

TOME PREMIER

TIRAGE UNIQUE A 500 EXEMPLAIRES

Nᵒˢ 1 à 150 — 150 sur Japon extra, format in-8° raisin.
      151 à 500 — 350 sur vélin à la cuve, format in-8° cavalier.

Exemplaire offert

à M

pour le Dépot

Borguet

Le texte a été imprimé par A. LAHURE
et les gravures par C. CHARDON.

V. Foulquier inv sculp

LA
CHARTREUSE DE PARME

PAR

M. DE STENDHAL

(HENRI BEYLE)

Réimpression textuelle de l'édition originale

ILLUSTRÉE DE 32 EAUX-FORTES

Par V. FOULQUIER

PRÉFACE DE FRANCISQUE SARCEY

—

TOME PREMIER

—

PARIS

LIBRAIRIE L. CONQUET

5, RUE DROUOT, 5

—

1883

PRÉFACE

C'est en 1842 que mourut l'auteur de *la Chartreuse de Parme* et de vingt-cinq autres volumes dont quelques-uns étaient de premier ordre; et le lendemain il ne fut pas plus question de lui dans le monde que s'il n'avait jamais existé. Il n'avait pas fait grand bruit de son vivant, n'étant estimé et goûté que d'un petit nombre de lettrés et de délicats; il sembla que la mort l'eût pris tout entier; qu'il se fût enfoncé dans l'oubli comme ces vaisseaux qui sombrent en pleine mer, et dont on dit qu'ils ont péri corps et biens.

Le silence se fit sur ses ouvrages aussi bien que sur sa tombe. Le grand public ne les avait pas lus; ses amis mêmes parurent les oublier. Il fut rayé de la mémoire des hommes. Le fait paraîtra sans doute extraordinaire aux jeunes gens qui me lisent en 1883. Veulent-ils une preuve bien singulière de ce que j'avance?

En quarante-huit, j'entrai à l'École normale. Nous nous trouvions là une soixantaine de jeunes gens, qui avions tous la passion des lettres, qui dévorions pêle-mêle, avec ce robuste et impartial appétit de la jeunesse, et les chefs-d'œuvre de l'antiquité, et les productions contemporaines; qui nous piquions d'être au courant de tout ce qui s'écrivait en France, prose ou vers, et ne nous faisions pas faute d'en dire notre avis. Eh bien! aucun de nous, — entendez bien cela! — aucun de nous ne connaissait Stendhal, même de nom; ou si son nom était par hasard tombé sous nos yeux, il n'avait point frappé notre esprit, car il ne nous rappelait aucun livre qui eût jamais fixé notre attention.

Ce petit fait, dont je garantis l'authenticité, montre bien l'épaisseur de la nuit qui s'était faite autour de Stendhal. Il avait été servi par delà ses souhaits : « Je ne tiens, avait-il souvent répété, je ne tiens à être lu qu'en 1880. C'est seu-

lement en 1880 que l'on commencera à me comprendre. » Ses contemporains l'avaient pris au
mot, et plus peut-être qu'il n'eût désiré. Quand
la Chartreuse de Parme parut pour la première
fois en 1839, il s'en vendit une centaine d'exemplaires, grâce à Balzac, qui en fit un éloge splendide dans sa revue. Le reste de l'édition demeura
chez l'éditeur ou s'éparpilla sur les quais.

C'est dans une boîte à vingt sous, qu'en 1849
je trouvai *la Chartreuse de Parme*, et l'achetai
sans penser à mal. L'ouvrage nous avait été si-
gnalé par un de nos professeurs, M. Jacquinet,
grand admirateur de Mérimée, et j'en avais gardé
le titre dans ma mémoire.

Je ne puis encore aujourd'hui, après tant d'années, me rappeler sans une sorte de plaisir ré-
trospectif la folie d'enthousiasme qui nous saisit,
mes camarades et moi, à la lecture de ce livre.
Nous nous prîmes d'une passion, qui m'est aujour-
d'hui inconcevable, pour les héros de Stendhal et
pour Stendhal lui-même. Nous achetâmes tous ses
ouvrages les uns après les autres, et ce n'est pas
assez dire que nous les lûmes, nous les dévo-
râmes; Balzac était notre Dieu; nous fîmes dans
la chapelle qui lui était réservée une niche à côté
de lui pour Stendhal.

Tout nous plaisait chez lui : son amour du

petit fait, simple, nu et probant; son style sec et précis; son goût de psychologie exacte et minutieuse; son horreur des généralités vagues et de la phrase flottante; son mépris des vérités convenues et sa façon ironique d'en parler; il n'y avait pas jusqu'aux obscurités calculées dont il enveloppe parfois sa pensée, jusqu'aux réticences derrière lesquelles il la dérobe, qui ne nous charmassent. Nous lui pardonnions tout; ou plutôt nous n'avions rien à lui pardonner : nous l'aimions pour ses défauts tout autant que pour ses qualités; ses défauts étaient une séduction de plus. Jamais il ne se vit pareil engouement.

Je puis bien dire que j'ai lu plus de vingt fois en ma jeunesse et *la Chartreuse de Parme*, et *le Rouge et le Noir*, et *l'Amour*, et *les Chroniques italiennes*, et qu'à chaque fois j'y trouvais de nouvelles raisons d'admirer; j'étais, ou pour mieux parler, nous étions victimes de ce phénomène, qu'il a si joliment décrit au début de son livre de *l'Amour*, et qu'il appelle la *cristallisation*. Nous avons, la chose est positive, cristallisé pour Stendhal, et cela n'a pas duré qu'un jour.

Au sortir de l'école, nous nous sommes répandus dans le monde. Quelques-uns de nous sont arrivés d'un train plus ou moins rapide à la célébrité; nous avons tous travaillé à propager les

livres et le nom de notre auteur bien-aimé. Taine
a été l'un des ouvriers les plus actifs de cette réha-
bilitation. C'est lui qui a le premier imprimé cette
phrase devenue célèbre : *Stendhal qui fut le plus
grand psychologue des temps modernes*, et comme
si ce n'était pas déjà un assez bel éloge, il ajouta
en note au bas de la page : *et peut-être de tous les
temps;* About, Weiss, Yung et bien d'autres s'atte-
lèrent à cette renommée. Je ne parle pas de moi :
il me serait impossible de compter le nombre de
personnes que je forçai, en quelque sorte, à lire
le Rouge et le Noir et *la Chartreuse de Parme*.
Je m'en allais partout, comme saint Paul, ré-
pandant la bonne nouvelle d'un homme de génie
retrouvé.

Je me souviens que plus tard, quand j'eus
l'honneur de connaître Sainte-Beuve et de causer
avec lui, il ne me parla pas sans quelque impatience de ce coup de fouet donné à la réputation
d'un écrivain qu'il n'aimait que médiocrement.

Comme je l'avais mis sur le compte de Stendhal :

— Oh! me dit-il, je sais bien; vous êtes de
l'École normale; c'est de la rue d'Ulm qu'a commencé de souffler le vent qui apportait le nom
de Stendhal au grand public. Si vous l'aviez
connu, comme moi!...

Sainte-Beuve se trompait ici, je crois; et je pris la respectueuse liberté de le lui dire. Nous avions sans doute contribué dans une certaine mesure à hâter le jour où Stendhal devait entrer en communication avec la foule, qui l'avait trop longtemps ignoré. Mais la chose se serait faite sans nous, tout aussi bien et le plus naturellement du monde.

Stendhal avait comme une obscure intuition de la vérité, quand il disait de lui : Je ne serai lu et compris qu'en 1880. Il n'écrivait pas pour la génération, qui se pâmait aux magnifiques amplifications de Chateaubriand, qui écoutait avec transport les tirades emphatiques de Cousin ou les ingénieux développements de Villemain, qui se plaisait à cette phraséologie sentimentale, creuse et sonore, que les disciples de Jean-Jacques avaient mise à la mode. Il s'adressait à un autre genre d'esprits, dont il prévoyait l'éclosion prochaine, qui aimeraient le fait pour le fait, parce qu'il est, comme nous disons aujourd'hui, un document humain; qui ne demanderaient au peintre des passions humaines que des détails vrais, exactement pris sur nature, sans aucun arrangement de style.

L'école naturaliste n'était point née, quand Stendhal entra enfin dans la célébrité. Mais déjà elle s'agitait sourdement dans tous les ordres de

la pensée et de l'art. M. Émile Zola n'a fait que
résumer en un corps de doctrine un ensemble
de tendances éparses dans la littérature de son
temps; il leur a donné un nom; il en a été le
parrain plus encore que le père.

Notre génération et celle qui suivit reconnurent
Stendhal pour un aïeul, ou plutôt pour un pré-
curseur; et sa gloire n'en jaillit qu'avec plus de
force pour avoir subi longtemps une dure com-
pression. Les réactions sont toujours violentes.
Il y avait dans les éloges dont nous l'accablions
comme un secret plaisir à le venger du dédain
qu'il avait souffert, — que dis-je? — qu'il avait
provoqué, cherché! Nous lui savions un gré infini
d'avoir fui la renommée avec autant de soin que
d'autres courent après et la gueusent. Nous savions
que le lendemain du jour où il paraissait un volume de lui, il prenait la poste et se sauvait à
deux cents lieues pour n'en pas entendre parler,
que jamais il n'avait quémandé chez les journa-
listes des articles à sa louange, et que pour dépister même les admirations banales, il signait
ses ouvrages de noms bizarres, Cotonnet, Durand,
Fabrice, afin de se donner la joie exquise d'être
deviné par une demi-douzaine d'amateurs. Nous
nous sommes aperçus depuis qu'il y avait bien
de la pose dans cette fierté farouche; que cet

amant du simple et du vrai était un homme terriblement compliqué, qui joignait à une timidité ina-
vouée, et dont il enrageait, un orgueil tout plein
de petitesses. Mais en ce temps-là nous ne com-
prenions rien à ces mystères subtils de vanité
souffrante ; nous attribuions à une noble indépendance de caractère, à un superbe mépris de la
popularité bête les calculs d'un amour-propre
raffiné qui se tourmente lui-même. Il n'y a pas
à dire : *nous cristallisions.*

Ajoutez qu'il y avait dans son talent comme
dans la conduite de sa vie un je ne sais quoi
d'énigmatique qui irritait encore notre curiosité.
Balzac est un colosse tout en dehors : on le voit
tout entier et on le mesure d'un coup d'œil. Le
génie de Stendhal ressemblait à une de ces boîtes
du Japon, extraordinairement compliquées, qu'il
faut démonter morceau par morceau pour découvrir la figurine qui s'y cache ; et encore s'aper-
çoit-on, quand l'opération est terminée, qu'on a
oublié quelque tiroir secret, qui ne s'ouvre que
par la pression d'un ressort invisible. Ce mystère
même piquait notre admiration. Nous étions bien
aises de nous prouver à nous-mêmes notre sagacité, en ne laissant aucun coin inexploré. Moi,
qui vous parle, vous me croirez si vous voulez,
de vingt à trente ans, j'avais compris d'un bout

à l'autre le livre de *l'Amour* ; j'en avais sondé
les obscurités les plus impénétrables ; je me les
étais expliquées ; les théories les plus absconses
de Stendhal n'avaient plus de secret pour moi.
Je goûtais la joie pleine et parfaite des initiés,
qui est, comme on sait, d'être en communication
intime avec Dieu. Plus tard, je relus *l'Amour*,
qui était sorti de ma mémoire. J'avais sans doute
perdu ma clef dans l'intervalle ; il y eut nombre
de pages où je n'entrai plus. Je les trouvai peu
claires, et il faut bien avouer qu'elles l'étaient.

Tous les hommes de ma génération ont connu,
comme moi, ces oscillations de goût, dont je
conte aujourd'hui l'histoire. Nous avons trouvé
Stendhal inconnu, méprisé presque ; nous nous
sommes pris pour lui d'un enthousiasme sans
bornes ; nous l'avons bombardé grand homme, sans
dire gare ; nous avons crié son nom à tous les échos
de la popularité ; nous avons imposé l'admiration
de ses ouvrages au grand public, qui les a achetés
avec plus d'empressement qu'il ne les a lus. Cette
première ferveur est tombée peu à peu. Nous
avons eu le temps, depuis 1850, de recouvrer
notre sang-froid et de reprendre notre équilibre.
Quand il nous arrive à présent de relire une des
œuvres de Stendhal qui ont passionné notre
jeunesse, nous éprouvons ce mélange d'atten-

drissement et d'inquiétude que l'on sent quand
on se retrouve en présence d'une ancienne maîtresse que l'on a beaucoup aimée autrefois, et depuis longtemps perdue de vue. On ne saurait la
regarder sans émotion, car chacun des traits de
son visage rappelle le souvenir des illusions premières, et rien de plus délicieux que cette loin-
taine image; mais on est averti en même temps,
par une foule de signes qui éclatent aux yeux, des
imperfections que l'on n'avait pas aperçues alors
et que l'âge a encore accentuées.

C'est cette épreuve que je viens de faire subir
à *la Chartreuse de Parme*, sur l'invitation de
M. Conquet, qui m'avait prié d'écrire une préface
pour cette édition.

Qui eût dit à Stendhal, il y a quarante ans,
qu'un jour viendrait où son œuvre de prédi-
lection serait choisie par un éditeur, ami des
beaux livres, pour être relevée de toutes les séduc-
tions de la typographie, pour être enrichie de
toutes les lumières et de toutes les grâces que
l'art du dessin ajoute au texte, pour être offerte,
comme une perle rare dans un magnifique écrin,
à un public d'amateurs triés sur le volet? J'imagine que s'il pouvait revenir au monde et s'admirer sous ce vêtement somptueux, il sentirait
quelque chose de cette orgueilleuse satisfaction

dont il fut si délicieusement chatouillé, quand Balzac, de sa robuste main, lui renversa sur la tête une énorme charretée d'éloges.

C'était justement à propos de cette *Chartreuse de Parme* dont nous allons nous entretenir ensemble.

Balzac ne trouve qu'une critique à faire : c'est que le roman ne se tient pas ; il ne forme pas un tout organisé et vivant. C'est une biographie plutôt qu'un roman : l'auteur prend son héros à l'époque même où il est né, et même quelque peu auparavant, il conte ingénument les accidents de sa vie, sans trop s'inquiéter de les relier les uns aux autres ; il imite en cela les procédés de la nature, qui ne se met en peine ni de logique ni d'art ; mais le romancier n'est-il qu'un simple annaliste? Son seul but doit-il être de suivre le courant des faits, et d'aller là où ils le portent, sans se marquer par avance un but à atteindre? Balzac, et après lui Zola, montrent doctement qu'il y a trois romans superposés dans ce roman, et que le dernier même n'est pas terminé. Stendhal l'arrête à peine commencé, et met un point final.

Ces observations sont justes et elles ne le sont pas ; elles sont justes sans l'être. L'idée première de Stendhal a été de peindre les mœurs de l'Italie à un moment donné de son histoire. Il lui fallait un héros qui traversât des milieux différents et touchât aux plus hautes comme aux plus basses conditions de la hiérarchie sociale. Il a inventé un Fabrice, comme Lesage a imaginé un Gil Blas. Fabrice, qui a l'air d'être le principal personnage de *la Chartreuse de Parme*, n'est à vrai dire qu'un passe-partout, un porte-paroles, un homme de paille, d'un caractère moyen et neutre, sans grandes vertus ni vices bien tranchés, qui soulève autour de lui, à mesure qu'il avance dans la vie, toute une poussière de faits, de ces faits que Stendhal avait coutume d'appeler des faits probants, parce qu'ils révèlent un caractère, une situation, un état social. Il ne faut donc point chercher dans *la Chartreuse de Parme* un roman bien composé, où Fabrice, figure prédominante, ramène autour de lui tous les éléments d'une seule et même action. Laissez-vous aller au récit des événements qui portent Fabrice, et vous aurez le plaisir de connaître l'Italie, telle que l'a vue ou se l'est figurée Stendhal, qui l'a connue, aimée et pratiquée durant la meilleure part de sa vie.

Aussi ne puis-je me ranger à l'avis de M. Émile Zola, qui trouve trop longue et inutile toute la première partie de *la Chartreuse de Parme*. Elle m'avait enchanté autrefois; le charme ne s'en est

point affaibli pour moi, et j'ai encore lu avec ravissement ces pages exquises. On voit là une peinture exacte et animée tout à la fois de ce que furent
les joies, les tristesses, les espérances, les façons
de vivre et d'être heureux de l'Italie du Nord,
depuis 1796, époque de la première campagne
d'Italie, jusqu'en 1813, année où prirent fin les
beaux jours de la cour du prince Eugène.

C'est un tableau merveilleux, d'un trait étonnam-
ment précis et d'une couleur bien vive : Stendhal
peignait là ce qu'il avait vu de ses yeux, et il n'y
en eut jamais de plus perçants. On sent dans tous
ces chapitres une note personnelle qui leur donne
une saveur toute particulière.

C'est là que se trouve ce fameux récit de la bataille de Waterloo, qui est resté un modèle de
narration; on l'a refait vingt fois, sans jamais
égaler la première épreuve. Vous verrez en le
lisant que Fabrice assista à la bataille de Waterloo,
sans savoir si c'est réellement une bataille dont il
a été témoin, et si vraiment on peut dire qu'il
s'est battu. Admettons, si l'on veut et pour faire
plaisir à M. Émile Zola, que ces trente pages soient
un hors-d'œuvre; mais ce serait alors le cas de
s'écrier : *Felix culpa!* car ce hors-d'œuvre est un
pur chef-d'œuvre. Je ne serais pas étonné que de
tout le roman ce ne fussent ces premiers chapitres

d'exposition qui vous plairont le mieux. Ils vous
donneront, je crois, un plaisir sans mélange,
et m'ont rendu à moi les fraîches impressions de
ma jeunesse.

Ils ne sont pas aussi étrangers qu'on a bien
voulu le dire à l'action qui va suivre; car nous
y apprenons à nous familiariser avec les divers
mondes qui s'agitaient à cette époque de réaction folle (1816) en Italie; et nous y faisons la
connaissance de quelques-uns des personnages qui
vont emplir le drame futur, et surtout de cette
charmante duchesse Sanseverina, dont nous avons
tous été amoureux fous en notre jeunesse, et que
j'ai encore trouvée bien aimable, lors de ma dernière visite, à cinquante ans passés.

Ah! que j'en veux à M. Émile Zola de la mauvaise humeur qu'il témoigne à cette pauvre Gina!
Il lui reproche ses amants et son indifférence à
les prendre comme à les quitter. Mais Gina ne
serait pas de son pays si elle n'avait point d'amants;
une fois avec le comte Mosca, elle ne lui fait plus
que les infidélités qui lui sont commandées par
d'impérieuses nécessités de salut, et elle les lui
avoue si ingénument! Elle aime peut-être un peu
plus qu'il ne faudrait son beau neveu Fabrice;
mais elle se souvient toujours qu'elle pourrait être
sa mère. Elle fait assassiner le prince de Parme;

mais c'est de si bonne grâce! elle a si peu de scrupules et elle croit de si ferme propos que la passion excuse tout et qu'une jolie femme a tous les droits quand son cœur est en jeu! Ces crimes ne sont que gentillesses pour elle, et nous lui donnons raison avec l'auteur. Il l'a faite si séduisante! une âme toujours maîtresse d'elle-même, un cœur extraordinairement tendre, un esprit libre de tout préjugé, et avec cela si vive, si naturelle en tous ses emportements, si chatte et si lionne! M. Émile Zola aura beau dire; j'en raffole.

Il n'est guère mieux porté pour son amant, le comte Mosca, à qui il en veut de n'être pas le grand diplomate qu'y a vu Balzac, qui avait cru que Stendhal avait sous les traits du comte Mosca voulu peindre le célèbre Metternich. Eh! mais, Stendhal n'a jamais dit que le comte Mosca fût un grand homme, ni en paix ni en guerre. Il nous le donne pour un ministre d'infiniment d'esprit, très capable en affaires, mais ne trouvant pas dans cette cour minuscule du roi de Parme matière à exercer ses hautes facultés.

C'est un spectacle bien amusant de voir ce diplomate, qui a le génie de l'homme d'État et du courtisan, manœuvrer à travers toutes les intrigues de cette cour de Parme et s'en démêler avec une adresse prodigieuse, malgré les coups de tête de Gina, qui de temps à autre se jette à la traverse et piétine ses toiles d'araignée.

Toute cette peinture d'une petite cour dans un gouvernement despotique est une merveille d'invention et d'ingéniosité. Songez qu'il a fallu créer tous les personnages épisodiques qui se meuvent sur cet étroit théâtre, comme des vibrions dans la goutte d'eau où ils se poursuivent et se dévorent. Tous sont enlevés de main de maître, et le prince Ranuce, ce faux Louis XIV, avec ses terreurs, ses rages, ses cruautés et son fonds irrémédiable de vanité sotte; et le fiscal Rassi, ce polichinelle terrible qui tend le dos aux coups de pied et prononce les condamnations à mort en faisant des lazzi; et le jeune prince héritier avec ses timidités rougissantes et ses sournoises rancunes; et la pauvre princesse Isola, confinée dans son orgueil de princesse du sang comme une sainte en sa châsse; et le bon archevêque, un roturier à genoux devant la noblesse, mais retrouvant quand il le faut, dans les grandes circonstances, l'énergie de l'homme de Dieu, qu'il enveloppe et ouate de finesses italiennes; et cet imbécile de Conti, le gouverneur de la citadelle; et cette perverse comtesse Raversi; et toute la clique bourdonnante des courtisans. Et j'allais oublier cette figure si vivante, si curieuse, de

Ferrante Palla, le tribun sauvage amoureux des belles mains blanches, un personnage de fantaisie sans doute, un personnage à la Walter Scott; mais comme il saisit l'imagination!

Quelle admirable galerie d'originaux! En deux traits, Stendhal a donné à chacun d'eux une physionomie si particulière et les a peints si vivants, si criants de ressemblance, qu'on croit les reconnaître, et qu'ils laissent dans l'esprit un souvenir inoubliable.

Et quand je me sers du mot de *galerie*, j'ai tort. Une galerie suppose des portraits rangés le long de la muraille et qu'on regarde l'un après l'autre. Tous ces personnages s'agitent à la fois et se mêlent à une des actions les plus compliquées à la fois et les plus claires qu'un romancier ait jamais imaginées.

Ici nous pouvons répéter avec Balzac « qu'il a fallu du génie pour créer les incidents, les événements, les trames innombrables et renaissantes au milieu desquelles se déploie le caractère du comte de Mosca. Quand on voit, s'écrie-t-il, que l'auteur a tout inventé, tout brouillé et tout débrouillé, comme les choses se brouillent et se débrouillent dans une cour, l'esprit le plus intrépide, et à qui les conceptions du roman sont le plus familières, reste étourdi, stupide, devant un tel travail. »

Je tiens l'éloge pour juste.

On pourra objecter que l'Italie de Stendhal est par endroits une Italie de fantaisie; qu'il s'est amusé à attribuer aux Italiens de 1815 quelques-unes des formes de passions et des tours de pensées qui étaient familiers aux contemporains de Benvenuto Cellini. Il y a du vrai dans cette remarque; mais Stendhal n'en aura pas moins eu le mérite, nous transportant dans un autre milieu, de donner aux événements comme aux personnages une saveur exotique. Dans quelle Italie sommes-nous? on peut discuter sur ce point. Ce qu'il y a de certain, c'est que nous ne sommes plus en France, mais bien en Italie, dans cette Italie où la grosse affaire est d'aimer et de jouir de la vie, en se moquant du qu'en-dira-t-on.

Il m'a toujours paru que cette admirable partie du récit plaisait moins aux femmes qu'aux hommes. Peut-être les personnages y sont-ils trop nombreux, les événements trop touffus, et il faut, pour se reconnaître dans ce fouillis d'intrigues, une extraordinaire contention d'esprit dont les lectrices de roman sont d'ordinaire peu capables.

Un autre défaut, si tant est que ce soit là un défaut, peut encore les inquiéter et gâter leur plaisir. Stendhal est un psychologue; il aime à démêler les secrets ressorts de nos actions, à démonter en quelque sorte l'âme de ses héros, pour voir le jeu de chaque rouage. Il semble qu'il ait inoculé cette passion à ses personnages; tous se regardent, s'examinent, se scrutent, et, pour me servir d'une jolie comparaison de M. Émile Zola, ils s'écoutent penser, comme un enfant qui met son oreille à une montre. De là des monologues, qui sont fréquents et interminables. Ils nous plaisent à nous que l'éducation universitaire a rompus aux subtilités de l'analyse la plus poussée et la plus délicate; à nous qui lisons avec un plaisir toujours nouveau tous les moralistes, La-Rochefoucauld, La Bruyère, Joubert, et tant d'autres qui sont en quelque sorte les chimistes du cœur humain. Toute cette chimie ne plaît qu'à demi aux femmes.

Elles prendront leur revanche en lisant les derniers chapitres de *la Chartreuse de Parme*, qui devient un vrai roman d'aventure.

Qui ne sait l'histoire de Fabrice en prison, oubliant d'être malheureux pour causer d'amour avec la belle Clélia Conti, à travers le grillage d'une fenêtre! Qui ne se rappelle cet admirable récit d'évasion, qui peut pour l'intérêt poignant de la scène être mis à côté de celui de *Monte Christo* ou des *Mémoires de Casanova!*

J'ai relu ces merveilleuses pages avec les mêmes palpitations de cœur qu'au temps jadis. Cela est, je ne l'ignore pas, d'un cru moindre. C'est du roman d'aventure, mais n'est-ce donc rien de tenir durant tout un demi-volume son lecteur haletant de curiosité et d'émotion? Toute cette histoire est peu vraisemblable, je l'avoue; mais celle de *Monte-Christo* chez l'abbé Faria l'est-elle davantage? L'action si complexe et si mêlée, quand nous étions à la cour de Parme, court ici nette et dégagée et, pour ainsi dire, les coudes au corps.

C'est un morceau qu'on ne saurait trop louer.

Peut-être eût-il mieux valu que *la Chartreuse de Parme* se terminât aux scènes qui suivent cette évasion et forment une conclusion au récit. Stendhal, en mariant Clélia Conti à un homme qu'elle déteste et en lui donnant pour amant Fabrice, devenu archevêque, a commencé un nouveau roman, le roman du prêtre éperdument amoureux d'une dévote. Mais il n'a pas traité le sujet, et brusquement il a mis à son ouvrage un point final, en supprimant Clélia qui meurt de chagrin et en renfermant Fabrice pour le reste de ses jours à la Chartreuse de Parme. D'où le titre de l'ouvrage.

La Chartreuse de Parme est donc un livre mal composé; tous les critiques l'avaient remarqué

avant moi, et Balzac lui-même, dans ce panégyrique
à outrance qu'il avait fait de l'œuvre, avait passé
condamnation sur cet article. C'est aussi, hélas!
un livre mal écrit. D'autres se piquent de style;
Stendhal se piquait de n'en point avoir. Il prétendait qu'avant de se mettre à la besogne, il lisait
deux ou trois chapitres du Code pour se donner le
ton. C'était une pose ajoutée à tant d'autres. Le fait
est que Stendhal, comme beaucoup d'honnêtes
gens, avait une conscience obscure de ses défauts
et les avait, à l'aide d'une belle théorie, érigés
en qualités. Il écrivait très vite, au courant de la
plume, ne s'occupant que des choses à dire, sans
se mettre en peine du tour à leur donner. Son
ami Colomb, qui a laissé de lui une biographie très
minutieuse, conte qu'un jour, rassemblant sur sa
table de travail les cahiers épars du manuscrit de *la
Chartreuse de Parme*, il n'en put retrouver un
qui s'était égaré. C'était un cahier de soixante à
quatre-vingts pages. Il ne perdit pas son temps à le
chercher. Il le récrivit à bride abattue. Quand il eut
fini, son ami Colomb, qui fouillait toujours, mit
la main sur le précieux cahier, qui s'était enfoui
sous une liasse de vieux papiers. Stendhal ne voulut
pas même le relire et comparer les deux manuscrits. Il faisait profession de tenir en médiocre
estime la façon d'exprimer ses idées.

Aussi son style est-il le plus souvent sec, composé de petites phrases brèves et incolores. D'autres fois il s'embarque dans des périodes dont il ne peut plus sortir ; il les enchevêtre de *qui* et de *que* d'où l'on ne se démêle pas plus que lui. S'il a besoin dix fois du même mot, il le répète dix fois sans scrupule, et ce n'est presque jamais un mot qui peigne. Il y a pourtant, surtout dans la première partie, de jolies descriptions de paysages ; les vues du lac de Côme et des environs sont charmantes ; mais le trait est toujours chez lui trop précis et trop sec ; la couleur n'y est pas. Stendhal avait plus de sensibilité que d'imagination.

C'est une grosse question de savoir si un livre où le style manque est fait pour durer.

Hippocrate dit : *oui*, et Galien dit : *non*.

Et moi, comme le personnage de Molière, je ne dirais ni oui, ni non. Je sais un livre qui a déjà traversé un siècle et demi et qui est tout simplement d'une bonne langue courante : c'est *Manon Lescaut*. Il est probable que nos arrière-neveux le liront encore et avec grand plaisir. Pourquoi ? C'est que l'abbé Prévost a peint la courtisane dans une courtisane. Il a créé un type. Stendhal a aussi ce suprême honneur d'avoir créé et mis au monde des êtres vivants, qui nous apprennent tout ce que nous pouvons savoir sur toutes les formes de l'amour connues et à connaître.

Cela suffit à sa gloire.

Francisque SARCEY.

LA

CHARTREUSE DE PARME

AVERTISSEMENT

C'est dans l'hiver de 1830 et à trois cents lieues de Paris que cette nouvelle fut écrite; ainsi aucune allusion aux choses de 1839.

Bien des années avant 1830, dans le temps où nos armées parcouraient l'Europe, le hasard me donna un billet de logement pour la maison d'un chanoine : c'était à Padoue, charmante ville d'Italie; le séjour s'étant prolongé, nous devînmes amis.

Repassant à Padoue vers la fin de 1830, je courus à la maison du bon chanoine : il n'était plus, je le savais, mais je voulais revoir le salon où nous avions passé tant de soirées aimables, et, depuis, si souvent regrettées. Je trouvai le neveu du chanoine et la femme de ce neveu qui me reçurent comme un vieil ami. Quelques personnes survinrent, et l'on ne se sépara que fort tard ; le neveu fit venir du café Pedroti un excellent zambajon. Ce qui nous fit veiller surtout, ce fut l'histoire de la duchesse Sanseverina à laquelle quelqu'un fit allusion, et que le neveu voulut bien raconter tout entière, en mon honneur.

— Dans le pays où je vais, dis-je à mes amis, je ne trouverai guère de soirées comme celle-ci, et pour passer les longues heures du soir je ferai une nouvelle de votre histoire.

— En ce cas, dit le neveu, je vais vous donner les annales de mon oncle, qui, à l'article Parme, mentionne quelques-unes des intrigues de cette cour, du temps que la duchesse y faisait la pluie et le beau temps ; mais, prenez garde ! cette histoire n'est rien moins que morale, et maintenant que vous vous piquez de pureté évangélique en France, elle peut vous procurer le renom d'assassin.

Je publie cette nouvelle sans rien changer au manuscrit de 1830, ce qui peut avoir deux inconvénients :

Le premier pour le lecteur : les personnages étant Italiens l'intéresseront peut-être moins, les cœurs de ce pays-là diffèrent assez des cœurs français : les Italiens sont sincères, bonnes gens, et, non effarouchés, disent ce qu'ils pensent; ce n'est que par accès qu'ils ont de la vanité; alors elle devient passion, et prend le nom de *puntiglio*. Enfin la pauvreté n'est pas un ridicule parmi eux.

Le second inconvénient est relatif à l'auteur.

J'avouerai que j'ai eu la hardiesse de laisser aux personnages les aspérités de leurs caractères; mais, en revanche, je le déclare hautement, je déverse le blâme le plus moral sur beaucoup de leurs actions. A quoi bon leur donner la haute moralité et les grâces des caractères français, lesquels aiment l'argent par-dessus tout et ne font guère de péchés par haine ou par amour? Les Italiens de cette nouvelle sont à peu près le contraire. D'ailleurs, il me semble que, toutes les fois qu'on s'avance de deux cents lieues du midi au nord, il y a lieu à un nouveau paysage comme à un nouveau roman. L'aimable nièce du chanoine avait connu et même beaucoup aimé la duchesse Sanseverina, et me prie de ne rien changer à ses aventures, lesquelles sont blâmables.

23 janvier 1839.

I

Le 15 mai 1796, le général Bonaparte fit son entrée dans Milan à la tête de cette jeune armée qui
venait de passer le pont de Lodi, et d'apprendre au
monde qu'après tant de siècles César et Alexandre
avaient un successeur. Les miracles de bravoure
et de génie dont l'Italie fut témoin en quelques
mois réveillèrent un peuple endormi ; huit jours
encore avant l'arrivée des Français, les Milanais
ne voyaient en eux qu'un ramassis de brigands,
habitués à fuir toujours devant les troupes de sa

1

majesté impériale et royale : c'était du moins ce que leur répétait trois fois la semaine un petit journal grand comme la main, imprimé sur du papier sale.

Au moyen âge, les Lombards républicains avaient fait preuve d'une bravoure égale à celle des Français, et ils méritèrent de voir leur ville entièrement rasée par les empereurs d'Allemagne. Depuis qu'ils étaient devenus de *fidèles sujets*, leur grande affaire était d'imprimer des sonnets sur de petits mouchoirs de taffetas rose quand arrivait le mariage d'une jeune fille appartenant à quelque famille noble ou riche. Deux ou trois ans après cette grande époque de sa vie, cette jeune fille prenait un cavalier servant : quelquefois le nom du sigisbée choisi par la famille du mari occupait une place honorable dans le contrat de mariage. Il y avait loin de ces mœurs efféminées aux émotions profondes que donna l'arrivée imprévue de l'armée française. Bientôt surgirent des mœurs nouvelles et passionnées. Un peuple tout entier s'aperçut, le 15 mai 1796, que tout ce qu'il avait respecté jusque-là était souverainement ridicule et quelquefois odieux. Le départ du dernier régiment de l'Autriche marqua la chute des idées anciennes : exposer sa vie devint à la mode; on vit que pour être heureux, après des siècles de sensations affadissantes, il fallait aimer la patrie d'un amour réel et chercher les actions héroïques. On était plongé dans une nuit profonde par la continuation du despotisme jaloux de Charles-Quint et de Philippe II; on renversa leurs statues, et tout à coup l'on se trouva inondé de lumière. Depuis une cinquantaine d'années, et à mesure que l'*Encyclopédie* et Voltaire éclataient en France, les moines criaient au bon peuple de Milan, qu'apprendre à lire ou quelque chose au monde était une peine fort inutile, et qu'en payant bien exactement la dîme à son curé, et lui racontant fidèlement tous ses petits péchés, on était à peu près sûr d'avoir une belle place en paradis. Pour achever d'énerver ce peuple autrefois si terrible et si raisonneur, l'Autriche lui avait vendu à bon marché le privilége de ne point fournir de recrues à son armée.

En 1796, l'armée milanaise se composait de vingt-quatre faquins habillés de rouge, lesquels gardaient la ville de concert avec quatre magnifiques régiments de grenadiers hongrois. La liberté des mœurs était extrême, mais la passion fort rare; d'ailleurs, outre le désagrément de devoir tout raconter au curé, sous peine de ruine même en ce monde, le bon peuple de Milan était encore soumis à certaines petites entraves monarchiques qui ne laissaient pas que d'être vexantes. Par exemple l'archiduc, qui résidait à Milan et gouvernait au nom de l'empereur, son cousin, avait eu l'idée lucrative de faire le commerce des blés. En conséquence, défense aux paysans de vendre leurs grains jusqu'à ce que son Altesse eût rempli ses magasins.

En mai 1796, trois jours après l'entrée des Français, un jeune peintre en miniature, un peu fou, nommé Gros, célèbre depuis, et qui était venu avec l'armée, entendant raconter au grand café des *Servi* (à la mode alors) les exploits de l'archiduc, qui de plus était énorme, prit la liste des glaces imprimée en placard sur une feuille de vilain papier jaune. Sur le revers de la feuille il dessina le gros archiduc; un soldat français lui donnait un coup de baïonnette dans le ventre, et, au lieu de sang, il en sortait une quantité de blé incroyable. La chose nommée plaisanterie ou caricature n'était pas connue en ce pays de despotisme cauteleux. Le dessin laissé par Gros sur la table du café *Servi* parut un miracle descendu du ciel; il fut gravé dans la nuit, et le lendemain on en vendit vingt mille exemplaires.

Le même jour, on affichait l'avis d'une contribution de guerre de six millions, frappée pour les besoins de l'armée française, laquelle, venant de gagner six batailles et de conquérir vingt provinces, manquait seulement de souliers, de pantalons, d'habits et de chapeaux.

La masse de bonheur et de plaisir qui fit irruption en Lombardie avec ces Français si pauvres fut telle que les prêtres seuls et quelques nobles s'aperçurent de la lourdeur de cette contribution de six millions, qui, bientôt, fut suivie de beaucoup d'autres. Ces soldats français riaient et chantaient toute la journée; ils avaient moins de vingt-cinq ans, et leur général en chef, qui en avait vingt-sept, passait pour l'homme le plus âgé de son armée. Cette gaieté, cette jeunesse, cette insouciance, répondaient d'une façon plaisante aux prédications furibondes des moines qui, depuis six mois, annonçaient du haut de la chaire sacrée que les Français étaient des monstres, obligés, sous peine de mort, à tout brûler et à couper la tête à tout le monde. A cet effet, chaque régiment marchait avec la guillotine en tête.

Dans les campagnes l'on voyait sur la porte des chaumières le soldat français occupé à bercer le petit enfant de la maîtresse du logis, et presque chaque soir quelque tambour, jouant du violon, improvisait un bal. Les contredanses se trouvant beaucoup trop savantes et compliquées pour que les soldats, qui d'ailleurs ne les savaient guère, pussent les apprendre aux femmes du pays, c'étaient celles-ci qui montraient aux jeunes Français *la Monférine*, *la Sauteuse*, et autres danses italiennes.

Les officiers avaient été logés, autant que possible, chez les gens riches; ils avaient bon besoin de se refaire. Par exemple, un lieutenant, nommé Robert, eut un billet de logement pour le palais de la marquise del Dongo. Cet officier,

jeune réquisitionnaire assez leste, possédait pour
tout bien, en entrant dans ce palais, un écu de six
francs qu'il venait de recevoir à Plaisance. Après
le passage du pont de Lodi, il prit à un bel officier autrichien tué par un boulet un magnifique
pantalon de nankin tout neuf, et jamais vêtement
ne vint plus à propos. Ses épaulettes d'officier
étaient en laine, et le drap de son habit était
cousu à la doublure des manches pour que les
morceaux tinssent ensemble; mais il y avait une
circonstance plus triste : les semelles de ses souliers étaient en morceaux de chapeau également
pris sur le champ de bataille, au-delà du pont de
Lodi. Ces semelles improvisées tenaient au dessus
des souliers par des ficelles fort visibles, de façon
que lorsque le majordome de la maison se présenta dans la chambre du lieutenant Robert pour
l'inviter à dîner avec madame la marquise, celui-ci
fut plongé dans un mortel embarras. Son volti-
geur et lui passèrent les deux heures qui les sépa-
raient de ce fatal dîner à tâcher de recoudre un
peu l'habit et à teindre en noir avec de l'encre les
malheureuses ficelles des souliers. Enfin le moment terrible arriva. « De la vie je ne fus plus
mal à mon aise, me disait le lieutenant Robert;
ces dames pensaient que j'allais leur faire peur,
et moi j'étais plus tremblant qu'elles. Je regardais
mes souliers et ne savais comment marcher avec
grâce. La marquise del Dongo, ajoutait-il, était

alors dans tout l'éclat de sa beauté : vous l'avez
connue avec ses yeux si beaux et d'une douceur
angélique, et ses jolis cheveux d'un blond foncé
qui dessinaient si bien l'ovale de cette figure charmante. J'avais dans ma chambre une Hérodiade
de Léonard de Vinci, qui semblait son portrait.
Dieu voulut que je fusse tellement saisi de cette
beauté surnaturelle que j'en oubliai mon costume.
Depuis deux ans je ne voyais que des choses laides
et misérables dans les montagnes du pays de
Gênes : j'osai lui adresser quelques mots sur mon
ravissement.

« Mais j'avais trop de sens pour m'arrêter
longtemps dans le genre complimenteur. Tout en
tournant mes phrases, je voyais, dans une salle à
manger toute de marbre, douze laquais et des valets de chambre vêtus avec ce qui me semblait
alors le comble de la magnificence. Figurez-vous
que ces coquins-là avaient non-seulement de bons
souliers, mais encore des boucles d'argent. Je
voyais du coin de l'œil tous ces regards stupides
fixés sur mon habit, et peut-être aussi sur mes
souliers, ce qui me perçait le cœur. J'aurais pu
d'un mot faire peur à tous ces gens; mais comment les mettre à leur place sans courir le risque
d'effaroucher les dames? car la marquise, pour se
donner un peu de courage, comme elle me l'a dit
cent fois depuis, avait envoyé prendre au couvent
où elle était pensionnaire en ce temps-là, Gina

del Dongo, sœur de son mari, qui fut depuis cette charmante comtesse Pietranera : personne dans la prospérité ne la surpassa par la gaieté et l'esprit aimable, comme personne ne la surpassa par le courage et la sérénité d'âme dans la fortune contraire.

» Gina, qui pouvait alors avoir treize ans, mais qui en paraissait dix-huit, vive et franche, comme vous savez, avait tant de peur d'éclater de rire en présence de mon costume, qu'elle n'osait pas manger ; la marquise, au contraire, m'accablait de politesses contraintes ; elle voyait fort bien dans mes yeux des mouvements d'impatience. En un mot, je faisais une sotte figure, je mâchais le mépris, chose qu'on dit impossible à un Français. Enfin une idée descendue du ciel vint m'illuminer : je me mis à raconter à ces dames ma misère, et ce que nous avions souffert depuis deux ans dans les montagnes du pays de Gênes où nous retenaient de vieux généraux imbéciles. Là, disais-je, on nous donnait des assignats qui n'avaient pas cours dans le pays, et trois onces de pain par jour. Je n'avais pas parlé deux minutes, que la bonne marquise avait les larmes aux yeux, et la Gina était devenue sérieuse.

— Quoi, monsieur le lieutenant, me disait celle-ci, trois onces de pain !

— Oui, mademoiselle ; mais en revanche la distribution manquait trois fois la semaine, et comme les paysans chez lesquels nous logions étaient encore plus misérables que nous, nous leur donnions un peu de notre pain.

» En sortant de table, j'offris mon bras à la marquise jusqu'à la porte du salon, puis, revenant rapidement sur mes pas, je donnai au domestique qui m'avait servi à table cet unique écu de six francs sur l'emploi duquel j'avais fait tant de châteaux en Espagne.

» Huit jours après, continuait Robert, quand il fut bien avéré que les Français ne guillotinaient personne, le marquis del Dongo revint de son château de Grianta sur le lac de Côme, où bravement il s'était réfugié à l'approche de l'armée, abandonnant aux hasards de la guerre sa jeune femme si belle et sa sœur. La haine que ce marquis avait pour nous était égale à sa peur, c'est-à-dire incommensurable : sa grosse figure pâle et dévote était amusante à voir quand il me faisait des politesses. Le lendemain de son retour à Milan, je reçus trois aunes de drap et deux cents francs sur la contribution des six millions : je me remplumai, et devins le chevalier de ces dames, car les bals commencèrent. »

L'histoire du lieutenant Robert fut à peu près celle de tous les Français; au lieu de se moquer de la misère de ces braves soldats, on en eut pitié, et on les aima.

Cette époque de bonheur imprévu et d'ivresse

ne dura que deux petites années; la folie avait été
si excessive et si générale, qu'il me serait impossible d'en donner une idée, si ce n'est par cette
réflexion historique et profonde : ce peuple s'ennuyait depuis cent ans.

La volupté naturelle aux pays méridionaux avait
régné jadis à la cour des Visconti et des Sforce,
ces fameux ducs de Milan. Mais depuis l'an 1624,
que les Espagnols s'étaient emparés du Milanais,
et emparés en maîtres taciturnes, soupçonneux,
orgueilleux, et craignant toujours la révolte, la
gaieté s'était enfuie. Les peuples, prenant les
mœurs de leurs maîtres, songeaient plutôt à se
venger de la moindre insulte par un coup de poignard qu'à jouir du moment présent.

La joie folle, la gaieté, la volupté, l'oubli de
tous les sentiments tristes, ou seulement raison-
nables, furent poussés à un tel point, depuis le
15 mai 1796, que les Français entrèrent à Milan,
jusqu'en avril 1799, qu'ils en furent chassés à la
suite de la bataille de Cassano, que l'on a pu citer
de vieux marchands millionnaires, de vieux usu-
riers, de vieux notaires qui, pendant cet intervalle, avaient oublié d'être moroses et de gagner
de l'argent.

Tout au plus eût-il été possible de compter
quelques familles appartenant à la haute noblesse,
qui s'étaient retirées dans leurs palais à la campagne, comme pour bouder contre l'allégresse

générale et l'épanouissement de tous les cœurs.
Il est véritable aussi que ces familles nobles et
riches avaient été distinguées d'une manière fâ-
cheuse dans la répartition des contributions de
guerre demandées pour l'armée française.

Le marquis del Dongo, contrarié de voir tant
de gaieté, avait été un des premiers à regagner
son magnifique château de Grianta, au delà de
Côme, où les dames menèrent le lieutenant Robert. Ce château, situé dans une position peut-
être unique au monde, sur un plateau à cent
cinquante pieds au-dessus de ce lac sublime dont
il domine une grande partie, avait été une place
forte. La famille del Dongo le fit construire au
quinzième siècle, comme le témoignaient de
toutes parts les marbres chargés de ses armes;
on y voyait encore des ponts-levis et des fossés
profonds, à la vérité privés d'eau; mais avec ses
murs de quatre-vingts pieds de haut et de six
pieds d'épaisseur, ce château était à l'abri d'un
coup de main; et c'est pour cela qu'il était cher
au soupçonneux marquis. Entouré de vingt-cinq
ou trente domestiques qu'il supposait dévoués,
apparemment parce qu'il ne leur parlait jamais
que l'injure à la bouche, il était moins tourmenté
par la peur qu'à Milan.

Cette peur n'était pas tout à fait gratuite : il
correspondait fort activement avec un espion placé
par l'Autriche sur la frontière suisse, à trois lieues

de Grianta, pour faire évader les prisonniers faits sur le champ de bataille, ce qui aurait pu être pris au sérieux par les généraux français.

Le marquis avait laissé sa jeune femme à Milan : elle y dirigeait les affaires de la famille, elle était chargée de faire face aux contributions imposées à la *casa del Dongo*, comme on dit dans le pays ; elle cherchait à les faire diminuer, ce qui l'obligeait à voir ceux des nobles qui avaient accepté des fonctions publiques, et même quelques non-nobles fort influents. Il survint un grand événement dans cette famille. Le marquis avait arrangé le mariage de sa jeune sœur Gina avec un personnage fort riche et de la plus haute naissance ; mais il portait de la poudre : à ce titre, Gina le recevait avec des éclats de rire, et bientôt elle fit la folie d'épouser le comte Pietranera. C'était à la vérité un fort bon gentilhomme, très bien fait de sa personne, mais ruiné de père en fils, et, pour comble de disgrâce, partisan fougueux des idées nouvelles. Pietranera était sous-lieutenant dans la légion italienne ; surcroît de désespoir pour le marquis.

Après ces deux années de folie et de bonheur, le Directoire de Paris, se donnant des airs de souverain bien établi, montra une haine mortelle pour tout ce qui n'était pas médiocre. Les généraux ineptes qu'il donna à l'armée d'Italie perdirent une suite de batailles dans ces mêmes plaines de Vérone, témoins deux ans auparavant des prodiges d'Arcole et de Lonato. Les Autrichiens se rapprochèrent de Milan; le lieutenant Robert, devenu chef de bataillon et blessé à la bataille de Cassano, vint loger pour la dernière fois chez son amie la marquise del Dongo. Les adieux furent tristes; Robert partit avec le comte Pietranera, qui suivait les Français dans leur retraite sur Novi. La jeune comtesse, à laquelle son frère refusa de payer sa légitime, suivit l'armée, montée sur une charrette.

Alors commença cette époque de réaction et de retour aux idées anciennes, que les Milanais appellent *i tredici mesi* (*les treize mois*), parce qu'en effet leur bonheur voulut que ce retour à la sottise ne durât que treize mois, jusqu'à Marengo. Tout ce qui était vieux, dévot, morose, reparut à la tête des affaires, et reprit la direction de la société : bientôt les gens restés fidèles aux bonnes doctrines publièrent dans les villages que Napoléon avait été pendu par les Mamelucks en Égypte, comme il le méritait à tant de titres.

Parmi ces hommes qui étaient allés bouder dans leurs terres et qui revenaient altérés de vengeance, le marquis del Dongo se distinguait par sa fureur; son exagération le porta naturellement à la tête du parti. Ces messieurs, fort honnêtes gens quand ils n'avaient pas peur, mais qui tremblaient toujours, parvinrent à circonvenir le général autrichien : assez bon homme, il se laissa persuader que la sévérité était de la haute politique, et fit arrêter cent cinquante patriotes : c'était bien alors ce qu'il y avait de mieux en Italie.

Bientôt on les déporta aux *bouches de Cattaro*, et, jetés dans des grottes souterraines, l'humidité et surtout le manque de pain firent bonne et prompte justice de tous ces coquins.

Le marquis del Dongo eut une grande place, et, comme il joignait une avarice sordide à une foule d'autres belles qualités, il se vanta publiquement de ne pas envoyer un écu à sa sœur, la comtesse Pietranera : toujours folle d'amour, elle ne voulait pas quitter son mari, et mourait de faim en France avec lui. La bonne marquise était désespérée; enfin elle réussit à dérober quelques petits diamants dans son écrin, que son mari lui reprenait tous les soirs pour l'enfermer sous son lit, dans une caisse de fer : la marquise avait apporté 800,000 francs de dot à son mari, et recevait 80 francs par mois pour ses dépenses personnelles. Pendant les treize mois que les Français passèrent hors de Milan, cette femme si timide trouva des prétextes et ne quitta pas le noir.

Nous avouerons que, suivant l'exemple de beaucoup de graves auteurs, nous avons commencé l'histoire de notre héros une année avant sa naissance. Ce personnage essentiel n'est autre, en

effet, que Fabrice Valserra, *marchesino* del Dongo,
comme on dit à Milan[1]. Il venait justement de se
donner la peine de naître lorsque les Français
furent chassés, et se trouvait, par le hasard de la
naissance, le second fils de ce marquis del Dongo
si grand seigneur, et dont vous connaissez déjà
le gros visage blême, le sourire faux et la haine
sans bornes pour les idées nouvelles. Toute la fortune de la maison était substituée au fils aîné Ascanio del Dongo, le digne portrait de son père. Il
avait huit ans, et Fabrice deux, lorsque tout à
coup ce général Bonaparte, que tous les gens bien
nés croyaient pendu depuis longtemps, descendit
du mont Saint-Bernard. Il entra dans Milan : ce
moment est encore unique dans l'histoire; figurez-vous tout un peuple amoureux fou. Peu de
jours après, Napoléon gagna la bataille de Marengo. Le reste est inutile à dire. L'ivresse des
Milanais fut au comble; mais, cette fois, elle était
mélangée d'idées de vengeance : on avait appris
la haine à ce bon peuple. Bientôt l'on vit arriver
ce qui restait des patriotes déportés aux bouches
de Cattaro; leur retour fut célébré par une fête
nationale. Leurs figures pâles, leurs grands yeux
étonnés, leurs membres amaigris, faisaient un
étrange contraste avec la joie qui éclatait de toutes

1. On prononce *markésine*. Dans les usages du pays, empruntés
à l'Allemagne, ce titre se donne à tous les fils de marquis; *contine*
à tous les fils de comte, *contessina* à toutes les filles de comte, etc.

parts. Leur arrivée fut le signal du départ pour les familles les plus compromises. Le marquis del Dongo fut des premiers à s'enfuir à son château de Grianta. Les chefs des grandes familles étaient remplis de haine et de peur; mais leurs femmes, leurs filles, se rappelaient les joies du premier séjour des Français, et regrettaient Milan et les bals si gais, qui aussitôt après Marengo s'organisèrent à la *Casa Tanzi*. Peu de jours après la victoire, le général français, chargé de maintenir la tranquillité dans la Lombardie, s'aperçut que tous les fermiers des nobles, que toutes les vieilles femmes de la campagne, bien loin de songer encore à cette étonnante victoire de Marengo qui avait changé les destinées de l'Italie et reconquis treize places fortes en un jour, n'avaient l'âme occupée que d'une prophétie de saint Giovita, le premier patron de Brescia. Suivant cette parole sacrée, les prospérités des Français et de Napoléon devaient cesser treize semaines juste après Marengo. Ce qui excuse un peu le marquis del Dongo et tous les nobles boudeurs des campagnes, c'est que réellement et sans comédie ils croyaient à la prophétie. Tous ces gens-là n'avaient pas lu quatre volumes en leur vie; ils faisaient ouvertement leurs préparatifs pour rentrer à Milan au bout des treize semaines; mais le temps, en s'écoulant, marquait de nouveaux succès pour la cause de la France. De retour à Paris, Napoléon, par de sages décrets, sauvait la révolution à l'intérieur, comme il l'avait sauvée à Marengo contre les étrangers. Alors les nobles lombards, réfugiés dans leurs châteaux, découvrirent que d'abord ils avaient mal compris la prédiction du saint patron de Brescia : il ne s'agissait pas de treize semaines, mais bien de treize mois. Les treize mois s'écoulèrent, et la prospérité de la France semblait s'augmenter tous les jours.

Nous glissons sur dix années de progrès et de bonheur, de 1800 à 1810; Fabrice passa les premières au château de Grianta, donnant et recevant force coups de poing au milieu des petits paysans du village, et n'apprenant rien, pas même à lire. Plus tard, on l'envoya au collége des jésuites à Milan. Le marquis son père exigea qu'on lui montrât le latin, non point d'après ces vieux auteurs qui parlent toujours de républiques, mais sur un magnifique volume orné de plus de cent gravures, chefs-d'œuvre des artistes du dix-septième siècle; c'était la généalogie latine des Valserra, marquis del Dongo, publiée en 1650 par Fabrice del Dongo, archevêque de Parme. La fortune des Valserra étant surtout militaire, les gravures représentaient force batailles, et toujours on voyait quelque héros de ce nom donnant de grands coups d'épée. Ce livre plaisait fort au jeune Fabrice. Sa mère, qui l'adorait, obtenait de temps en temps la permission de venir le voir à Milan; mais son mari ne lui offrant jamais d'argent pour ces voyages, c'était sa belle-sœur, l'aimable comtesse Pietranera, qui lui en prêtait. Après le retour des Français, la comtesse était devenue l'une des femmes les plus brillantes de la cour du prince Eugène, vice-roi d'Italie.

Lorsque Fabrice eut fait sa première communion, elle obtint du marquis, toujours exilé volontaire, la permission de le faire sortir quelquefois de son collége. Elle le trouva singulier, spirituel, fort sérieux, mais joli garçon, et ne déparant point trop le salon d'une femme à la mode; du reste, ignorant à plaisir, et sachant à peine écrire. La comtesse, qui portait en toutes choses son caractère enthousiaste, promit sa protection au chef de l'établissement, si son neveu Fabrice faisait des progrès étonnants, et à la fin de l'année avait beaucoup de prix. Pour lui donner les moyens de les mériter, elle l'envoyait chercher tous les samedis soir, et souvent ne le rendait à ses maîtres que le mercredi ou le jeudi. Les jésuites, quoique tendrement chéris par le prince vice-roi, étaient repoussés d'Italie par les lois du royaume, et le supérieur du collége, homme habile, sentit tout le parti qu'il pourrait tirer de ces relations avec une femme toute-puissante à la cour. Il n'eut garde de se plaindre des absences de Fabrice, qui, plus ignorant que jamais, à la fin de l'année obtint cinq premiers prix. A cette condition, la brillante

comtesse Pietranera, suivie de son mari, général
commandant une des divisions de la garde, et de
cinq ou six des plus grands personnages de la cour
du vice-roi, vint assister à la distribution des prix
chez les jésuites. Le supérieur fut complimenté
par ses chefs.

La comtesse conduisait son neveu à toutes ces
fêtes brillantes qui marquèrent le règne trop court
de l'aimable prince Eugène. Elle l'avait créé, de
son autorité, officier de hussards, et Fabrice, âgé
de douze ans, portait cet uniforme. Un jour, la
comtesse, enchantée de sa jolie tournure, demanda pour lui au prince une place de page, ce
qui voulait dire que la famille del Dongo se ral-
liait. Le lendemain, elle eut besoin de tout son
crédit pour obtenir que le vice-roi voulût bien ne
pas se souvenir de cette demande, à laquelle rien
ne manquait que le consentement du père du futur page, et ce consentement eût été refusé avec
éclat. A la suite de cette folie, qui fit frémir le
marquis boudeur, il trouva un prétexte pour rappeler à Grianta le jeune Fabrice. La comtesse méprisait souverainement son frère; elle le regardait
comme un sot triste, et qui serait méchant si jamais il en avait le pouvoir. Mais elle était folle de
Fabrice, et, après dix ans de silence, elle écrivit
au marquis pour réclamer son neveu : sa lettre fut
laissée sans réponse.

A son retour dans ce palais formidable, bâti par

les plus belliqueux de ses ancêtres, Fabrice ne savait rien au monde que faire l'exercice et monter à cheval. Souvent le comte Pietranera, aussi fou de cet enfant que sa femme, le faisait monter à cheval, et le menait avec lui à la parade.

En arrivant au château de Grianta, Fabrice, les yeux encore bien rouges des larmes répandues en quittant les beaux salons de sa tante, ne trouva que les caresses passionnées de sa mère et de ses sœurs. Le marquis était enfermé dans son cabinet avec son fils aîné, le marchesino Ascanio. Ils y fabriquaient des lettres chiffrées qui avaient l'honneur d'être envoyées à Vienne; le père et le fils ne paraissaient qu'aux heures des repas. Le marquis répétait avec affectation qu'il apprenait à son successeur naturel à tenir, en partie double, le compte des produits de chacune de ses terres. Dans le fait, le marquis était trop jaloux de son pouvoir pour parler de ces choses-là à un fils, héritier nécessaire de toutes ces terres substituées. Il l'employait à chiffrer des dépêches de quinze ou vingt pages que deux ou trois fois la semaine il faisait passer en Suisse, d'où on les acheminait à Vienne. Le marquis prétendait faire connaître à ses souverains légitimes l'état intérieur du royaume d'Italie qu'il ne connaissait pas lui-même, et toutefois ses lettres avaient beaucoup de succès : voici comment. Le marquis faisait compter sur la grande route, par quelque agent sûr, le nombre des sol-

dats de tel régiment français ou italien qui changeait de garnison, et, en rendant compte du fait à
la cour de Vienne, il avait soin de diminuer d'un
grand quart le nombre des soldats présents. Ces
lettres, d'ailleurs ridicules, avaient le mérite d'en
démentir d'autres plus véridiques, et elles plai-
saient. Aussi, peu de temps avant l'arrivée de
Fabrice au château, le marquis avait-il reçu la
plaque d'un ordre renommé : c'était la cinquième
qui ornait son habit de chambellan. A la vérité, il
avait le chagrin de ne pas oser arborer cet habit
hors de son cabinet; mais il ne se permettait jamais de dicter une dépêche sans avoir revêtu le
costume brodé, garni de tous ses ordres. Il eût cru
manquer de respect d'en agir autrement.

La marquise fut émerveillée des grâces de son
fils. Mais elle avait conservé l'habitude d'écrire
deux ou trois fois par an au général comte d'A***;
c'était le nom actuel du lieutenant Robert. La marquise avait horreur de mentir aux gens qu'elle
aimait; elle interrogea son fils et fut épouvantée
de son ignorance.

S'il me semble peu instruit, se disait-elle, à
moi qui ne sais rien, Robert, qui est si savant,
trouverait son éducation absolument manquée;
or, maintenant il faut du mérite. Une autre particularité qui l'étonna presque autant, c'est que
Fabrice avait pris au sérieux toutes les choses re-
ligieuses qu'on lui avait enseignées chez les jé-

suites. Quoique fort pieuse elle-même, le fana-
tisme de cet enfant la fit frémir ; si le marquis a
l'esprit de deviner ce moyen d'influence, il va
m'enlever l'amour de mon fils. Elle pleura beaucoup, et sa passion pour Fabrice s'en augmenta.

La vie de ce château, peuplé de trente ou quarante domestiques, était fort triste ; aussi Fabrice
passait-il toutes ses journées à la chasse ou à
courir le lac sur une barque. Bientôt il fut
étroitement lié avec les cochers et les hommes
des écuries ; tous étaient partisans fous des Français et se moquaient ouvertement des valets de
chambre dévots, attachés à la personne du marquis ou à celle de son fils aîné. Le grand sujet de
plaisanterie contre ces personnages graves, c'est
qu'ils portaient de la poudre à l'instar de leurs
maîtres.

V. Foulquier inv sculp

II

...., Alors que Vesper vient embrunir nos yeux,
Tout épris d'avenir, je contemple les cieux,
En qui Dieu nous escrit, par notes non obscures,
Les sorts et les destins de toutes créatures.
Car lui, du fond des cieux regardant un humain,
Parfois mu de pitié, lui montre le chemin ;
Par les astres du ciel qui sont ses caractères,
Les choses nous prédit et bonnes et contraires :
Mais les hommes chargés de terre et de trépas
Méprisent tel écrit, et ne le lisent pas.

RONSARD.

Le marquis professait une haine vigoureuse
pour les lumières : ce sont les idées, disait-il, qui

ont perdu l'Italie; il ne savait trop comment con-
cilier cette sainte horreur de l'instruction avec le
désir de voir son fils Fabrice perfectionner l'éducation si brillamment commencée chez les jésuites. Pour courir le moins de risques possible,
il chargea le bon abbé Blanès, curé de Grianta, de
faire continuer à Fabrice ses études en latin. Il eût
fallu que le curé lui-même sût cette langue; or
elle était l'objet de ses mépris; ses connaissances
en ce genre se bornaient à réciter, par cœur, les
prières de son missel, dont il pouvait rendre à peu
près le sens à ses ouailles. Mais ce curé n'en était
pas moins fort respecté et même redouté dans le
canton; il avait toujours dit que ce n'était point
en treize semaines ni même en treize mois que
l'on verrait s'accomplir la célèbre prophétie de
saint Giovita, le patron de Brescia. Il ajoutait,
quand il parlait à des amis sûrs, que ce nombre
treize devait être interprété d'une façon qui éton-
nerait bien du monde, s'il était permis de tout
dire (1815).

Le fait est que l'abbé Blanès, personnage d'une
honnêteté et d'une vertu *primitives*, et de plus
homme d'esprit, passait toutes les nuits au haut
de son clocher : il était fou d'astrologie. Après
avoir usé ses journées à calculer des conjonctions
et des positions d'étoiles, il employait la meilleure
part de ses nuits à les suivre dans le ciel. Par
suite de sa pauvreté, il n'avait d'autre instrument

qu'une longue lunette à tuyaux de carton. On
peut juger du mépris qu'avait pour l'étude des
langues un homme qui passait sa vie à découvrir
l'époque précise de la chute des empires et des
révolutions qui changent la face du monde. Que
sais-je de plus sur un cheval, disait-il à Fabrice,
depuis qu'on m'a appris qu'en latin il s'appelle
equus?

Les paysans redoutaient l'abbé Blanès comme
un grand magicien : pour lui, à l'aide de la peur
qu'inspiraient ses stations dans le clocher, il les
empêchait de voler. Ses confrères les curés des environs, fort jaloux de son influence, le détestaient,
le marquis del Dongo le méprisait tout simplement, parce qu'il raisonnait trop pour un homme
de si bas étage. Fabrice l'adorait : pour lui plaire
il passait quelquefois des soirées entières à faire
des additions ou des multiplications énormes. Puis
il montait au clocher : c'était une grande faveur et
que l'abbé Blanès n'avait jamais accordée à personne; mais il aimait cet enfant pour sa naïveté.

— Si tu ne deviens pas hypocrite, lui disait-il,
peut-être tu seras un homme.

Deux ou trois fois par an, Fabrice, intrépide et
passionné dans ses plaisirs, était sur le point de
se noyer dans le lac. Il était le chef de toutes les
grandes expéditions des petits paysans de Grianta
et de la Cadenabia. Ces enfants s'étaient procuré
quelques petites clefs, et quand la nuit était bien

noire, ils essayaient d'ouvrir les cadenas de ces chaînes qui attachent les bateaux à quelque grosse pierre ou à quelque arbre voisin du rivage. Il faut savoir que sur le lac de Côme, l'industrie des pêcheurs place des lignes dormantes à une grande distance des bords. L'extrémité supérieure de la corde est attachée à une planchette doublée de liége, et une branche de coudrier très-flexible, fichée sur cette planchette, soutient une petite sonnette qui tinte lorsque le poisson, pris à la ligne, donne des secousses à la corde.

Le grand objet de ces expéditions nocturnes, que Fabrice commandait en chef, était d'aller visiter les lignes dormantes, avant que les pêcheurs eussent entendu l'avertissement donné par les petites clochettes. On choisissait les temps d'orage; et, pour ces parties hasardeuses, on s'embarquait le matin, une heure avant l'aube. En montant dans la barque, ces enfants croyaient se précipiter dans les plus grands dangers, c'était là le beau côté de leur action; et, suivant l'exemple de leurs pères, ils récitaient dévotement un *Ave Maria*. Or, il arrivait souvent qu'au moment du départ, et à l'instant qui suivait l'*Ave Maria*, Fabrice était frappé d'un présage. C'était là le fruit qu'il avait retiré des études astrologiques de son ami l'abbé Blanès, aux prédictions duquel il ne croyait point. Suivant sa jeune imagination, ce présage lui annonçait avec certitude le bon ou le mauvais succès; et comme il avait plus de résolution qu'aucun de ses camarades, peu à peu toute la troupe prit tellement l'habitude des présages, que si, au moment de s'embarquer, l'on apercevait sur la côte un prêtre, ou si l'on voyait un corbeau s'envoler à main gauche, on se hâtait de remettre le cadenas à la chaîne du bateau, et chacun allait se recoucher. Ainsi l'abbé Blanès n'avait pas communiqué sa science assez difficile à Fabrice; mais, à son insu, il lui avait inoculé une confiance illimitée dans les signes qui peuvent prédire l'avenir.

Le marquis sentait qu'un accident arrivé à sa correspondance chiffrée pouvait le mettre à la merci de sa sœur; aussi tous les ans, à l'époque de la Sainte-Angela, fête de la comtesse Pietranera, Fabrice obtenait la permission d'aller passer huit jours à Milan. Il vivait toute l'année dans l'espérance ou le regret de ces huit jours. En cette grande occasion, pour accomplir ce voyage politique, le marquis remettait à son fils quatre écus, et, suivant l'usage, ne donnait rien à sa femme, qui le menait. Mais un des cuisiniers, six laquais et un cocher avec deux chevaux partaient pour Côme la veille du voyage, et chaque jour, à Milan, la marquise trouvait une voiture à ses ordres, et un dîner de douze couverts.

Le genre de vie boudeur que menait le marquis del Dongo était assurément fort peu divertissant; mais il avait cet avantage qu'il enrichis-

sait à jamais les familles qui avaient la bonté de
s'y livrer. Le marquis, qui avait plus de deux cent
mille livres de rente, n'en dépensait pas le quart;
il vivait d'espérances. Pendant les treize années
de 1800 à 1813, il crut constamment et ferme-
ment que Napoléon serait renversé avant six mois.
Qu'on juge de son ravissement quand, au commencement de 1813, il apprit les désastres de la
Bérésina! La prise de Paris et la chute de Napoléon faillirent lui faire perdre la tête; il se permit
alors les propos les plus outrageants envers sa
femme et sa sœur. Enfin, après quatorze années
d'attente, il eut cette joie inexprimable de voir les
troupes autrichiennes rentrer dans Milan. D'après
des ordres venus de Vienne, le général autrichien
reçut le marquis del Dongo avec une considéra-
tion voisine du respect; on se hâta de lui offrir
une des premières places dans le gouvernement,
et il l'accepta comme le paiement d'une dette. Son
fils aîné eut une lieutenance dans l'un des plus
beaux régiments de la monarchie; mais le second
ne voulut jamais accepter une place de cadet qui
lui était offerte. Ce triomphe, dont le marquis
jouissait avec une insolence rare, ne dura que
quelques mois, et fut suivi d'un revers humiliant.
Jamais il n'avait eu le talent des affaires, et quatorze années passées à la campagne, entre ses valets, son notaire et son médecin, jointes à la mauvaise humeur de la vieillesse qui était survenue,

en avaient fait un homme tout à fait incapable.
Or, il n'est pas possible, en pays autrichien, de
conserver une place importante sans avoir le genre
de talent que réclame l'administration lente et
compliquée, mais fort raisonnable, de cette vieille
monarchie. Les bévues du marquis del Dongo
scandalisaient les employés, et même arrêtaient
la marche des affaires. Ses propos ultra-monar-
chiques irritaient les populations qu'on voulait
plonger dans le sommeil et l'incurie. Un beau
jour, il apprit que sa majesté avait daigné accepter gracieusement la démission qu'il donnait
de son emploi dans l'administration, et en même
temps lui conférait la place de *second grand majordome major* du royaume lombardo-vénitien.
Le marquis fut indigné de l'injustice atroce dont
il était victime; il fit imprimer une lettre à un
ami, lui qui exécrait tellement la liberté de la
presse. Enfin il écrivit à l'empereur que ses ministres le trahissaient, et n'étaient que des jacobins. Ces choses faites, il revint tristement à son
château de Grianta. Il eut une consolation. Après
la chute de Napoléon, certains personnages puissants à Milan firent assommer dans les rues le
comte Prina, ancien ministre du roi d'Italie, et
homme du premier mérite. Le comte Pietranera
exposa sa vie pour sauver celle du ministre, qui
fut tué à coups de parapluie, et dont le supplice
dura cinq heures. Un prêtre, confesseur du mar-

quis del Dongo, eût pu sauver Prina en lui ou-
vrant la grille de l'église de San Giovanni, devant
laquelle on traînait le malheureux ministre, qui
même un instant fut abandonné dans le ruisseau,
au milieu de la rue; mais il refusa d'ouvrir sa
grille avec dérision, et, six mois après, le marquis eut le bonheur de lui faire obtenir un bel
avancement.

Il exécrait le comte Pietranera, son beau-frère,
lequel, n'ayant pas 50 louis de rente, osait être
assez content, s'avisait de se montrer fidèle à ce
qu'il avait aimé toute sa vie, et avait l'insolence
de prôner cet esprit de justice sans acception de
personnes, que le marquis appelait un jacobinisme infâme. Le comte avait refusé de prendre
du service en Autriche; on fit valoir ce refus, et,
quelques mois après la mort de Prina, les mêmes
personnages qui avaient payé les assassins ob-
tinrent que le général Pietranera serait jeté en
prison. Sur quoi la comtesse, sa femme, prit un
passe-port et demanda des chevaux de poste pour
aller à Vienne dire la vérité à l'empereur. Les assassins de Prina eurent peur, et l'un deux, cousin de madame Pietranera, vint lui apporter à
minuit, une heure avant son départ pour Vienne,
l'ordre de mettre en liberté son mari. Le lendemain, le général autrichien fit appeler le comte
Pietranera, le reçut avec toute la distinction possible, et l'assura que sa pension de retraite ne

tarderait pas à être liquidée sur le pied le plus
avantageux. Le brave général Bubna, homme d'esprit et de cœur, avait l'air tout honteux de l'assassinat de Prina et de la prison du comte.

Après cette bourrasque, conjurée par le caractère ferme de la comtesse, les deux époux vé-
curent, tant bien que mal, avec la pension de
retraite, qui, grâce à la recommandation du général Bubna, ne se fit pas attendre.

Par bonheur, il se trouva que, depuis cinq ou
six ans, la comtesse avait beaucoup d'amitié pour
un jeune homme fort riche, lequel était aussi
ami intime du comte, et ne manquait pas de
mettre à leur disposition le plus bel attelage de
chevaux anglais qui fût alors à Milan, sa loge au
théâtre de la Scala, et son château à la campagne.
Mais le comte avait la conscience de sa bravoure,
son âme était généreuse, il s'emportait facilement, et alors se permettait d'étranges propos.
Un jour qu'il était à la chasse avec des jeunes
gens, l'un d'eux, qui avait servi sous d'autres
drapeaux que lui, se mit à faire des plaisanteries
sur la bravoure des soldats de la république cisalpine; le comte lui donna un soufflet, l'on se
battit aussitôt, et le comte, qui était seul de son
bord, au milieu de tous ces jeunes gens, fut tué.
On parla beaucoup de cette espèce de duel, et les
personnes qui s'y étaient trouvées prirent le parti
d'aller voyager en Suisse.

Ce courage ridicule qu'on appelle résignation, le courage d'un sot qui se laisse pendre sans mot dire, n'était point à l'usage de la comtesse. Furieuse de la mort de son mari, elle aurait voulu que Limercati, ce jeune homme riche, son ami intime, prît aussi la fantaisie de voyager en Suisse, et de donner un coup de carabine ou un soufflet au meurtrier du comte Pietranera.

Limercati trouva ce projet d'un ridicule achevé, et la comtesse s'aperçut que chez elle le mépris avait tué l'amour. Elle redoubla d'attentions pour Limercati; elle voulait réveiller son amour, et ensuite le planter là et le mettre au désespoir. Pour rendre ce plan de vengeance intelligible en France, je dirai qu'à Milan, pays fort éloigné du nôtre, on est encore au désespoir par amour. La comtesse, qui, dans ses habits de deuil, éclipsait de bien loin toutes ses rivales, fit des coquetteries aux jeunes gens qui tenaient le haut du pavé, et l'un d'eux, le comte N..., qui, de tous temps, avait dit qu'il trouvait le mérite de Limercati un peu lourd, un peu empesé pour une femme d'autant d'esprit, devint amoureux fou de la comtesse. Elle écrivit à Limercati :

« Voulez-vous agir une fois en homme d'esprit?
« Figurez-vous que vous ne m'avez jamais con-
« nue.

« Je suis, avec un peu de mépris peut-être,
« votre très humble servante,

« GINA PIETRANERA. »

A la lecture de ce billet, Limercati partit pour
un de ses châteaux; son amour s'exalta, il devint
fou, et parla de se brûler la cervelle, chose inu-
sitée dans les pays à enfer. Dès le lendemain de
son arrivée à la campagne, il avait écrit à la comtesse pour lui offrir sa main et ses 200,000 livres
de rente. Elle lui renvoya sa lettre non décachetée
par le groom du comte N.... Sur quoi Limercati a
passé trois ans dans ses terres, revenant tous les
deux mois à Milan, mais sans avoir jamais le courage d'y rester, et ennuyant tous ses amis de son
amour passionné pour la comtesse, et du récit cir-
constancié des bontés que jadis elle avait pour lui.
Dans les commencements, il ajoutait qu'avec le
comte N.... elle se perdait, et qu'une telle liaison
la déshonorait.

Le fait est que la comtesse n'avait aucune sorte
d'amour pour le comte N..., et c'est ce qu'elle
lui déclara quand elle fut tout à fait sûre du
désespoir de Limercati. Le comte, qui avait de
l'usage, la pria de ne point divulguer la triste vérité dont elle lui faisait confidence : — Si vous
avez l'extrême indulgence, ajouta-t-il, de continuer à me recevoir avec toutes les distinctions

5

extérieures accordées à l'amant régnant, je trouverai peut-être une place convenable.

Après cette déclaration héroïque, la comtesse ne voulut plus des chevaux ni de la loge du comte N.... Mais depuis quinze ans elle était accoutumée à la vie la plus élégante : elle eut à résoudre ce problème difficile ou pour mieux dire impossible : vivre à Milan avec une pension de 1500 francs. Elle quitta son palais, loua deux chambres à un cinquième étage, renvoya tous ses gens et jusqu'à sa femme de chambre, remplacée par une pauvre vieille faisant des ménages. Ce sacrifice était dans le fait moins héroïque et moins pénible qu'il ne nous semble; à Milan la pauvreté n'est pas un ridicule, et partant ne se montre pas aux âmes effrayées comme le pire des maux. Après quelques mois de cette pauvreté noble, assiégée par les lettres continuelles de Limercati, et même du comte N..., qui lui aussi voulait épouser, il arriva que le marquis del Dongo, ordinairement d'une avarice exécrable, vint à penser que ses ennemis pourraient bien triompher de la misère de sa sœur. Quoi! une del Dongo être réduite à vivre avec la pension que la cour de Vienne, dont il avait tant à se plaindre, accorde aux veuves de ses généraux!

Il lui écrivit qu'un appartement et un traitement dignes de sa sœur l'attendaient au château de Grianta. L'âme mobile de la comtesse embrassa avec enthousiasme l'idée de ce nouveau genre de vie; il y avait vingt ans qu'elle n'avait habité ce château vénérable s'élevant majestueusement au milieu des vieux châtaigniers plantés du temps des Sforce. Là, se disait-elle, je trouverai le repos, et, à mon âge, n'est-ce pas le bonheur? (Comme elle avait trente-un ans, elle se croyait arrivée au moment de la retraite.) Sur ce lac sublime où je suis née, m'attend enfin une vie heureuse et paisible.

Je ne sais si elle se trompait, mais ce qu'il y a de sûr, c'est que cette âme passionnée, qui venait de refuser si lestement l'offre de deux immenses fortunes, apporta le bonheur au château de Grianta. Ses deux nièces étaient folles de joie. — Tu m'as rendu les beaux jours de la jeunesse, lui disait la marquise en l'embrassant; la veille de ton arrivée j'avais cent ans. La comtesse se mit à revoir, avec Fabrice, tous ces lieux enchanteurs voisins de Grianta, et si célébrés par les voyageurs : la villa Melzi de l'autre côté du lac, vis-à-vis le château, et qui lui sert de point de vue; au-dessus, le bois sacré des *Sfondrata*, et le hardi promontoire qui sépare les deux branches du lac, celle de Côme, si voluptueuse, et celle qui coule vers Lecco, pleine de sévérité : aspects sublimes et gracieux, que le site le plus renommé du monde, la baie de Naples, égale, mais ne surpasse point. C'était avec ravissement que la comtesse retrouvait les souvenirs de sa première jeu-

nesse et les comparait à ses sensations actuelles.
Le lac de Côme, se disait-elle, n'est point environné, comme le lac de Genève, de grandes pièces
de terre bien closes et cultivées selon les meil-
leures méthodes, choses qui rappellent l'argent et
la spéculation. Ici, de tous côtés je vois des collines d'inégales hauteurs, couvertes de bouquets
d'arbres plantés par le hasard, et que la main de
l'homme n'a point encore gâtés et forcés *à rendre
du revenu*. Au milieu de ces collines aux formes
admirables et se précipitant vers le lac par des
pentes si singulières, je puis garder toutes les
illusions des descriptions du Tasse et de l'Arioste.
Tout est noble et tendre, tout parle d'amour, rien
ne rappelle les laideurs de la civilisation. Les villages situés à mi-côte sont cachés par de grands
arbres, et au-dessus des sommets des arbres
s'élève l'architecture charmante de leurs jolis
clochers. Si quelque petit champ de cinquante
pas de large vient interrompre de temps à autre
les bouquets de châtaigniers et de cerisiers sau-
vages, l'œil satisfait y voit croître des plantes plus
vigoureuses et plus heureuses là qu'ailleurs. Par
delà ces collines, dont le faîte offre des ermitages
qu'on voudrait tous habiter, l'œil étonné aperçoit
les pics des Alpes, toujours couverts de neige, et
leur austérité sévère lui rappelle des malheurs de
la vie ce qu'il en faut pour accroître la volupté
présente. L'imagination est touchée par le son

lointain de la cloche de quelque petit village caché sous les arbres : ces sons portés sur les eaux
qui les adoucissent prennent une teinte de douce
mélancolie et de résignation, et semblent dire à
l'homme : La vie s'enfuit, ne te montre donc
point si difficile envers le bonheur qui se présente, hâte-toi de jouir. Le langage de ces lieux
ravissants, et qui n'ont point de pareils au monde,
rendit à la comtesse son cœur de seize ans. Elle
ne concevait pas comment elle avait pu passer tant
d'années sans revoir le lac. Est-ce donc au commencement de la vieillesse, se disait-elle, que le
bonheur se serait réfugié! Elle acheta une barque
que Fabrice, la marquise et elle ornèrent de leurs
mains, car on manquait d'argent pour tout, au
milieu de l'état de maison le plus splendide; depuis sa disgrâce le marquis del Dongo avait re-
doublé de faste aristocratique. Par exemple, pour
gagner dix pas de terrain sur le lac, près de la fameuse allée de platanes, à côté de la Cadenabia, il
faisait construire une digue dont le devis allait
à 80,000 francs. A l'extrémité de la digue on
voyait s'élever, sur les dessins du fameux marquis Cagnola, une chapelle bâtie tout entière en
blocs de granit énormes, et, dans la chapelle,
Marchesi, le sculpteur à la mode de Milan, lui
bâtissait un tombeau sur lequel des bas-reliefs
nombreux devaient représenter les belles actions
de ses ancêtres.

Le frère aîné de Fabrice, le marchésine Ascagne, voulut se mettre des promenades de ces
dames; mais sa tante jetait de l'eau sur ses cheveux poudrés, et avait tous les jours quelque nouvelle niche à lancer à sa gravité. Enfin il délivra
de l'aspect de sa grosse figure blafarde la joyeuse
troupe qui n'osait rire en sa présence. On pensait
qu'il était l'espion du marquis son père, et il fallait ménager ce despote sévère et toujours furieux
depuis sa démission forcée.

Ascagne jura de se venger de Fabrice.

Il y eut une tempête où l'on courut des dangers; quoiqu'on eût infiniment peu d'argent, on
paya généreusement les deux bateliers pour qu'ils
ne dissent rien au marquis, qui déjà témoignait
beaucoup d'humeur de ce qu'on emmenait ses
deux filles. On rencontra une seconde tempête;
elles sont terribles et imprévues sur ce beau lac :
des rafales de vent sortent à l'improviste de deux
gorges de montagnes placées dans des directions
opposées et luttent sur les eaux. La comtesse voulut débarquer au milieu de l'ouragan et des coups
de tonnerre; elle prétendait que, placée sur un
rocher isolé au milieu du lac, et grand comme
une petite chambre, elle aurait un spectacle singulier; elle se verrait assiégée de toutes parts par
des vagues furieuses; mais, en sautant de la
barque, elle tomba dans l'eau. Fabrice se jeta
après elle pour la sauver, et tous deux furent en-

traînés assez loin. Sans doute il n'est pas beau de
se noyer, mais l'ennui, tout étonné, était banni
du château féodal. La comtesse s'était passionnée
pour le caractère primitif et pour l'astrologie de
l'abbé Blanès. Le peu d'argent qui lui restait
après l'acquisition de la barque avait été employé
à acheter un petit télescope de rencontre, et
presque tous les soirs, avec ses nièces et Fabrice,
elle allait s'établir sur la plate-forme d'une des
tours gothiques du château. Fabrice était le savant de la troupe, et l'on passait là plusieurs
heures fort gaiement, loin des espions.

Il faut avouer qu'il y avait des journées où la
comtesse n'adressait la parole à personne; on la
voyait se promener sous les hauts châtaigniers,
plongée dans de sombres rêveries; elle avait trop
d'esprit pour ne pas sentir parfois l'ennui qu'il y
a à ne pas échanger ses idées. Mais le lendemain
elle riait comme la veille : c'étaient les doléances
de la marquise, sa belle-sœur, qui produisaient
ces impressions sombres sur cette âme naturellement si agissante.

— Passerons-nous donc ce qui nous reste de
jeunesse dans ce triste château! s'écriait la marquise.

Avant l'arrivée de la comtesse, elle n'avait pas
le courage d'avoir de ces regrets.

L'on vécut ainsi pendant l'hiver de 1814 à
1815. Deux fois, malgré sa pauvreté, la comtesse

vint passer quelques jours à Milan ; il s'agissait
de voir un ballet sublime de Vigano, donné au
théâtre de la Scala, et le marquis ne défendait
point à sa femme d'accompagner sa belle-sœur.
On allait toucher les quartiers de la petite pension, et c'était la pauvre veuve du général cisalpin
qui prêtait quelques sequins à la richissime marquise del Dongo. Ces parties étaient charmantes ;
on invitait à dîner de vieux amis, et l'on se con-
solait en riant de tout, comme de vrais enfants.
Cette gaieté italienne, pleine de *brio* et d'imprévu,
faisait oublier la tristesse sombre que les regards
du marquis et de son fils aîné répandaient autour
d'eux à Grianta. Fabrice, à peine âgé de seize
ans, représentait fort bien le chef de la maison.

Le 7 mars 1815, les dames étaient de retour,
depuis l'avant-veille, d'un charmant petit voyage
de Milan ; elles se promenaient dans la belle allée
de platanes, récemment prolongée sur l'extrême
bord du lac. Une barque parut, venant du côté de
Côme, et fit des signes singuliers. Un agent du
marquis sauta sur la digue : Napoléon venait de
débarquer au golfe de Juan. L'Europe eut la bonhomie d'être surprise de cet événement, qui ne
surprit point le marquis del Dongo ; il écrivit à
son souverain une lettre pleine d'effusion de
cœur. Il lui offrait ses talents et plusieurs millions, et lui répétait que ses ministres étaient des
jacobins d'accord avec les meneurs de Paris.

Le 8 mars, à six heures du matin, le marquis, revêtu de ses insignes, se faisait dicter, par son fils aîné, le brouillon d'une troisième dépêche politique; il s'occupait avec gravité à la transcrire de sa belle écriture soignée, sur du papier portant en filigrane l'effigie du souverain. Au même instant, Fabrice se faisait annoncer chez la comtesse Pietranera.

— Je pars, lui dit-il, je vais joindre l'Empereur qui est aussi roi d'Italie; il avait tant d'amitié pour ton mari! Je passe par la Suisse. Cette nuit, à Menagio, mon ami Vasi, le marchand de baromètres, m'a donné son passe-port; maintenant donne-moi quelques napoléons, car je n'en ai que deux à moi; mais, s'il le faut, j'irai à pied.

La comtesse pleurait de joie et d'angoisse. — Grand Dieu! pourquoi faut-il que cette idée te soit venue! s'écriait-elle en saisissant les mains de Fabrice.

Elle se leva et alla prendre dans l'armoire au linge, où elle était soigneusement cachée, une petite bourse ornée de perles; c'était tout ce qu'elle possédait au monde.

— Prends, dit-elle à Fabrice; mais au nom de Dieu, ne te fais pas tuer. Que restera-t-il à ta malheureuse mère et à moi, si tu nous manques? Quant au succès de Napoléon, il est impossible, mon pauvre ami; nos messieurs sauront bien le faire périr. N'as-tu pas entendu, il y a huit jours, à Milan, l'histoire des vingt-trois projets d'assassinat tous si bien combinés et auxquels il n'échappa que par miracle? et alors il était tout-puissant. Et tu as vu que ce n'est pas la volonté de le perdre qui manque à nos ennemis; la France n'était plus rien depuis son départ.

C'était avec l'accent de l'émotion la plus vive que la comtesse parlait à Fabrice des futures destinées de Napoléon. — En te permettant d'aller le rejoindre, je lui sacrifie ce que j'ai de plus cher au monde, disait-elle. Les yeux de Fabrice se mouillèrent, il répandit des larmes en embrassant la comtesse, mais sa résolution de partir ne fut pas un instant ébranlée. Il expliquait avec effusion à cette amie si chère toutes les raisons qui le déterminaient, et que nous prenons la liberté de trouver bien plaisantes.

— Hier soir, il était six heures moins sept minutes, nous nous promenions, comme tu sais, sur le bord du lac dans l'allée de platanes, au-dessous de la Casa Sommariva, et nous marchions vers le sud. Là, pour la première fois, j'ai remarqué au loin le bateau qui venait de Côme, porteur d'une si grande nouvelle. Comme je regardais ce bateau sans songer à l'Empereur, et seulement enviant le sort de ceux qui peuvent voyager, tout à coup j'ai été saisi d'une émotion profonde. Le bateau a pris terre, l'agent a parlé bas à mon père, qui a changé de couleur et nous

a pris à part pour nous annoncer la *terrible nouvelle*. Je me tournais vers le lac sans autre but
que de cacher les larmes de joie dont mes yeux
étaient inondés. Tout à coup, à une hauteur immense et à ma droite, j'ai vu un aigle, l'oiseau de
Napoléon; il volait majestueusement, se dirigeant
vers la Suisse, et par conséquent vers Paris. Et
moi aussi, me suis-je dit à l'instant, je traverserai
la Suisse avec la rapidité de l'aigle, et j'irai offrir
à ce grand homme bien peu de chose, mais enfin
tout ce que je puis offrir, le secours de mon faible
bras. Il voulut nous donner une patrie et il aima
mon oncle. A l'instant, quand je voyais encore
l'aigle, par un fait singulier mes larmes se sont
taries; et la preuve que cette idée vient d'en haut,
c'est qu'au même moment, sans discuter, j'ai pris
ma résolution et j'ai vu les moyens d'exécuter ce
voyage. En un clin d'œil toutes les tristesses qui,
comme tu sais, empoisonnent ma vie, surtout les
dimanches, ont été comme enlevées par un souffle
divin. J'ai vu cette grande image de l'Italie se re-
lever de la fange où les Allemands la retiennent
plongée[1]; elle étendait ses bras meurtris et encore
à demi chargés de chaînes vers son roi et son li-
bérateur. Et moi, me suis-je dit, fils encore inconnu de cette mère malheureuse, je partirai,

---

1. C'est un personnage passionné qui parle, il traduit en prose
quelques vers du célèbre Monti.

j'irai mourir ou vaincre avec cet homme marqué
par le destin, et qui voulut nous laver du mépris
que nous jettent même les plus esclaves et les
plus vils parmi les habitants de l'Europe.

— Tu sais, ajouta-t-il à voix basse en se rapprochant de la comtesse, et fixant sur elle ses
yeux d'où jaillissaient des flammes, tu sais ce
jeune marronnier que ma mère, l'hiver de ma
naissance, planta elle-même au bord de la grande
fontaine dans notre forêt, à deux lieues d'ici :
avant de rien faire, j'ai voulu l'aller visiter. Le
printemps n'est pas trop avancé, me disais-je : eh
bien! si mon arbre a des feuilles, ce sera un
signe pour moi. Moi aussi je dois sortir de l'état
de torpeur où je languis dans ce triste et froid
château. Ne trouves-tu pas que ces vieux murs
noircis, symboles maintenant et autrefois moyens
du despotisme, sont une véritable image du triste
hiver? ils sont pour moi ce que l'hiver est pour
mon arbre.

Le croirais-tu, Gina? hier soir, à sept heures
et demie, j'arrivais à mon marronnier; il avait
des feuilles, de jolies petites feuilles déjà assez
grandes! Je les baisai sans leur faire de mal. J'ai
bêché la terre avec respect à l'entour de l'arbre
chéri. Aussitôt, rempli d'un transport nouveau,
j'ai traversé la montagne; je suis arrivé à Menagio : il me fallait un passe-port pour entrer en
Suisse. Le temps avait volé, il était déjà une heure

du matin quand je me suis vu à la porte de Vasi.
Je pensais devoir frapper longtemps pour le réveiller; mais il était debout avec trois de ses amis.
À mon premier mot : « Tu vas rejoindre Napoléon! » s'est-il écrié; et il m'a sauté au cou. Les
autres aussi m'ont embrassé avec transport.
« Pourquoi suis-je marié! » disait l'un d'eux.

Madame Pietranera était devenue pensive; elle
crut devoir présenter quelques objections. Si Fabrice eût eu la moindre expérience, il eût bien vu
que la comtesse elle-même ne croyait pas aux
bonnes raisons qu'elle se hâtait de lui donner.
Mais, à défaut d'expérience, il avait de la résolution; il ne daigna pas même écouter ces raisons.
La comtesse se réduisit bientôt à obtenir de lui
que du moins il fît part de son projet à sa mère.

— Elle le dira à mes sœurs, et ces femmes me
trahiront à leur insu! s'écria Fabrice avec une
sorte de hauteur héroïque.

— Parlez donc avec plus de respect, dit la comtesse souriant au milieu de ses larmes, du sexe
qui fera votre fortune; car vous déplairez toujours
aux hommes, vous avez trop de feu pour les âmes
prosaïques.

La marquise fondit en larmes en apprenant
l'étrange projet de son fils; elle n'en sentait pas
l'héroïsme, et fit tout son possible pour le retenir.
Quand elle fut convaincue que rien au monde,
excepté les murs d'une prison, ne pourrait l'em-

pêcher de partir, elle lui remit le peu d'argent qu'elle possédait; puis elle se souvint qu'elle avait depuis la veille huit ou dix petits diamants valant peut-être dix mille francs, que le marquis lui avait confiés pour les faire monter à Milan. Les sœurs de Fabrice entrèrent chez leur mère tandis que la comtesse cousait ces diamants dans l'habit de voyage de notre héros; il rendait à ces pauvres femmes leurs chétifs napoléons. Ses sœurs furent tellement enthousiasmées de son projet, elles l'embrassaient avec une joie si bruyante, qu'il prit à la main quelques diamants qui restaient encore à cacher, et voulut partir sur-le-champ.

— Vous me trahirez à votre insu, dit-il à ses sœurs. Puisque j'ai tant d'argent, il est inutile d'emporter des hardes; on en trouve partout. Il embrassa ces personnes qui lui étaient si chères, et partit à l'instant même sans vouloir rentrer dans sa chambre. Il marcha si vite, craignant toujours d'être poursuivi par des gens à cheval, que le soir même il entrait à Lugano. Grâce à Dieu, il était dans une ville suisse, et ne craignait plus d'être violenté sur la route solitaire par des gendarmes payés par son père. De ce lieu il lui écrivit une belle lettre, faiblesse d'enfant qui donna de la consistance à la colère du marquis. Fabrice prit la poste, passa le Saint-Gothard; son voyage fut rapide, et il entra en France par Pontarlier. L'Empereur était à Paris. Là commen-

cèrent les malheurs de Fabrice ; il était parti dans
la ferme intention de parler à l'Empereur : jamais
il ne lui était venu à l'esprit que ce fût chose difficile. A Milan, dix fois par jour il voyait le prince
Eugène, et eût pu lui adresser la parole. A Paris,
tous les matins il allait dans la cour du château
des Tuileries assister aux revues passées par Napoléon ; mais jamais il ne put approcher de l'Empereur. Notre héros croyait tous les Français profondément émus comme lui de l'extrème danger
que courait la patrie. A la table de l'hôtel où il
était descendu, il ne fit point mystère de ses projets et de son dévouement ; il trouva des jeunes
gens d'une douceur aimable, encore plus enthousiastes que lui, et qui, en peu de jours, ne man-
quèrent pas de lui voler tout l'argent qu'il possédait. Heureusement, par pure modestie, il n'avait
pas parlé des diamants donnés par sa mère. Le
matin où, à la suite d'une orgie, il se trouva déci-
dément volé, il acheta deux beaux chevaux, prit
pour domestique un ancien soldat palefrenier du
maquignon, et, dans son mépris pour les jeunes
Parisiens beaux parleurs, partit pour l'armée. Il
ne savait rien, sinon qu'elle se rassemblait vers
Maubeuge. A peine fut-il arrivé sur la frontière,
qu'il trouva ridicule de se tenir dans une maison,
occupé à se chauffer devant une bonne cheminée,
tandis que des soldats bivouaquaient. Quoi que
pût lui dire son domestique, qui ne manquait pas

de bon sens, il courut se mêler imprudemment aux bivouacs de l'extrême frontière, sur la route de Belgique. A peine fut-il arrivé au premier bataillon placé à côté de la route, que les soldats se mirent à regarder ce jeune bourgeois, dont la mise n'avait rien qui rappelât l'uniforme. La nuit tombait, il faisait un vent froid. Fabrice s'approcha d'un feu, et demanda l'hospitalité en payant. Les soldats se regardèrent, étonnés surtout de l'idée de payer, et lui accordèrent avec bonté une place au feu; son domestique lui fit un abri. Mais, une heure après, l'adjudant du régiment passant à portée du bivouac, les soldats allèrent lui raconter l'arrivée de cet étranger parlant mal français. L'adjudant interrogea Fabrice, qui lui parla de son enthousiasme pour l'Empereur avec un accent fort suspect; sur quoi ce sous-officier le pria de le suivre jusque chez le colonel, établi dans une ferme voisine. Le domestique de Fabrice s'approcha avec les deux chevaux. Leur vue parut frapper si vivement l'adjudant sous-officier, qu'aussitôt il changea de pensée, et se mit à interroger aussi le domestique. Celui-ci, ancien soldat, devinant d'abord le plan de campagne de son interlocuteur, parla des protections qu'avait son maître, ajoutant que, certes, on ne lui *chiperait* par ses beaux chevaux. Aussitôt un soldat appelé par l'adjudant lui mit la main sur le collet; un autre soldat prit soin des chevaux, et, d'un air sévère, l'adjudant ordonna à Fabrice de le suivre sans répliquer.

Après lui avoir fait faire une bonne lieue, à pied, dans l'obscurité rendue plus profonde en apparence par le feu des bivouacs qui de toutes parts éclairaient l'horizon, l'adjudant remit Fabrice à un officier de gendarmerie qui, d'un air grave, lui demanda ses papiers. Fabrice montra son passe-port, qui le qualifiait marchand de baromètres *portant sa marchandise.*

— Sont-ils bêtes! s'écria l'officier; c'est aussi trop fort!

Il fit des questions à notre héros, qui parla de l'Empereur et de la liberté dans les termes du plus vif enthousiasme; sur quoi l'officier de gendarmerie fut saisi d'un rire fou.

— Parbleu! tu n'es pas trop adroit, s'écria-t-il. Il est un peu fort de café que l'on ose nous expédier des blancs-becs de ton espèce! Et, quoi que pût dire Fabrice, qui se tuait à expliquer qu'en effet il n'était pas marchand de baromètres, l'officier l'envoya à la prison de B..., petite ville du voisinage où notre héros arriva sur les trois heures du matin, outré de fureur et mort de fatigue.

Fabrice, d'abord étonné, puis furieux, ne comprenant absolument rien à ce qui lui arrivait, passa trente-trois longues journées dans cette misérable prison; il écrivait lettres sur lettres au commandant de la place, et c'était la femme du

4

geôlier, belle Flamande de trente-six ans, qui se
chargeait de les faire parvenir. Mais comme elle
n'avait nulle envie de faire fusiller un aussi joli
garçon, et que d'ailleurs il payait bien, elle ne
manquait pas de jeter au feu toutes ces lettres. Le
soir, fort tard, elle daignait venir écouter les doléances du prisonnier; elle avait dit à son mari
que le blanc-bec avait de l'argent, sur quoi le
prudent geôlier lui avait donné carte blanche. Elle
usa de la permission et reçut quelques napoléons
d'or, car l'adjudant n'avait enlevé que les chevaux, et l'officier de gendarmerie n'avait rien con-
fisqué du tout. Une après-midi du mois de juin,
Fabrice entendit une forte canonnade assez éloignée. On se battait donc enfin! son cœur bondis-
sait d'impatience. Il entendit aussi beaucoup de
bruit dans la ville; en effet, un grand mouvement
s'opérait, trois divisions traversaient B.... Quand,
sur les onze heures du soir, la femme du geôlier
vint partager ses peines, Fabrice fut plus aimable
encore que de coutume; puis, lui prenant les
mains :

— Faites-moi sortir d'ici, je jurerai sur l'honneur de revenir dans la prison dès qu'on aura
cessé de se battre.

— Balivernes que tout cela! as-tu du *quibus?*
Il parut inquiet, il ne comprenait pas le mot
quibus. La geôlière, voyant ce mouvement, jugea
que les eaux étaient basses, et, au lieu de parler

de napoléons d'or comme elle l'avait résolu, elle
ne parla plus que de francs.

— Écoute, lui dit-elle, si tu peux donner une
centaine de francs, je mettrai un double napoléon
sur chacun des yeux du caporal qui va venir re-
lever la garde pendant la nuit. Il ne pourra te voir
partir de prison, et si son régiment doit filer dans
la journée, il acceptera.

Le marché fut bientôt conclu. La geôlière con-
sentit même à cacher Fabrice dans sa chambre
d'où il pourrait plus facilement s'évader le lendemain matin.

Le lendemain, avant l'aube, cette femme tout
attendrie dit à Fabrice :

— Mon cher petit, tu es encore bien jeune pour
faire ce vilain métier : crois-moi, n'y reviens
plus.

— Mais quoi! répétait Fabrice, il est donc criminel de vouloir défendre la patrie?

— Suffit. Rappelle-toi toujours que je t'ai sauvé
la vie; ton cas était net, tu aurais été fusillé;
mais ne le dis à personne, car tu nous ferais
perdre notre place à mon mari et à moi; surtout
ne répète jamais ton mauvais conte d'un gentilhomme de Milan déguisé en marchand de baromètres, c'est trop bête. Écoute-moi bien, je vais
te donner les habits d'un hussard mort avant-hier
dans la prison : n'ouvre la bouche que le moins
possible; mais enfin, si un maréchal-des-logis ou

un officier t'interroge de façon à te forcer de
répondre, dis que tu es resté malade chez un
paysan qui t'a recueilli par charité comme tu
tremblais la fièvre dans un fossé de la route. Si
l'on n'est pas satisfait de cette réponse, ajoute que
tu vas rejoindre ton régiment. On t'arrêtera peut-
être à cause de ton accent : alors dis que tu es né
en Piémont, que tu es un conscrit resté en France
l'année passée, etc., etc.

Pour la première fois, après trente-trois jours
de fureur, Fabrice comprit le fin mot de tout ce
qui lui arrivait. On le prenait pour un espion. Il
raisonna avec la geolière, qui, ce matin-là, était
fort tendre ; et enfin, tandis qu'armée d'une ai-
guille elle rétrécissait les habits du hussard, il raconta son histoire bien clairement à cette femme
étonnée. Elle y crut un instant; il avait l'air si
naïf, et il était si joli, habillé en hussard!

— Puisque tu as tant de bonne volonté pour
te battre, lui dit-elle enfin à demi persuadée, il
fallait donc en arrivant à Paris t'engager dans un
régiment. En payant à boire à un maréchal-des-
logis, ton affaire était faite! La geôlière ajouta
beaucoup de bons avis pour l'avenir, et enfin, à
la petite pointe du jour, mit Fabrice hors de chez
elle, après lui avoir fait jurer cent et cent fois que
jamais il ne prononcerait son nom, quoi qu'il pût
arriver. Dès que Fabrice fut sorti de la petite ville,
marchant gaillardement le sabre de hussard sous

le bras, il lui vint un scrupule. Me voici, se dit-il, avec l'habit et la feuille de route d'un hussard mort en prison, où l'avait conduit, dit-on, le vol d'une vache et de quelques couverts d'argent! J'ai pour ainsi dire succédé à son être.... et cela sans le vouloir ni le prévoir en aucune manière! Gare la prison!... Le présage est clair, j'aurai beaucoup à souffrir de la prison!

Il n'y avait pas une heure que Fabrice avait quitté sa bienfaitrice, lorsque la pluie commença à tomber avec une telle force qu'à peine le nouvel hussard pouvait-il marcher, embarrassé par des bottes grossières qui n'étaient pas faites pour lui. Il fit rencontre d'un paysan monté sur un méchant cheval : il acheta le cheval en s'expliquant par signes; la geôlière lui avait recommandé de parler le moins possible, à cause de son accent.

Ce jour-là l'armée, qui venait de gagner la bataille de Ligny, était en pleine marche sur Bruxelles; on était à la veille de la bataille de Waterloo. Sur le midi, la pluie à verse continuant toujours, Fabrice entendit le bruit du canon; ce bonheur lui fit oublier tout à fait les affreux moments de désespoir que venait de lui donner cette prison si injuste. Il marcha jusqu'à la nuit très avancée, et comme il commençait à avoir quelque bons sens, il alla prendre son logement dans une maison de paysan fort éloignée de la route. Ce paysan pleurait et prétendait qu'on lui avait tout pris; Fabrice lui donna un écu, et il trouva de l'avoine. Mon cheval n'est pas beau, se dit Fabrice; mais n'importe, il pourrait bien se trouver du goût de quelque adjudant, et il alla coucher à l'écurie à ses côtés. Une heure avant le jour, le lendemain, Fabrice était sur la route, et, à force de caresses, il était parvenu à faire prendre le trot à son cheval. Sur les cinq heures, il entendit la canonnade : c'étaient les préliminaires de Waterloo.

V. Foulquier inv sculp.

III

Fabrice trouva bientôt des vivandières, et l'extrême reconnaissance qu'il avait pour la geôlière
de B*** le porta à leur adresser la parole; il demanda à l'une d'elles où était le 4ᵉ régiment de
hussards, auquel il appartenait.

— Tu ferais tout aussi bien de ne pas tant te
presser, mon petit soldat, dit la cantinière touchée par la pâleur et les beaux yeux de Fabrice.
Tu n'as pas encore la poigne assez ferme pour les
coups de sabre qui vont se donner aujourd'hui.

Encore si tu avais un fusil, je ne dis pas, tu pourrais lâcher ta balle tout comme un autre.

Ce conseil déplut à Fabrice; mais il avait beau pousser son cheval, il ne pouvait aller plus vite que la charrette de la cantinière. De temps à autre le bruit du canon semblait se rapprocher et les empêchait de s'entendre, car Fabrice était tellement hors de lui d'enthousiasme et de bonheur, qu'il avait renoué la conversation. Chaque mot de la cantinière redoublait son bonheur en le lui faisant comprendre. A l'exception de son vrai nom et de sa fuite de prison, il finit par tout dire à cette femme qui semblait si bonne. Elle était fort étonnée et ne comprenait rien du tout à ce que lui racontait ce beau jeune soldat.

— Je vois le fin mot, s'écria-t-elle enfin d'un air de triomphe : vous êtes un jeune bourgeois amoureux de la femme de quelque capitaine du 4ᵉ de hussards. Votre amoureuse vous aura fait cadeau de l'uniforme que vous portez, et vous courez après elle. Vrai, comme Dieu est là-haut, vous n'avez jamais été soldat; mais, comme un brave garçon que vous êtes, puisque votre régiment est au feu, vous voulez y paraître et ne pas passer pour un capon.

Fabrice convint de tout : c'était le seul moyen qu'il eût de recevoir de bons conseils. J'ignore toutes les façons d'agir de ces Français, se disait-il, et, si je ne suis pas guidé par quelqu'un, je

parviendrai encore à me faire jeter en prison, et
l'on me volera mon cheval.

— D'abord, mon petit, lui dit la cantinière,
qui devenait de plus en plus son amie, conviens
que tu n'as pas vingt et un ans : c'est tout le bout
du monde si tu en as dix-sept.

C'était la vérité, et Fabrice l'avoua de bonne
grâce.

— Ainsi, tu n'es pas même conscrit; c'est uniquement à cause des beaux yeux de la madame
que tu vas te faire casser les os. Peste! elle n'est
pas dégoûtée. Si tu as encore quelques-uns de ces
jaunets qu'elle t'a remis, il faut *primo* que tu
achètes un autre cheval; vois comme ta rosse
dresse les oreilles quand le bruit du canon ronfle
d'un peu près; c'est là un cheval de paysan qui te
fera tuer dès que tu seras en ligne. Cette fumée
blanche, que tu vois là-bas par-dessus la haie, ce
sont des feux de peloton, mon petit! Ainsi, pré-
pare-toi à avoir une fameuse venette, quand tu
vas entendre siffler les balles. Tu ferais aussi bien
de manger un morceau tandis que tu en as encore
le temps.

Fabrice suivit ce conseil, et, présentant un napoléon à la vivandière, la pria de se payer.

— C'est pitié de le voir! s'écria cette femme;
le pauvre petit ne sait pas seulement dépenser son
argent! Tu mériterais bien qu'après avoir empoi-
gné ton napoléon je fisse prendre son grand trot

à Cocotte; du diable si ta rosse pourrait me suivre. Que ferais-tu, nigaud, en me voyant détaler? Apprends que, quand le brutal gronde, on ne montre jamais d'or. Tiens, lui dit-elle, voilà 18 fr. 50 cent., et ton déjeuner te coûte 30 sous. Maintenant, nous allons bientôt avoir des chevaux à revendre. Si la bête est petite, tu en donneras 10 francs, et, dans tous les cas, jamais plus de 20 francs, quand ce serait le cheval des quatre fils Aymon.

Le déjeuner fini, la vivandière, qui pérorait toujours, fut interrompue par une femme qui s'avançait à travers champs, et qui passa sur la route.

— Holà, eh! lui cria cette femme; holà! Margot! ton 6e léger est sur la droite.

— Il faut que je te quitte, mon petit, dit la vivandière à notre héros; mais en vérité tu me fais pitié; j'ai de l'amitié pour toi, sacredié! Tu ne sais rien de rien, tu vas te faire moucher, comme Dieu est Dieu! Viens-t'en au 6e léger avec moi.

— Je comprends bien que je ne sais rien, lui dit Fabrice, mais je veux me battre et suis résolu d'aller là-bas vers cette fumée blanche.

— Regarde comme ton cheval remue les oreilles! Dès qu'il sera là-bas, quelque peu de vigueur qu'il ait, il te forcera la main, il se mettra à galoper, et Dieu sait où il te mènera. Veux-tu m'en croire? Dès que tu seras avec les petits sol-

dats, ramasse un fusil et une giberne, mets-toi à
côté des soldats et fais comme eux, exactement.
Mais, mon Dieu, je parie que tu ne sais pas seulement déchirer une cartouche.

Fabrice, fort piqué, avoua cependant à sa nouvelle amie qu'elle avait deviné juste.

— Pauvre petit! il va être tué tout de suite;
vrai comme Dieu! ça ne sera pas long. Il faut
absolument que tu viennes avec moi, reprit la
cantinière d'un air d'autorité.

— Mais je veux me battre.

— Tu te battras aussi; va, le 6e léger est un
fameux, et aujourd'hui il y en a pour tout le
monde.

— Mais serons-nous bientôt à votre régiment?

— Dans un quart d'heure tout au plus.

Recommandé par cette brave femme, se dit Fabrice, mon ignorance de toutes choses ne me fera
pas prendre pour un espion, et je pourrai me
battre. A ce moment, le bruit du canon redoubla,
un coup n'attendait pas l'autre. — C'est comme
un chapelet, dit Fabrice.

— On commence à distinguer les feux de peloton, dit la vivandière en donnant un coup de fouet
à son petit cheval qui semblait tout animé par le
feu.

La cantinière tourna à droite et prit un chemin
de traverse au milieu des prairies; il y avait un
pied de boue; la petite charrette fut sur le point

d'y rester : Fabrice poussa à la roue. Son cheval tomba deux fois; bientôt le chemin, moins rempli d'eau, ne fut plus qu'un sentier au milieu du gazon. Fabrice n'avait pas fait cinq cents pas que sa rosse s'arrêta tout court : c'était un cadavre, posé en travers du sentier, qui faisait horreur au cheval et au cavalier.

La figure de Fabrice, très pâle naturellement, prit une teinte verte très prononcée; la cantinière, après avoir regardé le mort, dit, comme se parlant à elle-même : Ça n'est pas de notre division. Puis, levant les yeux sur notre héros, elle éclata de rire.

— Ha, ha! mon petit! s'écria-t-elle, en voilà du nanan! Fabrice restait glacé. Ce qui le frappait surtout, c'était la saleté des pieds de ce cadavre qui déjà était dépouillé de ses souliers, et auquel on n'avait laissé qu'un mauvais pantalon tout souillé de sang.

— Approche, lui dit la cantinière; descends de cheval : il faut que tu t'y accoutumes; tiens, s'écria-t-elle, il en a eu par la tête.

Une balle, entrée à côté du nez, était sortie par la tempe opposée, et défigurait ce cadavre d'une façon hideuse; il était resté avec un œil ouvert.

— Descends donc de cheval, petit, dit la cantinière, et donne-lui une poignée de main pour voir s'il te la rendra.

Sans hésiter, quoique prêt à rendre l'âme de dégoût, Fabrice se jeta à bas de cheval et prit la main du cadavre qu'il secoua ferme; puis il resta comme anéanti; il sentait qu'il n'avait pas la force de remonter à cheval. Ce qui lui faisait horreur surtout c'était cet œil ouvert.

La vivandière va me croire un lâche, se disait-il avec amertume; mais il sentait l'impossibilité de faire un mouvement : il serait tombé. Ce moment fut affreux; Fabrice fut sur le point de se trouver mal tout à fait. La vivandière s'en aperçut, sauta lestement à bas de sa petite voiture, et lui présenta, sans mot dire, un verre d'eau-de-vie qu'il avala d'un trait; il put remonter sur sa rosse, et continua la route sans dire une parole.

La vivandière le regardait de temps à autre du coin de l'œil.

— Tu te battras demain, mon petit, lui dit-elle enfin, aujourd'hui tu resteras avec moi. Tu vois bien qu'il faut que tu apprennes le métier de soldat.

— Au contraire, je veux me battre tout de suite! s'écria notre héros d'un air sombre, qui sembla de bon augure à la vivandière. Le bruit du canon redoublait et semblait s'approcher. Les coups commençaient à former une basse continue; un coup n'était séparé du coup voisin par aucun intervalle, et sur cette basse continue, qui rappelait le bruit d'un torrent lointain, on distinguait fort bien les feux de peloton.

Dans ce moment la route s'enfonçait au milieu

d'un bouquet de bois : la vivandière vit trois ou quatre soldats des nôtres qui venaient à elle courant à toutes jambes; elle sauta lestement à bas de sa voiture et courut se cacher à quinze ou vingt pas du chemin. Elle se blottit dans un trou qui était resté au lieu où l'on venait d'arracher un grand arbre. Donc, se dit Fabrice, je vais voir si je suis un lâche! Il s'arrêta auprès de la petite voiture abandonnée par la cantinière et tira son sabre. Les soldats ne firent pas attention à lui et passèrent en courant le long du bois, à gauche de la route.

— Ce sont des nôtres, dit tranquillement la vivandière en revenant tout essoufflée vers sa petite voiture... Si ton cheval était capable de galoper, je te dirais : Pousse en avant jusqu'au bout du bois, vois s'il y a quelqu'un dans la plaine. Fabrice ne se le fit pas dire deux fois : il arracha une branche à un peuplier, l'effeuilla et se mit à battre son cheval à tour de bras; la rosse prit le galop un instant, puis revint à son petit trot accoutumé. La vivandière mit son cheval au galop :

— Arrête-toi donc, arrête! criait-elle à Fabrice. Bientôt tous les deux furent hors du bois; en arrivant au bord de la plaine, ils entendirent un tapage effroyable : le canon et la mousqueterie tonnaient de tous les côtés, à droite, à gauche, derrière. Et comme le bouquet de bois d'où ils sortaient occupait un tertre élevé de huit ou dix pieds au-dessus de la plaine, ils aperçurent assez bien un coin de la bataille; mais enfin il n'y avait personne dans le pré au delà du bois. Ce pré était bordé à mille pas de distance par une longue rangée de saules, très touffus; au-dessus des saules paraissait une fumée blanche qui quelquefois s'élevait dans le ciel en tournoyant.

— Si je savais seulement où est le régiment, disait la cantinière embarrassée. Il ne faut pas traverser ce grand pré tout droit. A propos, toi, dit-elle à Fabrice, si tu vois un soldat ennemi, pique-le avec la pointe de ton sabre, ne va pas t'amuser à le sabrer.

A ce moment, la cantinière aperçut les quatre soldats dont nous venons de parler; ils débouchaient du bois dans les plaines à gauche de la route. L'un d'eux était à cheval.

— Voilà ton affaire, dit-elle à Fabrice. Holà, ho! cria-t-elle à celui qui était à cheval, viens donc ici boire le verre d'eau-de-vie. Les soldats s'approchèrent.

— Où est le 6e léger? cria-t-elle.

— Là-bas, à cinq minutes d'ici, en avant de ce canal qui est le long des saules; même que le colonel Macon vient d'être tué.

— Veux-tu cinq francs de ton cheval, toi?

— Cinq francs! tu ne plaisantes pas mal, petite mère, un cheval d'officier que je vais vendre cinq napoléons avant un quart d'heure.

— Donne-m'en un de tes napoléons, dit la vivandière à Fabrice. Puis s'approchant du soldat à cheval : Descends vivement, lui dit-elle, voilà ton napoléon.

Le soldat descendit, Fabrice sauta en selle gaiement ; la vivandière détachait le petit porte manteau qui était sur la rosse.

— Aidez-moi donc, vous autres ! dit-elle aux soldats ; c'est comme ça que vous laissez travailler une dame !

Mais à peine le cheval de prise sentit le portemanteau, qu'il se mit à se cabrer, et Fabrice, qui montait fort bien, eut besoin de toute sa force pour le contenir.

— Bon signe ! dit la vivandière, le monsieur n'est pas accoutumé au chatouillement du portemanteau.

— Un cheval de général, s'écriait le soldat qui l'avait vendu, un cheval qui vaut dix napoléons comme un liard !

— Voilà vingt francs, lui dit Fabrice, qui ne se sentait pas de joie de se trouver entre les jambes un cheval qui eût du mouvement.

A ce moment, un boulet donna dans la ligne de saules, qu'il prit de biais, et Fabrice eut le curieux spectacle de toutes ces petites branches volant de côté et d'autre comme rasées par un coup de faux.

— Tiens, voilà le brutal qui s'avance lui dit le

soldat en prenant ses vingt francs. Il pouvait être deux heures.

Fabrice était encore dans l'enchantement de ce spectacle curieux, lorsqu'une troupe de généraux, suivis d'une vingtaine de hussards, traversèrent au galop un des angles de la vaste prairie au bord de laquelle il était arrêté : son cheval hennit, se cabra deux ou trois fois de suite, puis donna des coups de tête violents contre la bride qui le retenait. Hé bien, soit! se dit Fabrice.

Le cheval laissé à lui-même partit ventre à terre et alla rejoindre l'escorte qui suivait les généraux. Fabrice compta quatre chapeaux bordés. Un quart d'heure après, par quelques mots que dit un hussard, son voisin, Fabrice comprit qu'un de ces généraux était le célèbre maréchal Ney. Son bonheur fut au comble; toutefois il ne put deviner lequel des quatre généraux était le maréchal Ney; il eût donné tout au monde pour le savoir, mais il se rappela qu'il ne fallait pas parler. L'escorte s'arrêta pour passer un large fossé rempli d'eau par la pluie de la veille; il était bordé de grands arbres et terminait sur la gauche de la prairie à l'entrée de laquelle Fabrice avait acheté le cheval. Presque tous les hussards avaient mis pied à terre; le bord du fossé était à pic et fort glissant, et l'eau se trouvait bien à trois ou quatre pieds en contre-bas au-dessous de la prairie. Fabrice, distrait par sa joie, songeait plus

5

au maréchal Ney et à la gloire qu'à son cheval, lequel, étant fort animé, sauta dans le canal; ce qui fit rejaillir l'eau à une hauteur considérable. Un des généraux fut entièrement mouillé par la nappe d'eau, et s'écria en jurant : — Au diable la f.... bête! Fabrice se sentit profondément blessé de cette injure. Puis-je en demander raison? se dit-il. En attendant, pour prouver qu'il n'était pas si gauche, il entreprit de faire monter à son cheval la rive opposée du fossé; mais elle était à pic et haute de cinq à six pieds. Il fallut y renoncer; alors il remonta le courant, son cheval ayant de l'eau jusqu'à la tête, et enfin trouva une sorte d'abreuvoir; par cette pente douce il gagna facilement le champ de l'autre côté du canal. Il fut le premier homme de l'escorte qui y parut; il se mit à trotter fièrement le long du bord : au fond du canal les hussards se démenaient, assez embarrassés de leur position; car en beaucoup d'endroits l'eau avait cinq pieds de profondeur. Deux ou trois chevaux prirent peur et voulurent nager, ce qui fit un barbotement épouvantable. Un maréchal-des-logis s'aperçut de la manœuvre que venait de faire ce blanc-bec, qui avait l'air si peu militaire.

— Remontez! il y a un abreuvoir à gauche! s'écria-t-il, et peu à peu tous passèrent.

En arrivant sur l'autre rive, Fabrice y avait trouvé les généraux tout seuls; le bruit du canon

lui sembla redoubler; ce fut à peine s'il entendit
le général, par lui si bien mouillé, qui criait à
son oreille :

— Où as-tu pris ce cheval?

Fabrice était tellement troublé qu'il répondit en
italien :

— *L'ho comprato poco fa* (Je viens de l'acheter
à l'instant).

— Que dis-tu? lui cria le général.

Mais le tapage devint tellement fort en ce moment, que Fabrice ne put lui répondre. Nous
avouerons que notre héros était fort peu héros en
ce moment. Toutefois, la peur ne venait chez lui
qu'en seconde ligne; il était surtout scandalisé de
ce bruit qui lui faisait mal aux oreilles. L'escorte
prit le galop; on traversait une grande pièce de
terre labourée, située au delà du canal, et ce
champ était jonché de cadavres.

— Les habits rouges! les habits rouges!
criaient avec joie les hussards de l'escorte, et
d'abord Fabrice ne comprenait pas; enfin il remarqua qu'en effet presque tous les cadavres
étaient vêtus de rouge. Une circonstance lui
donna un frisson d'horreur : il remarqua que
beaucoup de ces malheureux habits rouges vivaient encore; ils criaient évidemment pour demander du secours, et personne ne s'arrêtait
pour leur en donner. Notre héros, fort humain,
se donnait toutes les peines du monde pour que

son cheval ne mît les pieds sur aucun habit
rouge. L'escorte s'arrêta; Fabrice, qui ne faisait
pas assez d'attention à son devoir de soldat,
galopait toujours en regardant un malheureux
blessé.

— Veux-tu bien t'arrêter, blanc-bec! lui cria
le maréchal-des-logis. Fabrice s'aperçut qu'il était
à vingt pas sur la droite en avant des généraux,
et précisément du côté où ils regardaient avec
leurs lorgnettes. En revenant se ranger à la queue
des autres hussards restés à quelques pas en arrière, il vit le plus gros de ces généraux qui parlait à son voisin, général aussi, d'un air d'autorité et presque de réprimande; il jurait. Fabrice
ne put retenir sa curiosité; et, malgré le conseil
de ne point parler, à lui donné par son amie la
geôlière, il arrangea une petite phrase bien française, bien correcte, et dit à son voisin :

— Quel est-il ce général qui *gourmande* son
voisin?

— Pardi, c'est le maréchal!

— Quel maréchal?

— Le maréchal Ney, bêta! Ah ça! où as-tu
servi jusqu'ici?

Fabrice, quoique fort susceptible, ne songea
point à se fâcher de l'injure; il contemplait,
perdu dans une admiration enfantine, ce fameux
prince de la Moskowa, le brave des braves.

Tout à coup on partit au grand galop. Quelques

instants après, Fabrice vit, à vingt pas en avant, une terre labourée qui était remuée d'une façon singulière. Le fond des sillons était plein d'eau, et la terre fort humide, qui formait la crête de ces sillons, volait en petits fragments noirs lancés à trois ou quatre pieds de haut. Fabrice remarqua en passant cet effet singulier; puis sa pensée se remit à songer à la gloire du maréchal. Il entendit un cri sec auprès de lui; c'étaient deux hussards qui tombaient, atteints par des boulets; et, lorsqu'il les regarda, ils étaient déjà à vingt pas de l'escorte. Ce qui lui sembla horrible, ce fut un cheval tout sanglant qui se débattait sur la terre labourée en engageant ses pieds dans ses propres entrailles; il voulait suivre les autres : le sang coulait dans la boue.

Ah! m'y voilà donc enfin au feu! se dit-il. J'ai vu le feu! se répétait-il avec satisfaction. Me voici un vrai militaire. A ce moment, l'escorte allait ventre à terre, et notre héros comprit que c'étaient des boulets qui faisaient voler la terre de toutes parts. Il avait beau regarder du côté d'où venaient les boulets, il voyait la fumée blanche de la batterie à une distance énorme, et, au milieu du ronflement égal et continu produit par les coups de canon, il lui semblait entendre des décharges beaucoup plus voisines; il n'y comprenait rien du tout.

A ce moment, les généraux et l'escorte descen-

dirent dans un petit chemin plein d'eau, qui était
à cinq pieds en contre-bas.

Le maréchal s'arrêta, et regarda de nouveau
avec sa lorgnette. Fabrice, cette fois, put le voir
tout à son aise; il le trouva très blond, avec une
grosse tête rouge. Nous n'avons point des figures
comme celle-là en Italie, se dit-il. Jamais, moi
qui suis si pâle et qui ai des cheveux châtains, je
ne serai comme ça, ajoutait-il avec tristesse. Pour
lui ces paroles voulaient dire : Jamais je ne serai
un héros. Il regarda les hussards : à l'exception
d'un seul, tous avaient des moustaches jaunes. Si
Fabrice regardait les hussards de l'escorte, tous le
regardaient aussi. Ce regard le fit rougir, et, pour
finir son embarras, il tourna la tête vers l'ennemi. C'étaient des lignes fort étendues d'hommes
rouges; mais, ce qui l'étonna fort, ces hommes
lui semblaient tout petits. Leurs longues files,
qui étaient des régiments ou des divisions, ne lui
paraissaient pas plus hautes que des haies. Une
ligne de cavaliers rouges trottait pour se rapprocher du chemin en contre-bas que le maréchal
et l'escorte s'étaient mis à suivre au petit pas, pa-
taugeant dans la boue. La fumée empêchait de
rien distinguer du côté vers lequel on s'avançait;
l'on voyait quelquefois des hommes au galop se
détacher sur cette fumée blanche.

Tout à coup, du côté de l'ennemi, Fabrice vit
quatre hommes qui arrivaient ventre à terre. Ah!

nous sommes attaqués, se dit-il; puis il vit deux
de ces hommes parler au maréchal. Un des généraux de la suite de ce dernier partit au galop du
côté de l'ennemi, suivi de deux hussards de l'escorte et des quatre hommes qui venaient d'arriver. Après un petit canal que tout le monde
passa, Fabrice se trouva à côté d'un maréchal-
des-logis qui avait l'air fort bon enfant. Il faut
que je parle à celui-là, se dit-il, peut-être ils ces-
seront de me regarder. Il médita longtemps.

— Monsieur, c'est la première fois que j'assiste
à la bataille, dit-il enfin au maréchal-des-logis;
mais ceci est-il une véritable bataille?

— Un peu. Mais vous, qui êtes vous?

— Je suis frère de la femme d'un capitaine.

— Et comment l'appelez-vous, ce capitaine?

Notre héros fut terriblement embarrassé; il
n'avait point prévu cette question. Par bonheur,
le maréchal et l'escorte repartaient au galop. Quel
nom français dirai-je? pensait-il. Enfin il se rappela le nom du maître de l'hôtel où il avait logé
à Paris; il rapprocha son cheval de celui du maréchal-des-logis, et lui cria de toutes ses forces :

— Le capitaine Meunier! L'autre, entendant
mal à cause du roulement du canon, lui répondit : — Ah! le capitaine Teulier? Eh bien! il a été
tué. — Bravo! se dit Fabrice. Le capitaine Teulier;
il faut faire l'affligé. — Ah, mon Dieu! cria-t-il;
et il prit une mine piteuse. On était sorti du che-

min en contre-bas, on traversait un petit pré, on
allait ventre à terre, les boulets arrivaient de nouveau ; le maréchal se porta vers une division de
cavalerie. L'escorte se trouvait au milieu de cadavres et de blessés ; mais ce spectacle ne faisait
déjà plus autant d'impression sur notre héros : il
avait autre chose à penser.

Pendant que l'escorte était arrêtée, il aperçut la
petite voiture d'une cantinière, et sa tendresse
pour ce corps respectable l'emportant sur tout, il
partit au galop pour la rejoindre.

— Restez donc, s...! lui cria le maréchal-des-
logis.

Que peut-il me faire ici? pensa Fabrice, et il
continua de galoper vers la cantinière. En donnant de l'éperon à son cheval, il avait eu quelque
espoir que c'était sa bonne cantinière du matin ;
les chevaux et les petites charrettes se ressem-
blaient fort, mais la propriétaire était tout autre,
et notre héros lui trouva l'air fort méchant.
Comme il l'abordait, Fabrice l'entendit qui disait : — Il était pourtant bien bel homme! Un fort
vilain spectacle attendait là le nouveau soldat : on
coupait la cuisse à un cuirassier, beau jeune
homme de cinq pieds dix pouces. Fabrice ferma
les yeux et but coup sur coup quatre verres d'eau-
de-vie.

— Comme tu y vas, gringalet! s'écria la cantinière. L'eau-de-vie lui donna une idée : Il faut

que j'achète la bienveillance de mes camarades les hussards de l'escorte.

— Donnez-moi le reste de la bouteille, dit-il à la vivandière.

— Mais sais-tu, répondit-elle, que ce reste-là coûte dix francs, un jour comme aujourd'hui?

Comme il regagnait l'escorte au galop,

— Ah! tu nous rapportes la goutte, s'écria le maréchal-des-logis; c'est pour ça que tu désertais? Donne.

La bouteille circula; le dernier qui la prit la jeta en l'air après avoir bu. — Merci, camarade! cria-t-il à Fabrice. Tous les yeux le regardèrent avec bienveillance. Ces regards ôtèrent un poids de cent livres de dessus le cœur de Fabrice : c'était un de ces cœurs de fabrique trop fine qui ont besoin de l'amitié de ce qui les entoure. Enfin il n'était plus mal vu de ses compagnons, il y avait liaison entre eux! Fabrice respira profondément, puis d'une voix libre, il dit au maréchal-des-logis :

— Et si le capitaine Teulier a été tué, où pourrai-je rejoindre ma sœur? Il se croyait un petit Machiavel, de dire si bien Teulier au lieu de Meunier.

— C'est ce que vous saurez ce soir, lui répondit le maréchal-des-logis.

L'escorte repartit et se porta vers des divisions d'infanterie. Fabrice se sentait tout à fait enivré;

il avait bu trop d'eau-de-vie, il roulait un peu sur sa selle; il se souvint fort à propos d'un mot que répétait le cocher de sa mère : Quand on a levé le coude, il faut regarder entre les oreilles de son cheval, et faire comme fait le voisin. Le maréchal s'arrêta longtemps auprès de plusieurs corps de cavalerie qu'il fit charger; mais pendant une heure ou deux notre héros n'eut guère la conscience de ce qui se passait autour de lui. Il se sentait fort las, et quand son cheval galopait, il retombait sur la selle comme un morceau de plomb.

Tout à coup le maréchal-des-logis cria à ses hommes :

— Vous ne voyez donc pas l'Empereur, s...! Sur-le-champ l'escorte cria *Vive l'Empereur!* à tue-tête. On peut penser si notre héros regarda de tous ses yeux, mais il ne vit que des généraux qui galopaient, suivis, eux aussi, d'une escorte. Les longues crinières pendantes que portaient à leurs casques les dragons de la suite l'empêchèrent de distinguer les figures. Ainsi, je n'ai pu voir l'Empereur sur un champ de bataille, à cause de ces maudits verres d'eau-de-vie! Cette réflexion le réveilla tout à fait.

On redescendit dans un chemin rempli d'eau; les chevaux voulurent boire.

— C'est donc l'Empereur qui a passé là? dit-il à son voisin.

— Eh! certainement, celui qui n'avait pas d'habit brodé. Comment ne l'avez-vous pas vu? lui répondit le camarade avec bienveillance. Fabrice eut grande envie de galoper après l'escorte de l'Empereur et de s'y incorporer. Quel bonheur de faire réellement la guerre à la suite de ce héros! C'était pour cela qu'il était venu en France. J'en suis parfaitement le maître, se dit-il, car enfin je n'ai d'autre raison, pour faire le service que je fais, que la volonté de mon cheval qui s'est mis à galoper pour suivre ces généraux.

Ce qui détermina Fabrice à rester, c'est que les hussards, ses nouveaux camarades, lui faisaient bonne mine; il commençait à se croire l'ami intime de tous les soldats avec lesquels il galopait depuis quelques heures. Il voyait entre eux et lui cette noble amitié des héros du Tasse et de l'Arioste. S'il se joignait à l'escorte de l'Empereur, il y aurait une nouvelle connaissance à faire; peut-être même on lui ferait la mine, car ces autres cavaliers étaient des dragons, et lui portait l'uniforme de hussard ainsi que tout ce qui suivait le maréchal. La façon dont on le regardait maintenant mit notre héros au comble du bonheur; il eût fait tout au monde pour ses camarades; son âme et son esprit étaient dans les nues. Tout lui semblait avoir changé de face depuis qu'il était avec des amis, il mourait d'envie de faire des questions. Mais je suis encore un

peu ivre, se dit-il, il faut que je me souvienne
de la geôlière. Il remarqua, en sortant du chemin creux, que l'escorte n'était plus avec le
maréchal Ney; le général qu'ils suivaient était
grand, mince, et avait la figure sèche et l'œil terrible.

Ce général n'était autre que le comte d'A..., le
lieutenant Robert du 15 mai 1796. Quel bonheur
il eût trouvé à voir Fabrice del Dongo!

Il y avait déjà longtemps que Fabrice n'apercevait plus la terre volant en miettes noires sous
l'action des boulets; on arriva derrière un régiment de cuirassiers, il entendit distinctement les
biscaïens frapper sur les cuirasses et il vit tomber
plusieurs hommes.

Le soleil était déjà fort bas et il allait se coucher lorsque l'escorte, sortant d'un chemin creux,
monta une petite pente de trois ou quatre pieds
pour entrer dans une terre labourée. Fabrice entendit un petit bruit singulier tout près de lui;
il tourna la tête : quatre hommes étaient tombés
avec leurs chevaux; le général lui-même avait été
renversé, mais il se relevait tout couvert de sang.
Fabrice regardait les hussards jetés par terre :
trois faisaient encore quelques mouvements con-
vulsifs, le quatrième criait : Tirez-moi de dessous!
Le maréchal-des-logis et deux ou trois hommes
avaient mis pied à terre pour secourir le général
qui, s'appuyant sur son aide de camp, essayait

de faire quelques pas; il cherchait à s'éloigner de son cheval, qui se débattait renversé par terre et lançait des coups de pied furibonds.

Le maréchal-des-logis s'approcha de Fabrice. A ce moment notre héros entendit dire derrière lui et tout près de son oreille : — C'est le seul qui puisse encore galoper. Il se sentit saisir les pieds; on les élevait en même temps qu'on lui soutenait le corps par-dessous les bras; on le fit passer par-dessus la croupe de son cheval, puis on le laissa glisser jusqu'à terre, où il tomba assis.

L'aide de camp prit le cheval de Fabrice par la bride; le général, aidé par le maréchal-des-logis, monta et partit au galop; il fut suivi rapidement par les six hommes qui restaient. Fabrice se releva furieux, et se mit à courir après eux en criant : *Ladri! ladri!* (voleurs! voleurs!) Il était plaisant de courir après des voleurs au milieu d'un champ de bataille.

L'escorte et le général, comte d'A..., disparurent bientôt derrière une rangée de saules. Fabrice, ivre de colère, arriva aussi à cette ligne de saules; il se trouva tout contre un canal fort profond qu'il traversa. Puis, arrivé de l'autre côté, il se remit à jurer en apercevant de nouveau, mais à une très-grande distance, le général et l'escorte qui se perdaient dans les arbres. Voleurs! voleurs! criait-il maintenant en français. Désespéré, bien moins de la perte de son cheval que de la trahison, il se laissa tomber au bord du fossé, fatigué et mourant de faim. Si son beau cheval lui eût été enlevé par l'ennemi, il n'y eût pas songé; mais se voir trahir et voler par ce maréchal-des-logis qu'il aimait tant et par ces hussards qu'il regardait comme des frères! c'est ce qui lui brisait le cœur. Il ne pouvait se consoler de tant d'infamie, et, le dos appuyé contre un saule, il se mit à pleurer à chaudes larmes. Il défaisait un à un tous ces beaux rêves d'amitié chevaleresque et sublime, comme celle des héros de la *Jérusalem délivrée*. Voir arriver la mort n'était rien, entouré d'âmes héroïques et tendres, de nobles amis qui vous serrent la main au moment du dernier soupir! mais garder son enthousiasme entouré de vils fripons!!! Fabrice exagérait comme tout homme indigné. Au bout d'un quart d'heure d'attendrissement, il remarqua que les boulets commençaient à arriver jusqu'à la rangée d'arbres à l'ombre desquels il méditait. Il se leva et chercha à s'orienter. Il regardait ces prairies bordées par un large canal et la rangée de saules touffus : il crut se reconnaître. Il aperçut un corps d'infanterie qui passait le fossé et entrait dans les prairies, à un quart de lieue en avant de lui. J'allais m'endormir, se dit-il; il s'agit de n'être pas prisonnier; et il se mit à marcher très vite. En avançant il fut rassuré, il reconnut l'uniforme : les régiments par lesquels il

craignait d'être coupé étaient français. Il obliqua
à droite pour les rejoindre.

Après la douleur morale d'avoir été si indigne-
ment trahi et volé, il en était une autre qui, à
chaque instant, se faisait sentir plus vivement :
il mourait de faim. Ce fut donc avec une joie
extrême qu'après avoir marché, ou plutôt couru
pendant dix minutes, il s'aperçut que le corps
d'infanterie, qui allait très vite aussi, s'arrêtait
comme pour prendre position. Quelques minutes
plus tard, il se trouvait au milieu des premiers
soldats.

— Camarades, pourriez-vous me vendre un
morceau de pain?

— Tiens! cet autre qui nous prend pour des
boulangers!

Ce mot dur et le ricanement général qui le
suivit accablèrent Fabrice. La guerre n'était donc
plus ce noble et commun élan d'âmes amantes de
la gloire qu'il s'était figuré d'après les proclama-
tions de Napoléon! Il s'assit, ou plutôt se laissa
tomber sur le gazon, il devint très-pâle. Le soldat
qui lui avait parlé, et qui s'était arrêté à dix pas
pour nettoyer la batterie de son fusil avec son
mouchoir, s'approcha et lui jeta un morceau de
pain; puis, voyant qu'il ne le ramassait pas, le
soldat lui mit un morceau de ce pain dans la
bouche. Fabrice ouvrit les yeux, et mangea ce
pain sans avoir la force de parler. Quand enfin

il chercha des yeux le soldat pour le payer, il se trouva seul : les soldats les plus voisins de lui étaient éloignés de cent pas et marchaient. Il se leva machinalement et les suivit. Il entra dans un bois; il allait tomber de fatigue, et cherchait déjà de l'œil une place commode; mais quelle ne fut pas sa joie en reconnaissant d'abord le cheval, puis la voiture, et enfin la cantinière du matin! Elle accourut à lui et fut effrayée de sa mine.

— Marche encore, mon petit, lui dit-elle; tu es donc blessé? et ton beau cheval? En parlant ainsi elle le conduisait vers sa voiture, où elle le fit monter, en le soutenant par-dessous les bras. A peine dans la voiture, notre héros, excédé de fatigue, s'endormit profondément[1].

1. Para v. P. y E. 15 x. 38.

V Foulquier inv sculp

IV

Rien ne put le réveiller, ni les coups de fusil tirés fort près de la petite charrette, ni le trot du cheval que la cantinière fouettait à tour de bras. Le régiment, attaqué à l'improviste par des nuées de cavalerie prussienne, après avoir cru à la victoire toute la journée, battait en retraite, ou plutôt s'enfuyait du côté de la France.

Le colonel, beau jeune homme, bien *ficelé*, qui venait de succéder à Macon, fut sabré; le chef de bataillon qui le remplaça dans le commandement,

6

vieillard à cheveux blancs, fit faire halte au régiment. — F..., dit-il aux soldats, du temps de la
République, on attendait pour filer d'y être forcé
par l'ennemi........ Défendez chaque pouce de terrain et faites-vous tuer, s'écriait-il en jurant; c'est
maintenant le sol de la patrie que ces Prussiens
veulent envahir!

La petite charrette s'arrêta, Fabrice se réveilla
tout à coup. Le soleil était couché depuis longtemps; il fut tout étonné de voir qu'il était presque nuit. Les soldats couraient de côté et d'autre
dans une confusion qui surprit fort notre héros;
il trouva qu'ils avaient l'air penaud.

— Qu'est-ce donc? dit-il à la cantinière.

— Rien du tout. C'est que nous sommes flam-
bés, mon petit; c'est la cavalerie des Prussiens qui
nous sabre, rien que ça. Le bêta de général a
•d'abord cru que c'était la nôtre. Allons, vivement,
aide-moi à réparer le trait de Cocotte qui s'est
cassé.

Quelques coups de fusil partirent à dix pas de
distance; notre héros, frais et dispos, se dit :
Mais réellement pendant toute la journée je ne me
suis pas battu, j'ai seulement escorté un général.

— Il faut que je me batte, dit-il à la cantinière.

— Sois tranquille, tu te battras, et plus que tu
ne voudras! Nous sommes perdus.

Aubry, mon garçon, cria-t-elle à un caporal qui

passait, regarde toujours de temps en temps où en
est la petite voiture.

— Vous allez vous battre? dit Fabrice à Aubry.

— Non, je vais mettre mes escarpins pour aller
à la danse!

— Je vous suis.

— Je te recommande le petit hussard, cria la
cantinière; le jeune bourgeois a du cœur. Le caporal Aubry marchait sans dire mot. Huit ou dix
soldats le rejoignirent en courant; il les conduisit
derrière un gros chêne entouré de ronces. Arrivé
là, il les plaça au bord du bois, toujours sans mot
dire, sur une ligne fort étendue; chacun était au
moins à dix pas de son voisin.

— Ah çà! vous autres, dit le caporal, et c'était
la première fois qu'il parlait, n'allez pas faire feu
avant l'ordre, songez que vous n'avez plus que
trois cartouches.

— Mais que se passe-t-il donc? se demandait
Fabrice. Enfin, quand il se trouva seul avec le caporal, il lui dit :

— Je n'ai pas de fusil.

— Tais-toi d'abord! Avance-toi là, à cinquante
pas en avant du bois, tu trouveras quelqu'un des
pauvres soldats du régiment qui viennent d'être
sabrés; tu lui prendras sa giberne et son fusil. Ne
va pas dépouiller un blessé, au moins; prends
le fusil et la giberne d'un qui soit bien mort, et
dépêche-toi, pour ne pas recevoir les coups de

fusil de nos gens. Fabrice partit en courant et
revint bien vite avec un fusil et une giberne.

— Charge ton fusil et mets-toi là derrière cet
arbre, et surtout ne va pas tirer avant l'ordre que
je t'en donnerai : Dieu de Dieu! dit le caporal en
s'interrompant, il ne sait pas même charger son
arme! Il aida Fabrice en continuant son discours.
Si un cavalier ennemi galope sur toi pour te sabrer, tourne autour de ton arbre et ne lâche ton
coup qu'à bout portant, quand ton cavalier sera
à trois pas de toi; il faut presque que ta baïonnette touche son uniforme.

— Jette donc ton grand sabre, s'écria le caporal, veux-tu qu'il te fasse tomber, nom de D...!
Quels soldats on nous donne maintenant! En parlant ainsi, il prit lui-même le sabre, qu'il jeta au
loin avec colère.

— Toi, essuie la pierre de ton fusil avec ton
mouchoir. Mais as-tu jamais tiré un coup de fusil?

— Je suis chasseur.

— Dieu soit loué! reprit le caporal avec un
gros soupir. Surtout ne tire pas avant l'ordre que
je te donnerai; et il s'en alla.

Fabrice était tout joyeux. — Enfin je vais me
battre réellement, se disait-il, tuer un ennemi!
Ce matin ils nous envoyaient des boulets, et moi
je ne faisais rien que m'exposer à être tué; métier de dupe. Il regardait de tous côtés avec une

extrème curiosité. Au bout d'un moment, il entendit partir sept à huit coups de fusil tout près
de lui. Mais, ne recevant pas l'ordre de tirer, il
se tenait tranquille derrière son arbre. Il était
presque nuit; il lui semblait être à l'*espère*, à la
chasse de l'ours, dans la montagne de la Tramez-
zina, au-dessus de Grianta. Il lui vint une idée de
chasseur; il prit une cartouche dans sa giberne et
en détacha la balle : Si je le vois, dit-il, il ne faut
pas que je le manque, et il fit couler cette seconde
balle dans le canon de son fusil. Il entendit tirer
deux coups de feu tout à côté de son arbre; en
même temps il vit un cavalier vêtu de bleu qui
passait au galop devant lui, se dirigeant de sa
droite à sa gauche. — Il n'est pas à trois pas, se
dit-il, mais à cette distance je suis sûr de mon
coup. Il suivit bien le cavalier du bout de son fusil
et enfin pressa la détente; le cavalier tomba avec
son cheval. Notre héros se croyait à la chasse :
il courut tout joyeux sur la pièce qu'il venait
d'abattre. Il touchait déjà l'homme, qui lui semblait
mourant, lorsqu'avec une rapidité incroyable deux
cavaliers prussiens arrivèrent sur lui pour le
sabrer. Fabrice se sauva à toutes jambes vers le
bois; pour mieux courir il jeta son fusil. Les cavaliers prussiens n'étaient plus qu'à trois pas de
lui lorsqu'il atteignit une nouvelle plantation de
petits chênes gros comme le bras et bien droits
qui bordaient le bois. Ces petits chênes arrêtèrent

un instant les cavaliers, mais ils passèrent et se remirent à poursuivre Fabrice dans une clairière. De nouveau ils étaient près de l'atteindre, lorsqu'il se glissa entre sept à huit gros arbres. A ce moment, il eut presque la figure brûlée par la flamme de cinq ou six coups de fusil qui partirent en avant de lui. Il baissa la tête; comme il la relevait, il se trouva vis-à-vis du caporal.

— Tu as tué le tien? lui dit le caporal Aubry.

— Oui, mais j'ai perdu mon fusil.

— Ce n'est pas les fusils qui nous manquent; tu es un bon b....; malgré ton air cornichon, tu as bien gagné ta journée, et ces soldats-ci viennent de manquer ces deux qui te poursuivaient et venaient droit à eux; moi je ne les voyais pas. Il s'agit maintenant de filer rondement; le régiment doit être à un demi-quart de lieue, et, de plus, il y a un petit bout de prairie où nous pouvons être ramassés au demi-cercle.

Tout en parlant, le caporal marchait rapidement à la tête de ses dix hommes. A deux cents pas de là, en entrant dans la petite prairie dont il avait parlé, on rencontra un général blessé qui était porté par son aide de camp et par un domestique.

— Vous allez me donner quatre hommes, dit-il au caporal d'une voix éteinte, il s'agit de me transporter à l'ambulance; j'ai la jambe fracassée.

— Vas te faire f....., répondit le caporal, toi

et tous les généraux. Vous avez tous trahi l'Empereur aujourd'hui.

— Comment, dit le général en fureur, vous méconnaissez mes ordres! Savez-vous que je suis le général comte B..., commandant votre division, etc., etc. Il fit des phrases. L'aide de camp se jeta sur les soldats. Le caporal lui lança un coup de baïonnette dans le bras, puis fila avec ses hommes en doublant le pas. Puissent-ils être tous comme toi, répétait le caporal en jurant, les bras et les jambes fracassés! Tas de freluquets! Tous vendus aux Bourbons, et trahissant l'Empereur! Fabrice écoutait avec saisissement cette affreuse accusation.

Vers les dix heures du soir, la petite troupe rejoignit le régiment à l'entrée d'un gros village qui formait plusieurs rues fort étroites, mais Fabrice remarqua que le caporal Aubry évitait de parler à aucun des officiers. Impossible d'avancer! s'écria le caporal. Toutes ces rues étaient encombrées d'infanterie, de cavaliers et surtout de caissons d'artillerie et de fourgons. Le caporal se présenta à l'issue de trois de ces rues; après avoir fait vingt pas, il fallait s'arrêter: tout le monde jurait et se fâchait.

— Encore quelque traître qui commande! s'écria le caporal; si l'ennemi a l'esprit de tourner le village, nous sommes tous prisonniers comme des chiens. Suivez-moi, vous autres. Fabrice regarda:

il n'y avait plus que six soldats avec le caporal.
Par une grande porte ouverte ils entrèrent dans
une vaste basse-cour; de la basse-cour ils passèrent dans une écurie, dont la petite porte leur
donna entrée dans un jardin. Ils s'y perdirent un
moment, errant de côté et d'autre. Mais enfin, en
passant une haie, ils se trouvèrent dans une vaste
pièce de blé noir. En moins d'une demi-heure,
guidés par les cris et le bruit confus, ils eurent
regagné la grande route au delà du village. Les
fossés de cette route étaient remplis de fusils
abandonnés; Fabrice en choisit un : mais la route,
quoique fort large, était tellement encombrée de
fuyards et de charrettes, qu'en une demi-heure
de temps, à peine si le caporal et Fabrice avaient
avancé de cinq cents pas; on disait que cette route
conduisait à Charleroi. Comme onze heures son-
naient à l'horloge du village :

— Prenons de nouveau à travers champs!
s'écria le caporal. La petite troupe n'était plus
composée que de trois soldats, le caporal et Fabrice. Quand on fut à un quart de lieue de la
grande route,

— Je n'en puis plus, dit un des soldats.

— Et moi itou, dit un autre.

— Belle nouvelle! Nous en sommes tous logés
là, dit le caporal; mais obéissez-moi, et vous vous
en trouverez bien. Il vit cinq ou six arbres le
long d'un petit fossé au milieu d'une immense

pièce de blé. Aux arbres! dit-il à ses hommes;
couchez-vous là, ajouta-t-il quand on y fut arrivé,
et surtout pas de bruit. Mais avant de s'endormir,
qui est-ce qui a du pain?

— Moi, dit un des soldats.

— Donne, dit le caporal, d'un air magistral;
il divisa le pain en cinq morceaux et prit le plus
petit.

— Un quart d'heure avant le point du jour,
dit-il en mangeant, vous allez avoir sur le dos la
cavalerie ennemie. Il s'agit de ne pas se laisser
sabrer. Un seul est flambé, avec de la cavalerie
sur le dos, dans ces grandes plaines; cinq au contraire peuvent se sauver : restez avec moi bien
unis, ne tirez qu'à bout portant, et demain soir je
me fais fort de vous rendre à Charleroi. Le caporal les éveilla une heure avant le jour; il leur
fit renouveler la charge de leurs armes; le tapage
sur la grande route continuait, et avait duré toute
la nuit : c'était comme le bruit d'un torrent entendu dans le lointain.

— Ce sont comme des moutons qui se sauvent,
dit Fabrice au caporal, d'un air naïf.

— Veux-tu bien te taire, blanc-bec! dit le caporal indigné; et les trois soldats qui composaient
toute son armée avec Fabrice regardèrent celui-ci
d'un air de colère, comme s'il eût blasphémé. Il
avait insulté la nation.

Voilà qui est fort! pensa notre héros; j'ai déjà

remarqué cela chez le vice-roi à Milan ; ils ne
fuient pas, non ! Avec ces Français il n'est pas
permis de dire la vérité quand elle choque leur
vanité. Mais quant à leur air méchant, je m'en
moque, et il faut que je le leur fasse comprendre.
On marchait toujours à cinq cents pas de ce torrent de fuyards qui couvraient la grande route.
A une lieue de là le caporal et sa troupe traversèrent un chemin qui allait rejoindre la route et
où beaucoup de soldats étaient couchés. Fabrice
acheta un cheval assez bon qui lui coûta quarante
francs, et parmi tous les sabres jetés de côté et
d'autre, il choisit avec soin un grand sabre droit.
Puisqu'on dit qu'il faut piquer, pensa-t-il, celui-
ci est le meilleur. Ainsi équipé, il mit son cheval
au galop et rejoignit bientôt le caporal qui avait
pris les devants. Il s'affermit sur ses étriers, prit
de la main gauche le fourreau de son sabre droit,
et dit aux quatre Français :

— Ces gens, qui se sauvent sur la grande
route, ont l'air d'un troupeau de moutons... ils
marchent comme des moutons effrayés...

Fabrice avait beau appuyer sur le mot *mouton*,
ses camarades ne se souvenaient plus d'avoir été
fâchés par ce mot une heure auparavant. Ici se
trahit un des contrastes des caractères italien et
français ; le Français est sans doute le plus heureux, il glisse sur les événements de la vie et ne
garde pas rancune.

Nous ne cacherons point que Fabrice fut très-
satisfait de sa personne après avoir parlé des *mou-*
tons. On marchait en faisant la petite conversation. A deux lieues de là le caporal, toujours fort
étonné de ne point voir la cavalerie ennemie, dit
à Fabrice :

— Vous êtes notre cavalerie, galopez vers cette
ferme sur ce petit tertre, demandez au paysan
s'il veut nous *vendre* à déjeuner; dites bien que
nous ne sommes que cinq. S'il hésite, donnez-lui
cinq francs d'avance de votre argent, mais soyez
tranquille, nous reprendrons la pièce blanche
après le déjeuner.

Fabrice regarda le caporal, il vit en lui une
gravité imperturbable, et vraiment l'air de la supériorité morale; il obéit. Tout se passa comme
l'avait prévu le commandant en chef, seulement
Fabrice insista pour qu'on ne reprît pas de vive
force les cinq francs qu'il avait donnés au
paysan.

— L'argent est à moi, dit-il à ses camarades;
je ne paie pas pour vous, je paie pour l'avoine
qu'il a donnée à mon cheval.

Fabrice prononçait si mal le français que ses
camarades crurent voir dans ses paroles un ton
de supériorité; ils furent vivement choqués, et
dès lors dans leur esprit un duel se prépara pour
la fin de la journée. Ils le trouvaient fort diffé-
rent d'eux-mêmes, ce qui les choquait; Fabrice

au contraire commençait à se sentir beaucoup
d'amitié pour eux.

On marchait sans rien dire depuis deux
heures, lorsque le caporal, regardant la grande
route, s'écria avec un transport de joie : Voici
le régiment! On fut bientôt sur la route; mais,
hélas! autour de l'aigle il n'y avait pas deux cents
hommes. L'œil de Fabrice eut bientôt aperçu la
vivandière : elle marchait à pied, avait les yeux
rouges et pleurait de temps à autre. Ce fut en vain
que Fabrice chercha la petite charrette et Cocotte.

— Pillés, perdus, volés! s'écria la vivandière
répondant aux regards de notre héros. Celui-ci,
sans mot dire, descendit de son cheval, le prit
par la bride, et dit à la vivandière : Montez. Elle
ne se le fit pas dire deux fois.

— Raccourcis-moi les étriers, fit-elle.

Une fois bien établie à cheval, elle se mit à raconter à Fabrice tous les désastres de la nuit.
Après un récit d'une longueur infinie, mais avidement écouté par notre héros qui, à dire vrai,
ne comprenait rien à rien, mais avait une tendre
amitié pour la vivandière, celle-ci ajouta :

— Et dire que ce sont des Français qui m'ont
pillée, battue, abîmée...

— Comment! ce ne sont pas les ennemis? dit
Fabrice d'un air naïf, qui rendait charmante sa
belle figure grave et pâle.

— Que tu es bête, mon pauvre petit! dit la vivandière, souriant au milieu de ses larmes; et quoique ça, tu es bien gentil.

— Et tel que vous le voyez, il a fort bien descendu son Prussien, dit le caporal Aubry, qui, au milieu de la cohue générale, se trouvait par hasard de l'autre côté du cheval monté par la cantinière. Mais il est fier, continua le caporal... Fabrice fit un mouvement. Et comment t'appelles-tu? continua le caporal, car enfin, s'il y a un rapport, je veux te nommer.

— Je m'appelle Vasi, répondit Fabrice, faisant une mine singulière, c'est-à-dire *Boulot*, ajouta-t-il se reprenant vivement.

Boulot avait été le nom du propriétaire de la feuille de route que la geôlière de B... lui avait remise; l'avant-veille il l'avait étudiée avec soin, tout en marchant, car il commençait à réfléchir quelque peu et n'était plus si étonné des choses. Outre la feuille de route du hussard Boulot, il conservait précieusement le passe-port italien d'après lequel il pouvait prétendre au noble nom de Vasi, marchand de baromètres. Quand le caporal lui avait reproché d'être fier, il avait été sur le point de répondre : Moi, fier! moi, Fabrice Valserra, *marchesino* del Dongo, qui consens à porter le nom d'un Vasi, marchand de baromètres !

Pendant qu'il faisait des réflexions et qu'il se disait : Il faut bien me rappeler que je m'appelle

Boulot, ou, gare la prison dont le sort me me-
nace! le caporal et la cantinière avaient échangé
plusieurs mots sur son compte.

— Ne m'accusez pas d'être une curieuse, lui
dit la cantinière en cessant de le tutoyer; c'est
pour votre bien que je vous fais des questions.
Qui êtes-vous, là, réellement?

Fabrice ne répondit pas d'abord; il considérait
que jamais il ne pourrait trouver d'amis plus dévoués pour leur demander conseil, et il avait un
pressant besoin de conseils. Nous allons entrer
dans une place de guerre, le gouverneur voudra
savoir qui je suis, et gare la prison si je fais voir
par mes réponses que je ne connais personne au
4ᵉ régiment de hussards dont je porte l'uniforme!
En sa qualité de sujet de l'Autriche, Fabrice savait toute l'importance qu'il faut attacher à un
passe-port. Les membres de sa famille, quoique
nobles et dévots, quoique appartenant au parti
vainqueur, avaient été vexés plus de vingt fois à
l'occasion de leurs passe-ports; il ne fut donc nullement choqué de la question que lui adressait la
cantinière. Mais comme, avant que de répondre,
il cherchait les mots français les plus clairs, la
cantinière, piquée d'une vive curiosité, ajouta
pour l'engager à parler : Le caporal Aubry et
moi nous allons vous donner de bons avis pour
vous conduire.

— Je n'en doute pas, répondit Fabrice : je

m'appelle Vasi et je suis de Gênes; ma sœur, célèbre par sa beauté, a épousé un capitaine. Comme je n'ai que dix-sept ans, elle me faisait venir auprès d'elle pour me faire voir la France, et me former un peu; ne la trouvant pas à Paris, et sachant qu'elle était à cette armée, j'y suis venu, je l'ai cherchée de tous les côtés sans pouvoir la trouver. Les soldats, étonnés de mon accent, m'ont fait arrêter. J'avais de l'argent alors, j'en ai donné au gendarme, qui m'a remis une feuille de route, un uniforme, et m'a dit : File, et jure-moi de ne jamais prononcer mon nom.

— Comment s'appelait-il? dit la cantinière.

— J'ai donné ma parole, dit Fabrice.

— Il a raison, reprit le caporal; le gendarme est un gredin, mais le camarade ne doit pas le nommer. Et comment s'appelle-t-il, ce capitaine, mari de votre sœur? Si nous savons son nom, nous pourrons le chercher.

— Teulier, capitaine au 4ᵉ de hussards, répondit notre héros.

— Ainsi, dit le caporal avec assez de finesse, à votre accent étranger, les soldats vous prirent pour un espion?

— C'est là le mot infâme! s'écria Fabrice, les yeux brillants. Moi qui aime tant l'Empereur et les Français! Et c'est par cette insulte que je suis le plus vexé.

— Il n'y a pas d'insulte, voilà ce qui vous

trompe; l'erreur des soldats était fort naturelle,
reprit gravement le caporal Aubry.

Alors il lui expliqua avec beaucoup de pédan-
terie qu'à l'armée il faut appartenir à un corps
et porter un uniforme, faute de quoi il est tout
simple qu'on vous prenne pour un espion. L'ennemi nous en lâche beaucoup; tout le monde
trahit dans cette guerre. Les écailles tombèrent
des yeux de Fabrice; il comprit pour la première
fois qu'il avait tort dans tout ce qui lui arrivait
depuis deux mois.

— Mais il faut que le petit nous raconte tout,
dit la cantinière, dont la curiosité était de plus en
plus excitée. Fabrice obéit. Quand il eut fini,

— Au fait, dit la cantinière parlant d'un air
grave au caporal, cet enfant n'est point militaire;
nous allons faire une vilaine guerre maintenant
que nous sommes battus et trahis. Pourquoi se
ferait-il casser les os *gratis pro Deo?*

— Et même, dit le caporal, qu'il ne sait pas
charger son fusil, ni en douze temps, ni à volonté. C'est moi qui ai chargé le coup qui a descendu le Prussien.

— De plus, il montre son argent à tout le
monde, ajouta la cantinière; il sera volé de tout
dès qu'il ne sera plus avec nous.

— Le premier sous-officier de cavalerie qu'il
rencontre, dit le caporal, le confisque à son profit
pour se faire payer la goutte, et peut-être on le re-

crute pour l'ennemi, car tout le monde trahit. Le
premier venu va lui ordonner de le suivre, et il le
suivra; il ferait mieux d'entrer dans notre régiment.

— Non pas, s'il vous plaît, caporal! s'écria vivement Fabrice; il est plus commode d'aller à
cheval, et d'ailleurs je ne sais pas charger un
fusil, et vous avez vu que je manie un cheval.

Fabrice fut très-fier de ce petit discours. Nous
ne rendrons pas compte de la longue discussion
sur sa destinée future, qui eut lieu entre le caporal et la cantinière. Fabrice remarqua qu'en
discutant ces gens répétaient trois ou quatre fois
toutes les circonstances de son histoire : les soupçons des soldats, le gendarme lui vendant une
feuille de route et un uniforme, la façon dont la
veille il s'était trouvé faire partie de l'escorte du
maréchal, l'Empereur vu au galop, le cheval *es-
cofié*, etc., etc.

Avec une curiosité de femme, la cantinière revenait sans cesse sur la façon dont on l'avait dé-
possédé du bon cheval qu'elle lui avait fait
acheter.

— Tu t'es senti saisir par les pieds, on t'a fait
passer doucement par-dessus la queue de ton cheval, et l'on t'a assis par terre! Pourquoi répéter
si souvent, se disait Fabrice, ce que nous connais-
sons tous trois parfaitement bien? Il ne savait pas

7

encore que c'est ainsi qu'en France les gens du
peuple vont à la recherche des idées.

— Combien as-tu d'argent? lui dit tout à coup
la cantinière. Fabrice n'hésita pas à répondre; il
était sûr de la noblesse d'âme de cette femme :
c'est là le beau côté de la France.

— En tout, il peut me rester trente napoléons
en or et huit ou dix écus de 5 francs.

— En ce cas, tu as le champ libre! s'écria la
cantinière; tire-toi du milieu de cette armée en
déroute; jette-toi de côté, prends la première
route un peu frayée que tu trouveras là sur ta
droite; pousse ton cheval ferme, toujours t'éloi-
gnant de l'armée. A la première occasion achète
des habits de pékin. Quand tu seras à huit ou dix
lieues, et que tu ne verras plus de soldats, prends
la poste, et va te reposer huit jours et manger des
biftecks dans quelque bonne ville. Ne dis jamais
à personne que tu as été à l'armée; les gendarmes
te ramasseraient comme déserteur; et, quoique
tu sois bien gentil, mon petit, tu n'es pas encore
assez fûté pour répondre à des gendarmes. Dès
que tu auras sur le dos des habits de bourgeois,
déchire ta feuille de route en mille morceaux et reprends ton nom véritable; dis que tu es Vasi. Et
d'où devra-t-il dire qu'il vient? fit-elle au caporal.

— De Cambrai sur l'Escaut : c'est une bonne
ville toute petite, entends-tu, et où il y a une cathédrale et Fénelon.

— C'est ça, dit la cantinière; ne dis jamais que tu as été à la bataille, ne souffle mot de B*** ni du gendarme qui t'a vendu la feuille de route. Quand tu voudras rentrer à Paris, rends-toi d'abord à Versailles, et passe la barrière de Paris de ce côté-là en flânant, en marchant à pied comme un promeneur. Couds tes napoléons dans ton pantalon; et surtout quand tu as à payer quelque chose, ne montre tout juste que l'argent qu'il faut pour payer. Ce qui me chagrine, c'est qu'on va t'empaumer, on va te chiper tout ce que tu as; et que feras-tu une fois sans argent, toi qui ne sais pas te conduire? etc.

La bonne cantinière parla longtemps encore; le caporal appuyait ses avis par des signes de tête, ne pouvant trouver jour à saisir la parole. Tout à coup cette foule qui couvrait la grande route, d'abord doubla le pas; puis, en un clin d'œil, passa le petit fossé qui bordait la route à gauche, et se mit à fuir à toutes jambes. — Les Cosaques! les Cosaques! criait-on de tous les côtés.

— Reprends ton cheval! s'écria la cantinière.

— Dieu m'en garde! dit Fabrice. Galopez! fuyez! je vous le donne. Voulez-vous de quoi racheter une petite voiture? La moitié de ce que j'ai est à vous.

— Reprends ton cheval, te dis-je! s'écria la cantinière en colère; et elle se mettait en devoir de descendre. Fabrice tira son sabre : — Tenez-

vous bien! lui cria-t-il, et il donna deux ou trois
coups de plat de sabre au cheval, qui prit le galop
et suivit les fuyards.

Notre héros regarda la grande route : naguère
trois ou quatre mille individus s'y pressaient, ser-
rés comme des paysans à la suite d'une procession. Après le mot *Cosaques*, il n'y vit exactement
plus personne; les fuyards avaient abandonné des
schakos, des fusils, des sabres, etc. Fabrice,
étonné, monta dans un champ à droite du chemin,
et qui était élevé de vingt ou trente pieds; il regarda la grande route des deux côtés et la plaine,
il ne vit pas trace de cosaques. Drôles de gens que
ces Français! se dit-il. Puisque je dois aller sur
la droite, pensa-t-il, autant vaut marcher tout de
suite: il est possible que ces gens aient pour
courir une raison que je ne connais pas. Il ra-
massa un fusil, vérifia qu'il était chargé, remua
la poudre de l'amorce, nettoya la pierre, puis
choisit une giberne bien garnie, et regarda encore
de tous les côtés; il était absolument seul au
milieu de cette plaine naguère si couverte de
monde. Dans l'extrême lointain, il voyait les
fuyards qui commençaient à disparaître derrière
les arbres, et couraient toujours. Voilà qui est
bien singulier! se dit-il; et, se rappelant la
manœuvre employée la veille par le caporal, il
alla s'asseoir au milieu d'un champ de blé. Il
ne s'éloignait pas, parce qu'il désirait revoir ses

bons amis, la cantinière et le caporal Aubry.

Dans ce blé, il vérifia qu'il n'avait plus que dix-huit napoléons, au lieu de trente comme il le pensait; mais il lui restait de petits diamants qu'il avait placés dans la doublure des bottes du hussard, le matin dans la chambre de la geôlière, à B***. Il cacha ses napoléons du mieux qu'il put, tout en réfléchissant profondément à cette disparition si soudaine. Cela est-il d'un mauvais présage pour moi? se disait-il. Son principal chagrin était de ne pas avoir adressé cette question au caporal Aubry : Ai-je réellement assisté à une bataille? il lui semblait que oui, et il eût été au comble du bonheur s'il en eût été certain.

Toutefois, se dit-il, j'y ai assisté portant le nom d'un prisonnier, j'avais la feuille de route d'un prisonnier dans ma poche, et, bien plus, son habit sur moi! Voilà qui est fatal pour l'avenir : qu'en eût dit l'abbé Blanès? Et ce malheureux Boulot est mort en prison! Tout cela est de sinistre augure; le destin me conduira en prison. Fabrice eût donné tout au monde pour savoir si le hussard Boulot était réellement coupable; en rappelant ses souvenirs, il lui semblait que la geôlière de B*** lui avait dit que le hussard avait été ramassé non-seulement pour des couverts d'argent, mais encore pour avoir volé la vache d'un paysan, et battu le paysan à toute outrance : Fabrice ne doutait pas qu'il ne fût mis un jour en

prison pour une faute qui aurait quelque rapport
avec celle du hussard Boulot. Il pensait à son ami
le curé Blanès; que n'eût-il pas donné pour pouvoir le consulter! Puis il se rappela qu'il n'avait
pas écrit à sa tante depuis qu'il avait quitté Paris.
Pauvre Gina! se dit-il, et il avait les larmes aux
yeux, lorsque tout à coup il entendit un petit
bruit tout près de lui; c'était un soldat qui faisait
manger le blé par trois chevaux auxquels il avait
ôté la bride, et qui semblaient morts de faim; il
les tenait par le bridon. Fabrice se leva comme
un perdreau, le soldat eut peur. Notre héros le
remarqua, et céda au plaisir de jouer un instant
le rôle de hussard.

— Un de ces chevaux m'appartient, f...!
s'écria-t-il; mais je veux bien te donner cinq
francs pour la peine que tu as prise de me
l'amener ici.

— Est-ce que tu te fiches de moi? dit le soldat.
Fabrice le mit en joue à six pas de distance.

— Lâche le cheval ou je te brûle!

Le soldat avait son fusil en bandoulière, il
donna un tour d'épaule pour le reprendre.

— Si tu fais le plus petit mouvement, tu es
mort! s'écria Fabrice en lui courant dessus.

— Eh bien! donnez les cinq francs et prenez
un des chevaux, dit le soldat confus, après avoir
jeté un regard de regret sur la grande route où
il n'y avait absolument personne. Fabrice, tenant

son fusil haut de la main gauche, de la droite
lui jeta trois pièces de cinq francs.

— Descends, ou tu es mort... Bride le noir et
va-t'en plus loin avec les deux autres... Je te
brûle si tu remues.

Le soldat obéit en rechignant. Fabrice s'approcha du cheval et passa la bride dans son bras
gauche, sans perdre de vue le soldat qui s'éloignait lentement; quand Fabrice le vit à une
cinquantaine de pas, il sauta lestement sur le
cheval. Il y était à peine et cherchait l'étrier de
droite avec le pied, lorsqu'il entendit siffler une
balle de fort près : c'était le soldat qui lui lâchait
son coup de fusil. Fabrice, transporté de colère,
se mit à galoper sur le soldat qui s'enfuit à toutes
jambes, et bientôt Fabrice le vit monté sur un
de ces deux chevaux et galopant. Bon, le voilà
hors de portée, se dit-il. Le cheval qu'il venait
d'acheter était magnifique, mais paraissait mourant de faim. Fabrice revint sur la grande route,
où il n'y avait toujours âme qui vive; il la traversa et mit son cheval au trot pour atteindre un
petit pli de terrain sur la gauche où il espérait
retrouver la cantinière; mais quand il fut au
sommet de la petite montée il n'aperçut, à plus
d'une lieue de distance, que quelques soldats
isolés. Il est écrit que je ne la reverrai plus, se
dit-il avec un soupir, brave et bonne femme!
Il gagna une ferme qu'il apercevait dans le loin-

tain et sur la droite de la route. Sans descendre
de cheval, et après avoir payé d'avance, il fit
donner de l'avoine à son pauvre cheval, tellement
affamé qu'il mordait la mangeoire. Une heure
plus tard, Fabrice trottait sur la grande route,
toujours dans le vague espoir de retrouver la
cantinière, ou du moins le caporal Aubry. Allant
toujours et regardant de tous les côtés, il arriva à
une rivière marécageuse traversée par un pont en
bois assez étroit. Avant le pont, sur la droite de
la route, était une maison isolée portant l'enseigne du Cheval-Blanc. Là, je vais dîner, se dit
Fabrice. Un officier de cavalerie avec le bras en
écharpe se trouvait à l'entrée du pont; il était à
cheval et avait l'air fort triste; à dix pas de lui,
trois cavaliers à pied arrangeaient leurs pipes.

— Voilà des gens, se dit Fabrice, qui m'ont
bien la mine de vouloir m'acheter mon cheval
encore moins cher qu'il ne m'a coûté. L'officier
blessé et les trois piétons le regardaient venir et
semblaient l'attendre. Je devrais bien ne pas
passer sur ce pont, et suivre le bord de la rivière
à droite, ce serait la route conseillée par la cantinière pour sortir d'embarras.... Oui, se dit notre
héros; mais si je prends la fuite, demain j'en
serai tout honteux : d'ailleurs mon cheval a de
bonnes jambes, celui de l'officier est probablement fatigué; s'il entreprend de me démonter, je
galoperai. En faisant ces raisonnements, Fabrice

rassemblait son cheval et s'avançait au plus petit pas possible.

— Avancez donc, hussard! lui cria l'officier d'un air d'autorité.

Fabrice avança quelques pas et s'arrêta.

— Voulez-vous me prendre mon cheval? cria-t-il.

— Pas le moins du monde; avancez.

Fabrice regarda l'officier : il avait des moustaches blanches, et l'air le plus honnête du monde; le mouchoir qui soutenait son bras gauche était plein de sang, et sa main droite aussi était enveloppée d'un linge sanglant. Ce sont les piétons qui vont sauter à la bride de mon cheval, se dit Fabrice; mais, en y regardant de près, il vit que les piétons aussi étaient blessés.

— Au nom de l'honneur, lui dit l'officier qui portait les épaulettes de colonel, restez ici en vedette, et dites à tous les dragons, chasseurs et hussards que vous verrez, que le colonel Le Baron est dans l'auberge que voilà, et que je leur ordonne de venir me joindre. Le vieux colonel avait l'air navré de douleur; dès le premier mot il avait fait la conquête de notre héros, qui lui répondit avec bon sens :

— Je suis jeune, monsieur, pour que l'on veuille m'écouter; il faudrait un ordre écrit de votre main.

— Il a raison, dit le colonel en le regardant

beaucoup ; écris l'ordre, La Rose, toi qui as
une main droite.

Sans rien dire, La Rose tira de sa poche un
petit livret de parchemin, écrivit quelques lignes,
et, déchirant une feuille, la remit à Fabrice ; le
colonel répéta l'ordre à celui-ci, ajoutant qu'après
deux heures de faction il serait relevé, comme
de juste, par un des trois cavaliers blessés qui
étaient avec lui. Cela dit, il entra dans l'auberge avec ses hommes. Fabrice les regardait
marcher et restait immobile au bout de son pont
de bois, tant il avait été frappé par la douleur
morne et silencieuse de ces trois personnages.
On dirait des génies enchantés, se dit-il. Enfin
il ouvrit le papier plié et lut l'ordre ainsi conçu :

« Le colonel Le Baron, du 6ᵉ dragons, com-
« mandant la seconde brigade de la première
« division de cavalerie du 14ᵉ corps, ordonne à
« tous cavaliers, dragons, chasseurs et hussards
« de ne point passer le pont, et de le rejoindre
« à l'auberge du Cheval-Blanc, près le pont, où
« est son quartier-général.

« Au quartier-général, près le pont de la
« *Sainte*, le 19 juin 1815.
« Pour le colonel Le Baron, blessé au bras
« droit, et par son ordre, le maréchal-des-logis,

« LA ROSE. »

Il y avait à peine une demi-heure que Fabrice était en sentinelle au pont, quand il vit arriver six chasseurs montés et trois à pied ; il leur communique l'ordre du colonel. — Nous allons revenir, disent quatre des chasseurs montés, et ils passent le pont au grand trot. Fabrice parlait alors aux deux autres. Durant la discussion, qui s'animait, les trois hommes à pied passent le pont. Un des deux chasseurs montés qui restaient finit par demander à revoir l'ordre, et l'emporta en disant :

— Je vais le porter à mes camarades, qui ne manqueront pas de revenir ; attends-les ferme. Et il part au galop ; son camarade le suit. Tout cela fut fait en un clin d'œil.

Fabrice, furieux, appela un des soldats blessés, qui parut à une des fenêtres du Cheval-Blanc. Ce soldat, auquel Fabrice vit des galons de maréchal-des-logis, descendit et lui cria en s'approchant :

— Sabre à la main donc ! vous êtes en faction. Fabrice obéit, puis lui dit : — Ils ont emporté l'ordre.

— Ils ont de l'humeur de l'affaire d'hier, reprit l'autre d'un air morne. Je vais vous donner un de mes pistolets ; si l'on force de nouveau la consigne, tirez-le en l'air, je viendrai, ou le colonel lui-même paraîtra.

Fabrice avait fort bien vu un geste de surprise

chez le maréchal-des-logis, à l'annonce de l'ordre
enlevé; il comprit que c'était une insulte personnelle qu'on lui avait faite, et se promit bien de
ne plus se laisser jouer.

Armé du pistolet d'arçon du maréchal-des-
logis, Fabrice avait repris fièrement sa faction,
lorsqu'il vit arriver à lui sept hussards montés :
il s'était placé de façon à barrer le pont; il leur
communique l'ordre du colonel, ils en ont l'air
fort contrariés, le plus hardi cherche à passer.
Fabrice, suivant le sage précepte de son amie la
vivandière, qui, la veille au matin, lui disait qu'il
fallait piquer et non sabrer, abaisse la pointe de
son grand sabre droit et fait mine d'en porter
un coup à celui qui veut forcer la consigne.

— Ah! il veut nous tuer, le blanc-bec! s'écrient
les hussards, comme si nous n'avions pas été
assez tués hier! Tous tirent leurs sabres à la
fois et tombent sur Fabrice; il se crut mort;
mais il songea à la surprise du maréchal-des-
logis, et ne voulut pas être méprisé de nouveau.
Tout en reculant sur son pont, il tâchait de
donner des coups de pointe. Il avait une si
drôle de mine en maniant ce grand sabre droit
de grosse cavalerie, beaucoup trop lourd pour
lui, que les hussards virent bientôt à qui ils
avaient affaire; ils cherchèrent alors, non pas à
le blesser, mais à lui couper son habit sur le
corps. Fabrice reçut ainsi trois ou quatre petits

coups de sabre sur les bras. Pour lui, toujours
fidèle au précepte de la cantinière, il lançait de
tout son cœur force de coups de pointe. Par
malheur un de ces coups de pointe blessa un
hussard à la main : fort en colère d'être touché
par un tel soldat, il riposta par un coup de pointe
à fond qui atteignit Fabrice au haut de la cuisse.
Ce qui fit porter le coup, c'est que le cheval de
notre héros, loin de fuir la bagarre, semblait y
prendre plaisir et se jeter sur les assaillants.
Ceux-ci, voyant couler le sang de Fabrice le long
de son bras droit, craignirent d'avoir poussé le
jeu trop avant, et, le poussant vers le parapet
gauche du pont, partirent au galop. Dès que Fabrice eut un moment de loisir il tira en l'air son
coup de pistolet pour avertir le colonel.

Quatre hussards montés et deux à pied, du
même régiment que les autres, venaient vers le
pont et en étaient encore à deux cents pas lorsque
le coup de pistolet partit : ils regardaient fort
attentivement ce qui se passait sur le pont, et
s'imaginant que Fabrice avait tiré sur leurs camarades, les quatre à cheval fondirent sur lui
au galop et le sabre haut; c'était une véritable
charge. Le colonel Le Baron, averti par le coup
de pistolet, ouvrit la porte de l'auberge et se
précipita sur le pont au moment où les hussards
au galop y arrivaient, et il leur intima lui-même
l'ordre de s'arrêter.

— Il n'y a plus de colonel ici! s'écria l'un d'eux, et il poussa son cheval. Le colonel exaspéré interrompit la remontrance qu'il leur adressait, et, de sa main droite blessée, saisit la rêne de ce cheval du côté hors du montoir.

— Arrête! mauvais soldat, dit-il au hussard; je te connais, tu es de la compagnie du capitaine Henriet.

— Eh bien! que le capitaine lui-même me donne l'ordre! Le capitaine Henriet a été tué hier, ajouta-t-il en ricanant, et va te faire f.....

En disant ces paroles il veut forcer le passage et pousse le vieux colonel qui tombe assis sur le pavé du pont. Fabrice, qui était à deux pas plus loin sur le pont, mais faisant face du côté de l'auberge, pousse son cheval, et tandis que le poitrail du cheval de l'assaillant jette par terre le colonel qui ne lâche point la rêne hors du montoir, Fabrice, indigné, porte au hussard un coup de pointe à fond. Par bonheur le cheval du hussard, se sentant tiré vers la terre par la bride que tenait le colonel, fit un mouvement de côté, de façon que la longue lame du sabre de grosse cavalerie de Fabrice glissa le long du gilet du hussard et passa tout entière sous ses yeux. Furieux, le hussard se retourne et lance un coup de toutes ses forces, qui coupe la manche de Fabrice et entre profondément dans son bras : notre héros tombe.

Un des hussards démontés, voyant les deux défenseurs du pont par terre, saisit l'à-propos, saute
sur le cheval de Fabrice et veut s'en emparer en
le lançant au galop sur le pont.

Le maréchal-des-logis, en accourant de l'auberge, avait vu tomber son colonel, et le croyait
gravement blessé. Il court après le cheval de Fabrice, et plonge la pointe de son sabre dans les
reins du voleur; celui-ci tombe. Les hussards, ne
voyant plus sur le pont que le maréchal-des-logis
à pied, passent au galop et filent rapidement.
Celui qui était à pied s'enfuit dans la campagne.

Le maréchal-des-logis s'approcha des blessés.
Fabrice s'était déjà relevé; il souffrait peu, mais
perdait beaucoup de sang. Le colonel se releva
plus lentement; il était tout étourdi de sa chute,
mais n'avait reçu aucune blessure.

— Je ne souffre, dit-il au maréchal-des-logis,
que de mon ancienne blessure à la main.

Le hussard blessé par le maréchal-des-logis
mourait.

— Le diable l'emporte! s'écria le colonel;
mais, dit-il au maréchal-des-logis et aux deux
autres cavaliers qui accouraient, songez à ce petit jeune homme que j'ai exposé mal à propos.
Je vais rester au pont moi-même pour tâcher
d'arrêter ces enragés. Conduisez le petit jeune
homme à l'auberge et pansez son bras; prenez
une de mes chemises.

V.Foulquier inv. sculp.

V

Toute cette aventure n'avait pas duré une minute; les blessures de Fabrice n'étaient rien; on
lui serra le bras avec des bandes taillées dans la
chemise du colonel. On voulait lui arranger un
lit au premier étage de l'auberge.

— Mais pendant que je serai ici bien choyé
au premier étage, dit Fabrice au maréchal-des-
logis, mon cheval, qui est à l'écurie, s'ennuiera
tout seul et s'en ira avec un autre maître.

— Pas mal pour un conscrit! dit le maréchal-

8

des-logis; et l'on établit Fabrice sur de la paille bien fraîche, dans la mangeoire même à laquelle son cheval était attaché.

Puis, comme Fabrice se sentait très faible, le maréchal-des-logis lui apporta une écuelle de vin chaud et fit un peu la conversation avec lui. Quelques compliments inclus dans cette conversation mirent notre héros au troisième ciel.

Fabrice ne s'éveilla que le lendemain au point du jour; les chevaux poussaient de longs hennissements et faisaient un tapage affreux; l'écurie se remplissait de fumée. D'abord Fabrice ne comprenait rien à tout ce bruit, et ne savait même où il était; enfin, à demi étouffé par la fumée, il eut l'idée que la maison brûlait; en un clin d'œil, il fut hors de l'écurie et à cheval. Il leva la tête : la fumée sortait avec violence par les deux fenêtres au-dessus de l'écurie, et le toit était couvert d'une fumée noire qui tourbillonnait. Une centaine de fuyards étaient arrivés dans la nuit à l'auberge du Cheval-Blanc; tous criaient et juraient. Les cinq ou six que Fabrice put voir de près lui semblèrent complétement ivres; l'un d'eux voulait l'arrêter et lui criait : Où emmènes-tu mon cheval?

Quand Fabrice fut à un quart de lieue, il tourna la tête; personne ne le suivait, la maison était en flammes. Fabrice reconnut le pont, il pensa à sa blessure et sentit son bras serré par

des bandes et fort chaud. Et le vieux colonel, que
sera-t-il devenu? Il a donné sa chemise pour
panser mon bras. Notre héros était ce matin-là
du plus beau sang-froid du monde; la quantité
de sang qu'il avait perdue l'avait délivré de toute
la partie romanesque de son caractère.

A droite! se dit-il, et filons. Il se mit tranquillement à suivre le cours de la rivière, qui,
après avoir passé sous le pont, coulait vers la
droite de la route. Il se rappelait les conseils de
la bonne cantinière. Quelle amitié! se disait-il,
quel caractère ouvert!

Après une heure de marche, il se trouva très
faible. Ah çà! vais-je m'évanouir? se dit-il; si je
m'évanouis, on me vole mon cheval, et peut-être
mes habits, et avec les habits le trésor. Il n'avait
plus la force de conduire son cheval, et il cherchait à se tenir en équilibre lorsqu'un paysan,
qui bêchait dans un champ à côté de la grande
route, vit sa pâleur et vint lui offrir un verre de
bière et du pain.

— A vous voir si pâle, j'ai pensé que vous
étiez un des blessés de la grande bataille! lui dit
le paysan. Jamais secours ne vint plus à propos.
Au moment où Fabrice mâchait le morceau de
pain noir, les yeux commençaient à lui faire mal
quand il regardait devant lui. Quand il fut un
peu remis, il remercia. Et où suis-je? demanda-
t-il. Le paysan lui apprit qu'à trois quarts de

lieue plus loin se trouvait le bourg de Zonders, où il serait très bien soigné. Fabrice arriva dans ce bourg, ne sachant pas trop ce qu'il faisait, et ne songeant à chaque pas qu'à ne pas tomber de cheval. Il vit une grande porte ouverte, il entra : c'était l'auberge de l'Étrille. Aussitôt accourut la bonne maîtresse de la maison, femme énorme; elle appela du secours d'une voix altérée par la pitié. Deux jeunes filles aidèrent Fabrice à mettre pied à terre; à peine descendu de cheval, il s'évanouit complétement. Un chirurgien fut appelé, on le saigna. Ce jour-là et ceux qui suivirent, Fabrice ne savait pas trop ce qu'on lui faisait, il dormait presque sans cesse.

Le coup de pointe à la cuisse menaçait d'un dépôt considérable. Quand il avait sa tête à lui, il recommandait qu'on prît soin de son cheval, et répétait souvent qu'il paierait bien, ce qui offensait la bonne maîtresse de l'auberge et ses filles. Il y avait quinze jours qu'il était admirablement soigné, et il commençait à reprendre un peu ses idées, lorsqu'il s'aperçut un soir que ses hôtesses avaient l'air fort troublé. Bientôt un officier allemand entra dans sa chambre : on se servait pour lui répondre d'une langue qu'il n'entendait pas; mais il vit bien qu'on parlait de lui; il feignit de dormir. Quelque temps après, quand il pensa que l'officier pouvait être sorti, il appela ses hôtesses :

— Cet officier ne vient-il pas m'écrire sur une liste, et me faire prisonnier? L'hôtesse en convint les larmes aux yeux.

— Eh bien! il y a de l'argent dans mon dolman! s'écria-t-il en se relevant sur son lit; achetez-moi des habits bourgeois, et, cette nuit, je pars sur mon cheval. Vous m'avez déjà sauvé la vie une fois en me recevant au moment où j'allais tomber mourant dans la rue; sauvez-la-moi encore en me donnant les moyens de rejoindre ma mère.

En ce moment, les filles de l'hôtesse se mirent à fondre en larmes; elles tremblaient pour Fabrice; et, comme elles comprenaient à peine le français, elles s'approchèrent de son lit pour lui faire des questions. Elles discutèrent en flamand avec leur mère; mais, à chaque instant, des yeux attendris se tournaient vers notre héros; il crut comprendre que sa fuite pouvait les compromettre gravement, mais qu'elles voulaient bien en courir la chance. Il les remercia avec effusion et en joignant les mains. Un juif du pays fournit un habillement complet; mais, quand il l'apporta vers les dix heures du soir, ces demoiselles reconnurent, en comparant l'habit avec le dolman de Fabrice, qu'il fallait le rétrécir infiniment. Aussitôt elles se mirent à l'ouvrage; il n'y avait pas de temps à perdre. Fabrice indiqua quelques napoléons cachés dans ses habits, et pria ses hôtesses de les coudre dans les vêtements qu'on venait d'acheter. On avait apporté avec les habits une belle paire de bottes neuves. Fabrice n'hésita point à prier ces bonnes filles de couper les bottes à la hussarde à l'endroit qu'il leur indiqua, et l'on cacha ses petits diamants dans la doublure des nouvelles bottes.

Par un effet singulier de la perte du sang et de la faiblesse qui en était la suite, Fabrice avait presque tout à fait oublié le français; il s'adressait en italien à ses hôtesses, qui parlaient un patois flamand, de façon que l'on s'entendait presque uniquement par signes. Quand les jeunes filles, d'ailleurs parfaitement désintéressées, virent les diamants, leur enthousiasme pour lui n'eut plus de bornes; elles le crurent un prince déguisé. Aniken, la cadette et la plus naïve, l'embrassa sans autre façon. Fabrice, de son côté, les trouvait charmantes; et vers minuit, lorsque le chirurgien lui eut permis un peu de vin, à cause de la route qu'il allait entreprendre, il avait presque envie de ne pas partir. Où pourrais-je être mieux qu'ici? disait-il. Toutefois, sur les deux heures du matin, il s'habilla. Au moment de sortir de sa chambre, la bonne hôtesse lui apprit que son cheval avait été emmené par l'officier qui, quelques heures auparavant, était venu faire la visite de la maison.

— Ah, canaille! s'écriait Fabrice en jurant, à

un blessé! Il n'était pas assez philosophe, ce jeune
Italien, pour se rappeler à quel prix lui-même
avait acheté ce cheval.

Aniken lui apprit en pleurant qu'on avait loué
un cheval pour lui; elle eût voulu qu'il ne par-
tît pas; les adieux furent tendres. Deux grands
jeunes gens, parents de la bonne hôtesse, por-
tèrent Fabrice sur la selle; pendant la route ils
le soutenaient à cheval, tandis qu'un troisième,
qui précédait le petit convoi de quelques cen-
taines de pas, examinait s'il n'y avait point de
patrouille suspecte sur les chemins. Après deux
heures de marche, on s'arrêta chez une cousine
de l'hôtesse de l'Étrille. Quoi que Fabrice pût leur
dire, les jeunes gens qui l'accompagnaient ne voulurent jamais le quitter; ils prétendaient qu'ils
connaissaient mieux que personne les passages
dans les bois.

— Mais demain matin, quand on saura ma
fuite, et qu'on ne vous verra pas dans le pays,
votre absence vous compromettra, disait Fabrice.

On se remit en marche. Par bonheur, quand
le jour vint à paraître, la plaine était couverte
d'un brouillard épais. Vers les huit heures du
matin, l'on arriva près d'une petite ville. L'un
des jeunes gens se détacha pour voir si les chevaux de la poste avaient été volés. Le maître de
poste avait eu le temps de les faire disparaître, et
de recruter des rosses infâmes dont il avait garni

ses écuries. On alla chercher deux chevaux dans les marécages, où ils étaient cachés, et, trois heures après, Fabrice monta dans un petit cabriolet tout délabré, mais attelé de deux bons chevaux de poste. Il avait repris des forces. Le moment de la séparation avec les jeunes gens, parents de l'hôtesse, fut du dernier pathétique; jamais, quelque prétexte aimable que Fabrice pût trouver, ils ne voulurent accepter d'argent.

— Dans votre état, monsieur, vous en avez plus besoin que nous, répondaient toujours ces braves jeunes gens. Enfin ils partirent avec des lettres où Fabrice, un peu fortifié par l'agitation de la route, avait essayé de faire connaître à ses hôtesses tout ce qu'il sentait pour elles. Fabrice écrivait les larmes aux yeux, et il y avait certainement de l'amour dans la lettre adressée à la petite Aniken.

Le reste du voyage n'eut rien que d'ordinaire. En arrivant à Amiens il souffrait beaucoup du coup de pointe qu'il avait reçu à la cuisse; le chirurgien de campagne n'avait pas songé à débrider la plaie, et, malgré les saignées, il s'y était formé un dépôt. Pendant les quinze jours que Fabrice passa dans l'auberge d'Amiens, tenue par une famille complimenteuse et avide, les alliés envahissaient la France, et Fabrice devint comme un autre homme, tant il fit de réflexions profondes sur les choses qui venaient de lui arriver. Il n'était resté enfant que sur un point : ce qu'il avait vu, était-ce une bataille, et en second lieu, cette bataille était-elle Waterloo? Pour la première fois de sa vie il trouva du plaisir à lire; il espérait toujours trouver dans les journaux, ou dans les récits de la bataille, quelque description qui lui permettrait de reconnaître les lieux qu'il avait parcourus à la suite du maréchal Ney, et plus tard avec l'autre général. Pendant son séjour à Amiens, il écrivit presque tous les jours à ses bonnes amies de l'Étrille. Dès qu'il fut guéri, il vint à Paris; il trouva à son ancien hôtel vingt lettres de sa mère et de sa tante qui le suppliaient de revenir au plus vite. Une dernière lettre de la comtesse Pietranera avait un certain tour énigmatique qui l'inquiéta fort; cette lettre lui enleva toutes ses rêveries tendres. C'était un caractère auquel il ne fallait qu'un mot pour prévoir facilement les plus grands malheurs; son imagination se chargeait ensuite de lui peindre ces malheurs avec les détails les plus horribles.

« Garde-toi bien de signer les lettres que tu écris pour donner de tes nouvelles, lui disait la comtesse. A ton retour tu ne dois point venir d'emblée sur le lac de Côme : arrête-toi à Lugano, sur le territoire suisse. » Il devait arriver dans cette petite ville sous le nom de Cavi; il trouverait à la principale auberge le valet de chambre de la comtesse, qui lui indiquerait ce qu'il fallait faire.

Sa tante finissait par ces mots : « Cache par tous
les moyens possibles la folie que tu as faite, et
surtout ne conserve sur toi aucun papier imprimé
ou écrit; en Suisse tu seras environné des amis
de Sainte-Marguerite[1]. Si j'ai assez d'argent, lui
disait la comtesse, j'enverrai quelqu'un à Genève,
à l'hôtel des Balances, et tu auras des détails que
je ne puis écrire, et qu'il faut pourtant que tu
saches avant d'arriver. Mais, au nom de Dieu, pas
un jour de plus à Paris; tu y serais reconnu par
nos espions. » L'imagination de Fabrice se mit à se
figurer les choses les plus étranges, et il fut incapable de tout autre plaisir que celui de chercher
à deviner ce que sa tante pouvait avoir à lui apprendre de si étrange. Deux fois, en traversant la
France, il fut arrêté; mais il sut se dégager; il
dut ces désagréments à son passe-port italien et à
cette étrange qualité de marchand de baromètres,
qui n'était guère d'accord avec sa figure jeune et
son bras en écharpe.

Enfin, dans Genève, il trouva un homme appartenant à la comtesse, qui lui raconta de sa part
que lui, Fabrice, avait été dénoncé à la police
de Milan comme étant allé porter à Napoléon
des propositions arrêtées par une vaste conspiration organisée dans le ci-devant royaume d'Italie.

---

1. M. Pellico a rendu ce nom européen, c'est celui de la rue de
Milan où se trouvent le palais et les prisons de la police.

Si tel n'eût pas été le but de son voyage, disait la dénonciation, à quoi bon prendre un nom supposé? Sa mère chercherait à prouver ce qui était vrai; c'est-à-dire : 1° qu'il n'était jamais sorti de la Suisse.

2° Qu'il avait quitté le château à l'improviste, à la suite d'une querelle avec son frère aîné.

A ce récit, Fabrice eut un sentiment d'orgueil. J'aurais été une sorte d'ambassadeur auprès de Napoléon! se dit-il; j'aurais eu l'honneur de parler à ce grand homme, plût à Dieu! Il se souvint que son septième aïeul, le petit-fils de celui qui arriva à Milan à la suite de Sforce, eut l'honneur d'avoir la tête tranchée par les ennemis du duc, qui le surprirent comme il allait en Suisse porter des propositions aux louables cantons et recruter des soldats. Il voyait des yeux de l'âme l'estampe relative à ce fait, placée dans la généalogie de la famille. Fabrice, en interrogeant ce valet de chambre, le trouva outré d'un détail qui enfin lui échappa, malgré l'ordre exprès de le lui taire, plusieurs fois répété par la comtesse. C'était Ascagne, son frère aîné, qui l'avait dénoncé à la police de Milan. Ce mot cruel donna comme un accès de folie à notre héros. De Genève pour aller en Italie on passe par Lausanne; il voulut partir à pied et sur-le-champ, et faire ainsi dix ou douze lieues, quoique la diligence de Genève à Lausanne, dût partir deux heures plus tard. Avant de sortir

de Genève, il se prit de querelle, dans un des
tristes cafés du pays, avec un jeune homme qui
le regardait, disait-il, d'une façon singulière.
Rien de plus vrai : le jeune Genevois, flegmatique,
raisonnable et ne songeant qu'à l'argent, le croyait
fou ; Fabrice en entrant avait jeté des regards
furibonds de tous les côtés, puis renversé sur son
pantalon la tasse de café qu'on lui servait. Dans
cette querelle, le premier mouvement de Fabrice
fut tout à fait du seizième siècle : au lieu de parler
de duel au jeune Genevois, il tira son poignard
et se jeta sur lui pour l'en percer. En ce moment
de passion, Fabrice oubliait tout ce qu'il avait
appris sur les règles de l'honneur, et revenait à
l'instinct, ou, pour mieux dire, aux souvenirs de
la première enfance.

L'homme de confiance intime qu'il trouva dans
Lugano augmenta sa fureur en lui donnant de
nouveaux détails. Comme Fabrice était aimé à
Grianta, personne n'eût prononcé son nom, et
sans l'aimable procédé de son frère, tout le monde
eût feint de croire qu'il était à Milan, et jamais
l'attention de la police de cette ville n'eût été
appelée sur son absence.

— Sans doute les douaniers ont votre signalement, lui dit l'envoyé de sa tante, et si nous suivons la grande route, à la frontière du royaume
lombardo-vénitien, vous serez arrêté.

Fabrice et ses gens connaissaient les moindres

sentiers de la montagne qui sépare Lugano du lac
de Côme : ils se déguisèrent en chasseurs, c'est-à-
dire en contrebandiers, et comme ils étaient trois
et porteurs de mines assez résolues, les douaniers
qu'ils rencontrèrent ne songèrent qu'à les saluer.
Fabrice s'arrangea de façon à n'arriver au château
que vers minuit; à cette heure, son père et tous
les valets de chambre portant de la poudre étaient
couchés depuis longtemps. Il descendit sans peine
dans le fossé profond et pénétra dans le château
par la petite fenêtre d'une cave : c'est là qu'il
était attendu par sa mère et sa tante; bientôt ses
sœurs accoururent. Les transports de tendresse
et les larmes se succédèrent pendant longtemps,
et l'on commençait à peine à parler raison lorsque
les premières lueurs de l'aube vinrent avertir ces
êtres qui se croyaient malheureux, que le temps
volait.

— J'espère que ton frère ne se sera pas
douté de ton arrivée, lui dit Mme Pietranera; je
ne lui parlais guère depuis sa belle équipée, ce
dont son amour-propre me faisait l'honneur
d'être fort piqué : ce soir à souper j'ai daigné
lui adresser la parole; j'avais besoin de trouver
un prétexte pour cacher la joie folle qui pouvait lui donner des soupçons. Puis, lorsque je
me suis aperçue qu'il était tout fier de cette
prétendue réconciliation, j'ai profité de sa joie
pour le faire boire d'une façon désordonnée, et

certainement il n'aura pas songé à se mettre en
embuscade pour continuer son métier d'espion.

— C'est dans ton appartement qu'il faut cacher
notre hussard, dit la marquise; il ne peut partir
tout de suite; dans ce premier moment, nous ne
sommes pas assez maîtresses de notre raison, et il
s'agit de choisir la meilleure façon de mettre en
défaut cette terrible police de Milan.

On suivit cette idée; mais le marquis et son
fils aîné remarquèrent, le jour d'après, que la
marquise était sans cesse dans la chambre de sa
belle-sœur. Nous ne nous arrêterons pas à peindre
les transports de tendresse et de joie qui ce jour-
là encore agitèrent ces êtres si heureux. Les cœurs
italiens sont, beaucoup plus que les nôtres, tourmentés par les soupçons et par les idées folles
que leur présente une imagination brûlante, mais
en revanche leurs joies sont bien plus intenses
et durent plus longtemps. Ce jour-là, la comtesse
et la marquise étaient absolument privées de leur
raison; Fabrice fut obligé de recommencer tous
ses récits : enfin on résolut d'aller cacher la joie
commune à Milan, tant il sembla difficile de se
dérober plus longtemps à la police du marquis et
de son fils Ascagne.

On prit la barque ordinaire de la maison pour
aller à Côme; en agir autrement eût été réveiller
mille soupçons; mais en arrivant au port de Côme
la marquise se souvint qu'elle avait oublié à

Grianta des papiers de la dernière importance :
elle se hâta d'y renvoyer les bateliers, et ces
hommes ne purent faire aucune remarque sur la
manière dont ces deux dames employaient leur
temps à Côme. A peine arrivées, elles louèrent
au hasard une de ces voitures qui attendent pra-
tique près de cette haute tour du moyen âge qui
s'élève au-dessus de la porte de Milan. On partit
à l'instant même sans que le cocher eût le temps
de parler à personne. A un quart de lieue de la
ville, on trouva un jeune chasseur de la connaissance de ces dames, et qui par complaisance,
comme elles n'avaient aucun homme avec elles,
voulut bien leur servir de chevalier jusques aux
portes de Milan, où il se rendait en chassant.
Tout allait bien, et ces dames faisaient la conversation la plus joyeuse avec le jeune voyageur,
lorsqu'à un détour que fait la route pour tourner
la charmante colline et le bois de San-Giovanni,
trois gendarmes déguisés sautèrent à la bride des
chevaux. — Ah! mon mari nous a trahis! s'écria
la marquise, et elle s'évanouit. Un maréchal-des-
logis qui était resté un peu en arrière s'approcha
de la voiture en trébuchant, et dit d'une voix qui
avait l'air de sortir du cabaret :

— Je suis fâché de la mission que j'ai à remplir, mais je vous arrête, général Fabio Conti.

Fabrice crut que le maréchal-des-logis lui faisait une mauvaise plaisanterie en l'appelant *gé-*

néral. Tu me la paieras, se dit-il; il regardait les gendarmes déguisés, et guettait le moment favorable pour sauter à bas de la voiture et se sauver à travers champs.

La comtesse sourit à tout hasard, je crois, puis dit au maréchal-des-logis :

— Mais, mon cher maréchal, est-ce donc cet enfant de seize ans que vous prenez pour le général Conti?

— N'êtes-vous pas la fille du général? dit le maréchal-des-logis.

— Voyez mon père, dit la comtesse en montrant Fabrice. Les gendarmes furent saisis d'un rire fou.

— Montrez vos passe-ports sans raisonner, reprit le maréchal-des-logis piqué de la gaieté générale.

— Ces dames n'en prennent jamais pour aller à Milan, dit le cocher d'un air froid et philosophique; elles viennent de leur château de Grianta. Celle-ci est Mme la comtesse Pietranera, celle-là, Mme la marquise del Dongo.

Le maréchal-des-logis, tout déconcerté, passa à la tête des chevaux, et là tint conseil avec ses hommes. La conférence durait bien depuis cinq minutes, lorsque la comtesse Pietranera pria ces messieurs de permettre que la voiture fût avancée de quelques pas et placée à l'ombre; la chaleur était accablante, quoiqu'il ne fût que onze

heures du matin. Fabrice, qui regardait fort attentivement de tous les côtés, cherchant le moyen
de se sauver, vit déboucher d'un petit sentier à
travers champs et arriver sur la grande route,
couverte de poussière, une jeune fille de quatorze
à quinze ans qui pleurait timidement sous son
mouchoir. Elle s'avançait à pied entre deux gendarmes en uniforme, et, à trois pas derrière elle,
aussi entre deux gendarmes, marchait un grand
homme sec qui affectait des airs de dignité
comme un préfet suivant une procession.

— Où les avez-vous donc trouvés? dit le maréchal-des-logis tout à fait ivre en ce moment.

— Se sauvant à travers champs, et pas plus
de passe-ports que sur la main.

Le maréchal-des-logis parut perdre tout à fait
la tête; il avait devant lui cinq prisonniers au
lieu de deux qu'il fallait. Il s'éloigna de quelques
pas, ne laissant qu'un homme pour garder le
prisonnier qui faisait de la majesté, et un autre
pour empêcher les chevaux d'avancer.

— Reste, dit la comtesse à Fabrice qui déjà
avait sauté à terre, tout va s'arranger.

On entendit un gendarme s'écrier :

— Qu'importe! s'ils n'ont pas de passe-ports
ils sont de bonne prise tout de même. Le maréchal-des-logis semblait n'être pas tout à fait aussi
décidé : le nom de la comtesse Pietranera lui donnait de l'inquiétude; il avait connu le général,

9

dont il ne savait pas la mort. Le général n'est
pas homme à ne pas se venger si j'arrête sa
femme mal à propos, se disait-il.

Pendant cette délibération qui fut longue, la
comtesse avait lié conversation avec la jeune fille
qui était à pied sur la route et dans la poussière
à côté de la calèche; elle avait été frappée de sa
beauté.

— Le soleil va vous faire mal, mademoiselle;
ce brave soldat, ajouta-t-elle en parlant au gendarme placé à la tête des chevaux, vous permettra
bien de monter en calèche.

Fabrice, qui rôdait autour de la voiture, s'approcha pour aider la jeune fille à monter. Celle-
ci s'élançait déjà sur le marchepied, le bras soutenu par Fabrice, lorsque l'homme imposant.
qui était à six pas en arrière de la voiture, cria
de sa voix grossie par la volonté d'être digne :

— Restez sur la route, ne montez pas dans
une voiture qui ne vous appartient pas.

Fabrice n'avait pas entendu cet ordre; la jeune
fille, au lieu de monter dans la calèche, voulut re-
descendre, et Fabrice continuant à la soutenir, elle
tomba dans ses bras. Il sourit, elle rougit profondément; ils restèrent un instant à se regarder
après que la jeune fille se fut dégagée de ses bras.

— Ce serait une charmante compagne de prison, se dit Fabrice : quelle pensée profonde sous
ce front! elle saurait aimer.

Le maréchal-des-logis s'approcha d'un air d'autorité : — Laquelle de ces dames se nomme Clélia Conti?

— Moi, dit la jeune fille.

— Et moi, s'écria l'homme âgé, je suis le général Fabio Conti, chambellan de S. A. S. monseigneur le prince de Parme; je trouve fort inconvenant qu'un homme de ma sorte soit traqué comme un voleur.

— Avant-hier, en vous embarquant au port de Côme, n'avez-vous pas envoyé promener l'inspecteur de police qui vous demandait votre passeport? Hé bien! aujourd'hui il vous empêche de vous promener.

— Je m'éloignais déjà avec ma barque, j'étais pressé, le temps étant à l'orage; un homme sans uniforme m'a crié du quai de rentrer au port : je lui ai dit mon nom et j'ai continué mon voyage.

— Et ce matin, vous vous êtes enfui de Côme?

— Un homme comme moi ne prend pas de passe-port pour aller de Milan voir le lac. Ce matin, à Côme, on m'a dit que je serais arrêté à la porte; je suis sorti à pied avec ma fille; j'espérais trouver sur la route quelque voiture qui me conduirait jusqu'à Milan, où certes ma première visite sera pour porter mes plaintes au général commandant la province.

Le maréchal-des-logis parut soulagé d'un grand poids.

— Eh bien! général, vous êtes arrêté, et je vais vous conduire à Milan. Et vous, qui êtes-vous? dit-il à Fabrice.

— Mon fils, reprit la comtesse : Ascagne, fils du général de division Pietranera.

— Sans passe-port, madame la comtesse? dit le maréchal-des-logis fort radouci.

— A son âge il n'en a jamais pris; il ne voyage jamais seul, il est toujours avec moi.

Pendant ce colloque, le général Conti faisait de la dignité de plus en plus offensée avec les gendarmes.

— Pas tant de paroles, lui dit l'un d'eux; vous êtes arrêté, suffit!

— Vous serez trop heureux, dit le maréchal-des-logis, que nous consentions à ce que vous louiez un cheval de quelque paysan; autrement, malgré la poussière et la chaleur, et le grade de chambellan de Parme, vous marcherez fort bien à pied au milieu de nos chevaux.

Le général se mit à jurer.

— Veux-tu bien te taire! reprit le gendarme. Où est ton uniforme de général? le premier venu ne peut-il pas dire qu'il est général?

Le général se fâcha de plus belle. Pendant ce temps les affaires allaient beaucoup mieux dans la calèche.

La comtesse faisait marcher les gendarmes comme s'ils eussent été ses gens. Elle venait de

donner un écu à l'un d'eux pour aller chercher du
vin et surtout de l'eau fraîche, dans une cassine que
l'on apercevait à deux cents pas. Elle avait trouvé
le temps de calmer Fabrice, qui, à toute force,
voulait se sauver dans le bois qui couvrait la colline ; j'ai de bons pistolets, disait-il. Elle obtint
du général irrité qu'il laisserait monter sa fille
dans la voiture. A cette occasion, le général, qui
aimait à parler de lui et de sa famille, apprit à
ces dames que sa fille n'avait que douze ans, étant
née en 1803, le 27 octobre ; mais tout le monde
lui donnait quatorze ou quinze ans, tant elle
avait de raison.

Homme tout à fait commun, disaient les yeux
de la comtesse à la marquise. Grâce à la comtesse,
tout s'arrangea après un colloque d'une heure. Un
gendarme, qui se trouva avoir affaire dans le village voisin, loua son cheval au général Conti, après
que la comtesse lui eut dit : Vous aurez 10 francs.
Le maréchal-des-logis partit seul avec le général ;
les autres gendarmes restèrent sous un arbre en
compagnie avec quatre énormes bouteilles de vin,
sorte de petites *dames-jeannes*, que le gendarme
envoyé à la cassine avait rapportées, aidé par un
paysan. Clélia Conti fut autorisée par le digne
chambellan à accepter, pour revenir à Milan, une
place dans la voiture de ces dames, et personne
ne songea à arrêter le fils du brave général comte
Pietranera. Après les premiers moments donnés à

la politesse et aux commentaires sur le petit incident qui venait de se terminer, Clélia Conti remarqua la nuance d'enthousiasme avec laquelle
une aussi belle dame que la comtesse parlait à
Fabrice; certainement elle n'était pas sa mère.
Son attention fut surtout excitée par des allusions
répétées à quelque chose d'héroïque, de hardi, de
dangereux au suprême degré, qu'il avait fait depuis peu; mais, malgré toute son intelligence, la
jeune Clélia ne put deviner de quoi il s'agissait.

Elle regardait avec étonnement ce jeune héros
dont les yeux semblaient respirer encore tout le
feu de l'action. Pour lui, il était un peu interdit
de la beauté si singulière de cette jeune fille de
douze ans, et ses regards la faisaient rougir.

Une lieue avant d'arriver à Milan, Fabrice dit
qu'il allait voir son oncle, et prit congé des dames.

— Si jamais je me tire d'affaire, dit-il à Clélia,
j'irai voir les beaux tableaux de Parme, et alors
daignerez-vous vous rappeler ce nom : Fabrice
del Dongo?

— Bon! dit la comtesse, voilà comme tu sais
garder l'incognito! Mademoiselle, daignez vous
rappeler que ce mauvais sujet est mon fils et
s'appelle Pietranera et non del Dongo.

Le soir, fort tard, Fabrice rentra dans Milan par
la porte *Renza*, qui conduit à une promenade à la
mode. L'envoi des deux domestiques en Suisse
avait épuisé les fort petites économies de la mar-

quise et de sa sœur; par bonheur, Fabrice avait encore quelques napoléons, et l'un des diamants, qu'on résolut de vendre.

Ces dames étaient aimées et connaissaient toute la ville; les personnages les plus considérables dans le parti autrichien et dévot allèrent parler en faveur de Fabrice au baron Binder, chef de la police. Ces messieurs ne concevaient pas, disaient-ils, comment on pouvait prendre au sérieux l'incartade d'un enfant de seize ans qui se dispute avec un frère aîné et déserte la maison paternelle.

— Mon métier est de tout prendre au sérieux, répondait doucement le baron Binder, homme sage et triste. Il établissait alors cette fameuse police de Milan, et s'était engagé à prévenir une révolution comme celle de 1740, qui chassa les Autrichiens de Gênes. Cette police de Milan, devenue depuis si célèbre par les aventures de MM. Pellico et d'Andryane, ne fut pas précisément cruelle, elle exécutait raisonnablement et sans pitié des lois sévères. L'empereur François II voulait qu'on frappât de terreur ces imaginations italiennes si hardies.

— Donnez-moi jour par jour, répétait le baron Binder aux protecteurs de Fabrice, l'indication *prouvée* de ce qu'a fait le jeune marchesino del Dongo; prenons-le depuis le moment de son départ de Grianta, 8 mars, jusqu'à son arrivée, hier soir, dans cette ville, où il est caché dans une des

chambres de l'appartement de sa mère, et je suis
prêt à le traiter comme le plus aimable et le plus
espiègle des jeunes gens de la ville. Si vous ne
pouvez pas me fournir l'itinéraire du jeune homme
pendant toutes les journées qui ont suivi son départ de Grianta, quelle que soit la grandeur de
sa naissance et le respect que je porte aux amis
de sa famille, mon devoir n'est-il pas de le faire
arrêter? Ne dois-je pas le retenir en prison jusqu'à
ce qu'il m'ait donné la preuve qu'il n'est pas allé
porter des paroles à Napoléon de la part de quelques mécontents qui peuvent exister en Lombardie
parmi les sujets de Sa Majesté impériale et royale?
Remarquez encore, messieurs, que si le jeune del
Dongo parvient à se justifier sur ce point, il restera coupable d'avoir passé à l'étranger sans passe-
port régulièrement délivré, et de plus en prenant
un faux nom et faisant usage sciemment d'un
passe-port délivré à un simple ouvrier, c'est-à-dire
à un individu d'une classe tellement au-dessous
de celle à laquelle il appartient.

Cette déclaration cruellement raisonnable était
accompagnée de toutes les marques de déférence
et de respect que le chef de la police devait à la
haute position de la marquise del Dongo et à celle
des personnages importants qui venaient s'entre-
mettre pour elle.

La marquise fut au désespoir quand elle apprit
la réponse du baron Binder.

— Fabrice va être arrêté, s'écriait-elle en pleurant, et une fois en prison, Dieu sait quand il en sortira! Son père le reniera!

Mme Pietranera et sa belle-sœur tinrent conseil avec deux ou trois amis intimes, et, quoi qu'ils pussent dire, la marquise voulut absolument faire partir son fils dès la nuit suivante.

— Mais tu vois bien, lui disait la comtesse, que le baron Binder sait que ton fils est ici; cet homme n'est point méchant.

— Non, mais il veut plaire à l'empereur François.

— Mais s'il croyait utile à son avancement de jeter Fabrice en prison, il y serait déjà; et c'est lui marquer une défiance injurieuse que de le faire sauver.

— Mais nous avouer qu'il sait où est Fabrice, c'est nous dire : Faites-le partir! Non, je ne vivrai pas tant que je pourrai me répéter : Dans un quart d'heure mon fils peut être entre quatre murailles! Quelle que soit l'ambition du baron Binder, ajoutait la marquise, il croit utile à sa position personnelle en ce pays d'afficher des ménagements pour un homme du rang de mon mari, et j'en vois une preuve dans cette ouverture de cœur singulière avec laquelle il avoue qu'il sait où prendre mon fils. Bien plus, le baron détaille complaisamment les deux contraventions dont Fabrice est accusé, d'après la dénonciation de son indigne frère; il explique que ces deux contraventions emportent la prison; n'est-ce pas nous dire que si nous aimons mieux l'exil, c'est à nous de choisir?

— Si tu choisis l'exil, répétait toujours la comtesse, de la vie nous ne le reverrons. Fabrice, présent à tout l'entretien, avec un des anciens amis de la marquise, maintenant conseiller au tribunal formé par l'Autriche, était grandement d'avis de prendre la clef des champs. Et, en effet, le soir même il sortait du palais caché dans la voiture qui conduisait au théâtre de la Scala sa mère et sa tante. Le cocher, dont on se défiait, alla faire comme d'habitude une station au cabaret, et pendant que le laquais, homme sûr, gardait les chevaux, Fabrice, déguisé en paysan, se glissa hors de la voiture et sortit de la ville. Le lendemain matin il passa la frontière avec le même bonheur, et quelques heures plus tard il était installé dans une terre que sa mère avait en Piémont, près de Novare, précisément à Romagnano, où Bayard fut tué.

On peut penser avec quelle attention ces dames, arrivées dans leur loge à la Scala, écoutaient le spectacle. Elles n'y étaient allées que pour pouvoir consulter plusieurs de leurs amis appartenant au parti libéral, et dont l'apparition au palais del Dongo eût pu être mal interprétée par la police. Dans la loge il fut résolu de faire une nouvelle démarche auprès du baron Binder. Il ne pouvait pas être question d'offrir une somme d'argent à ce magistrat parfaitement honnête homme, et d'ailleurs ces dames étaient fort pauvres, elles avaient forcé Fabrice à emporter tout ce qui restait sur le produit du diamant.

Il était fort important toutefois d'avoir le dernier mot du baron. Les amis de la comtesse lui rappelèrent un certain chanoine Borda, jeune homme fort aimable, qui jadis avait voulu lui faire la cour, et avec d'assez vilaines façons; ne pouvant réussir, il avait dénoncé son amitié pour Limercati au général Pietranera, sur quoi il avait été chassé comme un vilain. Or, maintenant ce chanoine faisait tous les soirs la partie de tarots de la baronne Binder, et naturellement était l'ami intime du mari. La comtesse se décida à la démarche horriblement pénible d'aller voir ce chanoine; et le lendemain matin de bonne heure, avant qu'il sortît de chez lui, elle se fit annoncer.

— Lorsque le domestique unique du chanoine prononça le nom de la comtesse Pietranera, cet homme fut ému au point d'en perdre la voix; il ne chercha point à réparer le désordre d'un négligé fort simple.

— Faites entrer et allez-vous-en, dit-il d'une voix éteinte. La comtesse entra; Borda se jeta à genoux.

— C'est dans cette position qu'un malheureux

fou doit recevoir vos ordres, dit-il à la comtesse
qui, ce matin-là, dans son négligé à demi déguisement, était d'un piquant irrésistible. Le profond
chagrin de l'exil de Fabrice, la violence qu'elle se
faisait pour paraître chez un homme qui en avait
agi traîtreusement avec elle, tout se réunissait
pour donner à son regard un éclat incroyable.

— C'est dans cette position que je veux recevoir vos ordres, s'écria le chanoine, car il est
évident que vous avez quelque service à me demander, autrement vous n'auriez pas honoré de
votre présence la pauvre maison d'un malheureux fou : jadis transporté d'amour et de jalousie,
il se conduisit avec vous comme un lâche, une
fois qu'il vit qu'il ne pouvait vous plaire.

Ces paroles étaient sincères et d'autant plus
belles que le chanoine jouissait maintenant d'un
grand pouvoir : la comtesse en fut touchée jusqu'aux larmes; l'humiliation, la crainte glaçaient
son âme : en un instant l'attendrissement et un
peu d'espoir leur succédaient. D'un état fort malheureux elle passait en un clin d'œil presque au
bonheur.

— Baise ma main, dit-elle au chanoine en la
lui présentant, et lève-toi. (Il faut savoir qu'en
Italie le tutoiement indique la bonne et franche
amitié tout aussi bien qu'un sentiment plus
tendre.) Je viens te demander grâce pour mon
neveu Fabrice. Voici la vérité complète et sans le

moindre déguisement, comme on la dit à un vieil
ami. A seize ans et demi il vient de faire une insigne folie; nous étions au château de Grianta,
sur le lac de Côme. Un soir, à sept heures, nous
avons appris, par un bateau de Côme, le débarque-
ment de l'Empereur au golfe de Juan. Le lendemain matin Fabrice est parti pour la France,
après s'être fait donner le passe-port d'un de ses
amis du peuple, un marchand de baromètres
nommé Vasi. Comme il n'a pas l'air précisément
d'un marchand de baromètres, à peine avait-il fait
dix lieues en France, que sur sa bonne mine on
l'a arrêté; ses élans d'enthousiasme en mauvais
français semblaient suspects. Au bout de quelque
temps il s'est sauvé et a pu gagner Genève; nous
avons envoyé à sa rencontre à Lugano...

— C'est-à-dire à Genève, dit le chanoine en
souriant.

La comtesse acheva l'histoire.

— Je ferai pour vous tout ce qui est humainement possible, reprit le chanoine avec effusion ;
je me mets entièrement à vos ordres. Je ferai
même des imprudences, ajouta-t-il. Dites, que
dois-je faire au moment où ce pauvre salon sera
privé de cette apparition céleste, et qui fait époque
dans l'histoire de ma vie?

— Il faut aller chez le baron Binder lui dire
que vous aimez Fabrice depuis sa naissance, que
vous avez vu naître cet enfant quand vous veniez

chez nous, et qu'enfin, au nom de l'amitié qu'il
vous accorde, vous le suppliez d'employer tous ses
espions à vérifier si, avant son départ pour la
Suisse, Fabrice a eu la moindre entrevue avec aucun de ces libéraux qu'il surveille. Pour peu que
le baron soit bien servi, il verra qu'il s'agit ici
uniquement d'une véritable étourderie de jeunesse.
Vous savez que j'avais, dans mon bel appartement
du palais Dugnani, les estampes des batailles ga-
gnées par Napoléon : c'est en lisant les légendes
de ces gravures que mon neveu apprit à lire. Dès
l'âge de cinq ans, mon pauvre mari lui expliquait ces batailles ; nous lui mettions sur la tête
le casque de mon mari, l'enfant traînait son
grand sabre. Eh bien! un beau jour, il apprend
que le dieu de mon mari, que l'Empereur est
de retour en France ; il part pour le rejoindre,
comme un étourdi, mais il n'y réussit pas. Demandez à votre baron de quelle peine il veut punir
ce moment de folie.

— J'oubliais une chose, s'écria le chanoine ;
vous allez voir que je ne suis pas tout à fait indigne du pardon que vous m'accordez. Voici, dit-
il en cherchant sur la table parmi ses papiers,
voici la dénonciation de cet infâme *col-torto* (hypocrite), voyez, signée *Ascanio Valserra del* Dongo,
qui a commencé toute cette affaire ; je l'ai prise
hier soir dans les bureaux de la police, et suis
allé à la Scala, dans l'espoir de trouver quelqu'un

allant d'habitude dans votre loge, par lequel je pourrais vous la faire communiquer. Copie de cette pièce est à Vienne depuis longtemps. Voilà l'ennemi que nous devons combattre. Le chanoine lut la dénonciation avec la comtesse, et il fut convenu que, dans la journée, il lui en ferait tenir une copie par une personne sûre. Ce fut la joie dans le cœur que la comtesse rentra au palais del Dongo.

— Il est impossible d'être plus galant homme que cet ancien *coquin*, dit-elle à la marquise; ce soir à la Scala, à dix heures trois quarts à l'horloge du théâtre, nous renverrons tout le monde de notre loge, nous éteindrons les bougies, nous fermerons notre porte, et, à onze heures, le chanoine lui-même viendra nous dire ce qu'il a pu faire. C'est ce que nous avons trouvé de moins compromettant pour lui.

Ce chanoine avait beaucoup d'esprit; il n'eut garde de manquer au rendez-vous : il y montra une bonté complète et une ouverture de cœur sans réserve que l'on ne trouve guère que dans les pays où la vanité ne domine pas tous les sentiments. Sa dénonciation de la comtesse au général Pietranera, son mari, était un des grands remords de sa vie, et il trouvait un moyen d'abolir ce remords.

Le matin, quand la comtesse était sortie de chez lui : La voilà qui fait l'amour avec son ne-

veu, s'était-il dit avec amertume, car il n'était
point guéri. Altière comme elle l'est, être venue
chez moi!... A la mort de ce pauvre Pietranera,
elle repoussa avec horreur mes offres de service,
quoique fort polies et très bien présentées par le
colonel Scotti, son ancien amant. La belle Pietranera vivre avec 1500 francs! ajoutait le chanoine
en se promenant avec action dans sa chambre....
Puis aller habiter le château de Grianta avec un
abominable *secatore*, ce marquis del Dongo!...
Tout s'explique maintenant!... Au fait, ce jeune
Fabrice est plein de grâces, grand, bien fait, une
figure toujours riante... et, mieux que cela, un
certain regard chargé de douce volupté... une
physionomie à la Corrége, ajoutait le chanoine
avec amertume.

La différence d'âge..... point trop grande......
Fabrice né après l'entrée des Français, vers 98,
ce me semble; la comtesse peut avoir vingt-sept
ou vingt-huit ans : impossible d'être plus jolie,
plus adorable; dans ce pays fertile en beautés,
elle les bat toutes; la Marini, la Gherardi, la
Ruga, l'Aresi, la Pietragrua, elle l'emporte sur
toutes ces femmes.... Ils vivaient heureux cachés
sur ce beau lac de Côme quand le jeune homme
a voulu rejoindre Napoléon...... Il y a encore des
âmes en Italie! et quoi qu'on fasse! Chère patrie!... Non, continuait ce cœur enflammé par la
jalousie, impossible d'exprimer autrement cette

résignation à végéter à la campagne, avec le dégoût de voir tous les jours, à tous les repas, cette
horrible figure du marquis del Dongo, plus cette
infâme physionomie blafarde du *marchesino Ascanio*, qui sera pis que son père!.... Hé bien! je
la servirai franchement. Au moins j'aurai le plaisir de la voir autrement qu'au bout de ma lorgnette.

Le chanoine Borda expliqua fort clairement
l'affaire à ces dames. Au fond, Binder était on ne
peut pas mieux disposé; il était charmé que Fabrice eût pris la clef des champs avant les ordres
qui pouvaient arriver de Vienne; car le Binder
n'avait pouvoir de décider de rien, il attendait
des ordres pour cette affaire comme pour toutes
les autres; il envoyait à Vienne chaque jour la
copie exacte de toutes les informations : puis il
attendait.

Il fallait que dans son exil à Romagnan Fabrice,

1° Ne manquât pas d'aller à la messe tous les
jours, prît pour confesseur un homme d'esprit,
dévoué à la cause de la monarchie, et ne lui
avouât, au tribunal de la pénitence, que des sentiments fort irréprochables;

2° Il ne devait fréquenter aucun homme passant
pour avoir de l'esprit, et, dans l'occasion, il fallait parler de la révolte avec horreur, et comme
n'étant jamais permise;

3° Il ne devait point se faire voir au café, il ne

fallait jamais lire d'autres journaux que les ga-
zettes officielles de Turin et de Milan; en général
montrer du dégoût pour la lecture, ne jamais lire,
surtout aucun ouvrage imprimé après 1720, exception tout au plus pour les romans de Walter
Scott;

4° Enfin, ajouta le chanoine avec un peu de
malice, il faut surtout qu'il fasse ouvertement la
cour à quelqu'une des jolies femmes du pays, de
la classe noble, bien entendu; cela montrera qu'il
n'a pas le génie sombre et mécontent d'un con-
spirateur en herbe.

Avant de se coucher, la comtesse et la marquise écrivirent à Fabrice deux lettres infinies,
dans lesquelles on lui expliquait avec une anxiété
charmante tous les conseils donnés par Borda.

Fabrice n'avait nulle envie de conspirer : il
aimait Napoléon, et, en sa qualité de noble, se
croyait fait pour être plus heureux qu'un autre et
trouvait les bourgeois ridicules. Jamais il n'avait
ouvert un livre depuis le collége, où il n'avait lu
que des livres arrangés par les jésuites. Il s'établit
à quelque distance de Romagnan, dans un palais
magnifique, l'un des chefs-d'œuvre du fameux ar-
chitecte San-Micheli; mais depuis trente ans on
ne l'avait pas habité, de sorte qu'il pleuvait dans
toutes les pièces et pas une fenêtre ne fermait. Il
s'empara des chevaux de l'homme d'affaires, qu'il
montait sans façon toute la journée; il ne parlait

point, et réfléchissait. Le conseil de prendre une
maîtresse dans une famille *ultra* lui parut plaisant
et il le suivit à la lettre. Il choisit pour confesseur
un jeune prêtre intrigant qui voulait devenir
évêque (comme le confesseur du Spielberg[1]); mais
il faisait trois lieues à pied et s'enveloppait d'un
mystère qu'il croyait impénétrable, pour lire le
Constitutionnel, qu'il trouvait sublime : Cela est
aussi beau qu'Alfieri et le Dante! s'écriait-il souvent. Fabrice avait cette ressemblance avec la jeunesse française qu'il s'occupait beaucoup plus sérieusement de son cheval et de son journal que
de sa maîtresse bien pensante. Mais il n'y avait
pas encore de place pour *l'imitation des autres*
dans cette âme naïve et ferme, et il ne fit pas
d'amis dans la société du gros bourg de Romagnan; sa simplicité passait pour de la hauteur; on
ne savait que dire de ce caractère. *C'est un cadet
mécontent de n'être pas aîné*, dit le curé.

1. Voir les curieux Mémoires de M. Andryane, amusants comme
un conte, et qui resteront comme Tacite.

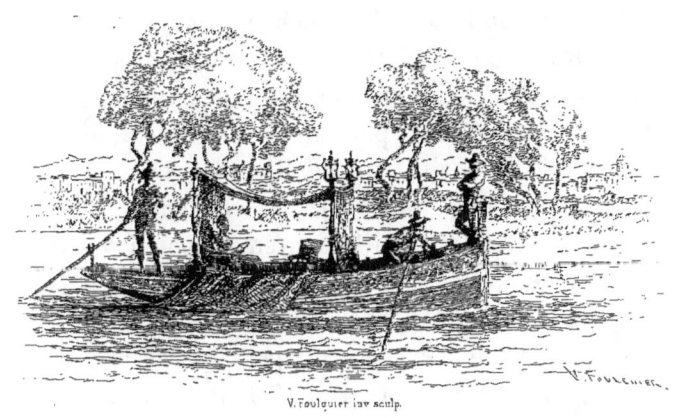

V. Foulquier inv sculp.

VI

Nous avouerons avec sincérité que la jalousie
du chanoine Borda n'avait pas absolument tort; à
son retour de France, Fabrice parut aux yeux de
la comtesse Pietranera comme un bel étranger
qu'elle eût beaucoup connu jadis. S'il eût parlé
d'amour, elle l'eût aimé; n'avait-elle pas déjà
pour sa conduite et sa personne une admiration
passionnée et pour ainsi dire sans bornes? Mais
Fabrice l'embrassait avec une telle effusion d'in-
nocente reconnaissance et de bonne amitié, qu'elle

se fût fait horreur à elle-même si elle eût cherché un autre sentiment dans cette amitié presque filiale. Au fond, se disait la comtesse, quelques amis qui m'ont connue il y a six ans, à la cour du prince Eugène, peuvent encore me trouver jolie et même jeune, mais pour lui je suis une femme respectable... et, s'il faut tout dire sans nul ménagement pour mon amour-propre, une femme âgée. La comtesse se faisait illusion sur l'époque de la vie où elle était arrivée, mais ce n'était pas à la façon des femmes vulgaires. A son âge, d'ailleurs, ajoutait-elle, on s'exagère un peu les ravages du temps; un homme plus avancé dans la vie....

La comtesse, qui se promenait dans son salon, s'arrêta devant une glace, puis sourit. Il faut savoir que depuis quelques mois le cœur de Mme Pietranera était attaqué d'une façon sérieuse et par un singulier personnage. Peu après le départ de Fabrice pour la France, la comtesse qui, sans qu'elle se l'avouât tout à fait, commençait déjà à s'occuper beaucoup de lui, était tombée dans une profonde mélancolie. Toutes ses occupations lui semblaient sans plaisir, et, si l'on ose ainsi parler, sans saveur; elle se disait que Napoléon, voulant s'attacher ses peuples d'Italie, prendrait Fabrice pour aide de camp. — Il est perdu pour moi! s'écriait-elle en pleurant, je ne le reverrai plus; il m'écrira, mais que serai-je pour lui dans dix ans?

Ce fut dans ces dispositions qu'elle fit un voyage à Milan ; elle espérait y trouver des nouvelles plus directes de Napoléon, et, qui sait, peut-être par contre-coup des nouvelles de Fabrice. Sans se l'avouer, cette âme active commençait à être bien lasse de la vie monotone qu'elle menait à la campagne : c'est s'empêcher de mourir, se disait-elle, ce n'est pas vivre. Tous les jours voir ces figures *poudrées*, le frère, le neveu Ascagne, leurs valets de chambre! Que seraient les promenades sur le lac sans Fabrice? Son unique consolation était puisée dans l'amitié qui l'unissait à la marquise. Mais depuis quelque temps, cette intimité avec la mère de Fabrice, plus âgée qu'elle, et désespérant de la vie, commençait à lui être moins agréable.

Telle était la position singulière de Mme Pietranera : Fabrice parti, elle espérait peu de l'avenir ; son cœur avait besoin de consolation et de nouveauté. Arrivée à Milan, elle se prit de passion pour l'opéra à la mode ; elle allait s'enfermer toute seule, durant de longues heures, à la Scala, dans la loge du général Scotti, son ancien ami. Les hommes qu'elle cherchait à rencontrer pour avoir des nouvelles de Napoléon et de son armée lui semblaient vulgaires et grossiers. Rentrée chez elle, elle improvisait sur son piano jusqu'à trois heures du matin. Un soir, à la Scala, dans la loge d'une de ses amies, où elle allait chercher des nouvelles de France, on lui présenta le comte Mosca, ministre de Parme : c'était un homme aimable et qui parla de la France et de Napoléon de façon à donner à son cœur de nouvelles raisons pour espérer ou pour craindre. Elle retourna dans cette loge le lendemain : cet homme d'esprit revint, et, tout le temps du spectacle, elle lui parla avec plaisir. Depuis le départ de Fabrice, elle n'avait pas trouvé une soirée vivante comme celle-là. Cet homme qui l'amusait, le comte Mosca della Rovere Sorezana, était alors ministre de la guerre, de la police et des finances de ce fameux prince de Parme, Ernest IV, si célèbre par ses sévérités que les libéraux de Milan appelaient des cruautés. Mosca pouvait avoir quarante ou quarante-cinq ans; il avait de grands traits, aucun vestige d'importance, et un air simple et gai qui prévenait en sa faveur; il eût été fort bien encore, si une bizarrerie de son prince ne l'eût obligé à porter de la poudre dans les cheveux comme gage de bons sentiments politiques. Comme on craint peu de choquer la vanité, on arrive fort vite, en Italie, au ton de l'intimité, et à dire des choses personnelles. Le correctif de cet usage est de ne pas se revoir si l'on s'est blessé.

— Pourquoi donc, comte, portez-vous de la poudre? lui dit Mme Pietranera la troisième fois qu'elle le voyait. De la poudre! un homme comme vous, aimable, encore jeune et qui a fait la guerre en Espagne avec nous!

— C'est que je n'ai rien volé dans cette Espagne, et qu'il faut vivre. J'étais fou de la gloire ; une parole flatteuse du général français, Gouvion-Saint-Cyr, qui nous commandait, était alors tout pour moi. A la chute de Napoléon, il s'est trouvé que, tandis que je mangeais mon bien à son service, mon père, homme d'imagination et qui me voyait déjà général, me bâtissait un palais dans Parme. En 1813, je me suis trouvé pour tout bien un grand palais à finir et une pension.

— Une pension ; 3500 francs, comme mon mari ?

— Le comte Pietranera était général de division. Ma pension, à moi, pauvre chef d'escadron, n'a jamais été que de 800 francs, et encore je n'en ai été payé que depuis que je suis ministre des finances.

Comme il n'y avait dans la loge que la dame d'opinions fort libérales à laquelle elle appartenait, l'entretien continua avec la même franchise. Le comte Mosca, interrogé, parla de sa vie à Parme. — En Espagne, sous le général Saint-Cyr, j'affrontais des coups de fusil pour arriver à la croix et ensuite à un peu de gloire, maintenant je m'habille comme un personnage de comédie pour gagner un grand état de maison et quelques milliers de francs. Une fois entré dans cette sorte de jeu d'échecs, choqué des insolences de mes supérieurs, j'ai voulu occuper une des premières places; j'y suis arrivé : mais mes jours les plus heureux sont toujours ceux que de temps à autre je puis venir passer à Milan; là vit encore, ce me semble, le cœur de votre armée d'Italie.

La franchise, la *disenvoltura* avec laquelle parlait ce ministre d'un prince si redouté piqua la curiosité de la comtesse; sur son titre elle avait cru trouver un pédant plein d'importance : elle voyait un homme qui avait honte de la gravité de sa place. Mosca lui avait promis de lui faire parvenir toutes les nouvelles de France qu'il pourrait recueillir : c'était une grande indiscrétion à Milan, dans le mois qui précéda Waterloo; il s'agissait alors pour l'Italie d'être ou de n'être pas; tout le monde avait la fièvre, à Milan, d'espérance ou de crainte. Au milieu de ce trouble universel, la comtesse fit des questions sur le compte d'un homme qui parlait si lestement d'une place si enviée et qui était sa seule ressource.

Des choses curieuses et d'une bizarrerie intéressante furent rapportées à Mme Pietranera : Le comte Mosca della Rovere Sorezana, lui dit-on, est sur le point de devenir premier ministre et favori déclaré de Ranuce Ernest IV, souverain absolu de Parme, et, de plus, l'un des princes les plus riches de l'Europe. Le comte serait déjà arrivé à ce poste suprême s'il eût voulu prendre une mine plus grave; on dit que le prince lui fait souvent la leçon à cet égard.

— Qu'importent mes façons à Votre Altesse, ré-
pond-il librement, si je fais bien ses affaires?

— Le bonheur de ce favori, ajoutait-on, n'est
pas sans épines. Il faut plaire à un souverain,
homme de sens et d'esprit sans doute, mais qui,
depuis qu'il est monté sur un trône absolu, semble avoir perdu la tête et montre, par exemple,
des soupçons dignes d'une femmelette.

Ernest IV n'est brave qu'à la guerre. Sur les
champs de bataille, on l'a vu vingt fois guider une
colonne à l'attaque en brave général; mais après
la mort de son père Ernest III, de retour dans
ses États, où, pour son malheur, il possède un
pouvoir sans limites, il s'est mis à déclamer fol-
lement contre les libéraux et la liberté. Bientôt
il s'est figuré qu'on le haïssait; enfin, dans un
moment de mauvaise humeur, il a fait pendre
deux libéraux, peut-être peu coupables, conseillé
à cela par un misérable nommé Rassi, sorte de
ministre de la justice.

Depuis ce moment fatal, la vie du prince a été
changée; on le voit tourmenté par les soupçons
les plus bizarres. Il n'a pas cinquante ans, et la
peur l'a tellement amoindri, si l'on peut parler
ainsi, que, dès qu'il parle des jacobins et des projets du comité directeur de Paris, on lui trouve la
physionomie d'un vieillard de quatre-vingts ans;
il retombe dans les peurs chimériques de la première enfance. Son favori Rassi, fiscal général

(ou grand-juge), n'a d'influence que par la peur
de son maître; et dès qu'il craint pour son crédit,
il se hâte de découvrir quelque nouvelle conspiration des plus noires et des plus chimériques.
Trente imprudents se réunissent-ils pour lire un
numéro du *Constitutionnel*, Rassi les déclare con-
spirateurs et les envoie prisonniers dans cette fameuse citadelle de Parme, terreur de toute la
Lombardie. Comme elle est fort élevée, cent quatre-vingts pieds, dit-on, on l'aperçoit de fort loin
au milieu de cette plaine immense; et la forme
physique de cette prison, de laquelle on raconte
des choses horribles, la fait reine, de par la peur,
de toute cette plaine, qui s'étend de Milan à Bologne.

— Le croiriez-vous? disait à la comtesse un
autre voyageur, la nuit, au troisième étage de son
palais, gardé par quatre-vingts sentinelles qui,
tous les quarts d'heure, hurlent une phrase entière, Ernest IV tremble dans sa chambre. Toutes
les portes fermées à dix verrous, et les pièces voisines, au-dessus comme au-dessous, remplies de
soldats, il a peur des jacobins. Si une feuille du
parquet vient à crier, il saute sur ses pistolets et
croit à un libéral caché sous son lit. Aussitôt toutes
les sonnettes du château sont en mouvement, et
un aide de camp va réveiller le comte Mosca. Arrivé au château, ce ministre de la police se garde
bien de nier la conspiration, au contraire; seul

avec le prince, et armé jusqu'aux dents, il visite
tous les coins des appartements, regarde sous les
lits, et, en un mot, se livre à une foule d'actions
ridicules dignes d'une vieille femme. Toutes ces
précautions eussent semblé bien avilissantes au
prince lui-même dans les temps heureux où il faisait la guerre et n'avait tué personne qu'à coups de
fusil. Comme c'est un homme d'infiniment d'esprit, il a honte de ces précautions; elles lui
semblent ridicules, même au moment où il s'y
livre, et la source de l'immense crédit du comte
Mosca, c'est qu'il emploie toute son adresse à
faire que le prince n'ait jamais à rougir en sa présence. C'est lui, Mosca, qui, en sa qualité de ministre de la police, insiste pour regarder sous les
meubles, et, dit-on à Parme, jusque dans les
étuis des contre-basses. C'est le prince qui s'y oppose
et plaisante son ministre sur sa ponctualité excessive. — Ceci est un pari, lui répond le comte
Mosca : songez aux sonnets satiriques dont les jacobins nous accableraient si nous vous laissions
tuer. Ce n'est pas seulement votre vie que nous
défendons, c'est notre honneur. Mais il paraît
que le prince n'est dupe qu'à demi, car si quelqu'un dans la ville s'avise de dire que la veille on
a passé une nuit blanche au château, le grand-fis-
cal Rassi envoie le mauvais plaisant à la citadelle; et une fois dans cette demeure élevée et *en
bon air*, comme on dit à Parme, il faut un mi-

racle pour que l'on se souvienne du prisonnier. C'est parce qu'il est militaire, et qu'en Espagne il s'est sauvé vingt fois le pistolet à la main, au milieu des surprises, que le prince préfère le comte Mosca à Rassi, qui est bien plus flexible et plus bas. Ces malheureux prisonniers de la citadelle sont au secret le plus rigoureux, et l'on fait des histoires sur leur compte. Les libéraux prétendent que, par une invention de Rassi, les geôliers et confesseurs ont ordre de leur persuader que, tous les mois à peu près, l'un d'eux est conduit à la mort. Ce jour-là les prisonniers ont la permission de monter sur l'esplanade de l'immense tour, à cent quatre-vingts pieds d'élévation, et de là ils voient défiler un cortége avec un espion qui joue le rôle d'un pauvre diable qui marche à la mort.

Ces contes, et vingt autres du même genre et d'une non moindre authenticité, intéressaient vivement Mme Pietranera; le lendemain elle demandait des détails au comte Mosca, qu'elle plaisantait vivement. Elle le trouvait amusant et lui soutenait qu'au fond il était un monstre sans s'en douter. Un jour, en rentrant à son auberge, le comte se dit : Non-seulement cette comtesse Pietranera est une femme charmante; mais quand je passe la soirée dans sa loge, je parviens à oublier certaines choses de Parme dont le souvenir me perce le cœur. « Ce ministre, malgré son air léger « et ses façons brillantes, n'avait pas une âme *à la*

« *francaise;* il ne savait pas *oublier* les chagrins.
« Quand son chevet avait une épine, il était obligé
« de la briser et de l'user à force d'y piquer ses
« membres palpitants. » Je demande pardon pour
cette phrase, traduite de l'italien. Le lendemain de
cette découverte, le comte trouva que, malgré les
affaires qui l'appelaient à Milan, la journée était
d'une longueur énorme; il ne pouvait tenir en
place; il fatigua les chevaux de sa voiture. Vers
les six heures, il monta à cheval pour aller au
Corso; il avait quelque espoir d'y rencontrer
Mme Pietranera; ne l'y ayant pas vue, il se rappela qu'à huit heures le théâtre de la Scala ouvrait; il y entra et ne vit pas dix personnes dans
cette salle immense. Il eut quelque pudeur de se
trouver là. Est-il possible, se dit-il, qu'à quarante-
cinq ans sonnés je fasse des folies dont rougirait
un sous-lieutenant! Par bonheur personne ne les
soupçonne. Il s'enfuit et essaya d'user le temps en
se promenant dans ces rues si jolies qui entourent
le théâtre de la Scala. Elles sont occupées par des
cafés qui, à cette heure, regorgent de monde;
devant chacun de ces cafés, des foules de curieux
établis sur des chaises, au milieu de la rue, prennent des glaces et critiquent les passants. Le comte
était un passant remarquable; aussi eut-il le
plaisir d'être reconnu et accosté. Trois ou quatre
importuns, de ceux qu'on ne peut brusquer,
saisirent cette occasion d'avoir audience d'un

ministre si puissant. Deux d'entre eux lui remirent des pétitions; le troisième se contenta de lui adresser des conseils fort longs sur sa conduite politique.

On ne dort point, dit-il, quand on a tant d'esprit; on ne se promène point quand on est aussi puissant. Il rentra au théâtre et eut l'idée de louer une loge au troisième rang; de là son regard pourrait plonger, sans être remarqué de personne, sur la loge des secondes où il espérait voir arriver la comtesse. Deux grandes heures d'attente ne parurent point trop longues à cet amoureux; sûr de n'être point vu, il se livrait avec bonheur à toute sa folie. La vieillesse, se disait-il, n'est-ce pas, avant tout, n'être plus capable de ces enfantillages délicieux?

Enfin la comtesse parut. Armé de sa lorgnette, il l'examinait avec transport : jeune, brillante, légère comme un oiseau, se disait-il, elle n'a pas vingt-cinq ans. Sa beauté est son moindre charme : où trouver ailleurs cette âme toujours sincère, qui jamais n'agit *avec prudence*, qui se livre tout entière à l'impression du moment, qui ne demande qu'à être entraînée par quelque objet nouveau? Je conçois les folies du comte Nani.

Le comte se donnait d'excellentes raisons pour être fou, tant qu'il ne songeait qu'à conquérir le bonheur qu'il voyait sous ses yeux. Il n'en trouvait plus d'aussi bonnes quand il venait à consi-

dérer son âge et les soucis quelquefois fort tristes
qui remplissaient sa vie. Un homme habile à qui
la peur ôte l'esprit me donne une grande existence
et beaucoup d'argent pour être son ministre; mais
que demain il me renvoie, je reste vieux et pauvre, c'est-à-dire tout ce qu'il y a au monde de
plus méprisé; voilà un aimable personnage à offrir à la comtesse! Ces pensées étaient trop noires,
il revint à madame Pietranera; il ne pouvait se
lasser de la regarder, et pour mieux penser à elle
il ne descendait pas dans sa loge. Elle n'avait pris
Nani, vient-on de me dire, que pour faire pièce
à cet imbécile de Limercati qui ne voulut pas entendre à donner un coup d'épée ou à faire donner
un coup de poignard à l'assassin du mari. Je me
battrais vingt fois pour elle! s'écria le comte avec
transport! A chaque instant il consultait l'horloge
du théâtre qui par des chiffres éclatants de lumière
et se détachant sur un fond noir avertit les spec-
tateurs, toutes les cinq minutes, de l'heure où il
leur est permis d'arriver dans une loge amie. Le
comte se disait : Je ne saurais passer qu'une demi-
heure tout au plus dans sa loge, moi, connaissance
de si fraîche date; si j'y reste davantage, je m'af-
fiche, et grâce à mon âge et plus encore à ces
maudits cheveux poudrés, j'aurai l'air attrayant
d'un Cassandre. Mais une réflexion le décida tout
à coup : Si elle allait quitter cette loge pour faire
une visite, je serais bien récompensé de l'avarice

11

avec laquelle je m'économise ce plaisir. Il se levait
pour descendre dans la loge où il voyait la comtesse; tout à coup il ne se sentit presque plus
d'envie de s'y présenter. Ah! voici qui est charmant, s'écria-t-il en riant de soi-même, et s'arrêtant sur l'escalier; c'est un mouvement de timidité
véritable! voilà bien vingt-cinq ans que pareille
aventure ne m'est arrivée.

Il entra dans la loge en faisant presque effort
sur lui-même; et, profitant en homme d'esprit de
l'accident qui lui arrivait, il ne chercha point
du tout à montrer de l'aisance ou à faire de l'esprit en se jetant dans quelque récit plaisant; il
eut le courage d'être timide, il employa son esprit à laisser entrevoir son trouble sans être ridicule. Si elle prend la chose de travers, se disait-il, je me perds à jamais. Quoi! timide avec
des cheveux couverts de poudre, et qui sans le
secours de la poudre paraîtraient gris! Mais enfin
la chose est vraie, donc elle ne peut être ridicule
que si je l'exagère ou si j'en fais trophée. La comtesse s'était si souvent ennuyée au château de
Grianta, vis-à-vis des figures poudrées de son
frère, de son neveu et de quelques ennuyeux bien
pensants du voisinage, qu'elle ne songea pas à
s'occuper de la coiffure de son nouvel adorateur.

L'esprit de la comtesse ayant un bouclier contre
l'éclat de rire de l'entrée, elle ne fut attentive
qu'aux nouvelles de France que Mosca avait tou-

jours à lui donner en particulier, en arrivant
dans la loge ; sans doute il inventait. En les discutant avec lui, elle remarqua ce soir-là son regard,
qui était beau et bienveillant.

— Je m'imagine, lui dit-elle, qu'à Parme, au
milieu de vos esclaves, vous n'allez pas avoir ce
regard aimable, cela gâterait tout et leur donnerait quelque espoir de n'être pas pendus.

L'absence totale d'importance chez un homme
qui passait pour le premier diplomate de l'Italie
parut singulière à la comtesse ; elle trouva même
qu'il avait de la grâce. Enfin, comme il parlait
bien et avec feu, elle ne fut point choquée qu'il
eût jugé à propos de prendre pour une soirée, et
sans conséquence, le rôle d'attentif.

Ce fut un grand pas de fait, et bien dangereux ;
par bonheur pour le ministre, qui, à Parme, ne
trouvait pas de cruelles, c'était seulement depuis
peu de jours que la comtesse arrivait de Grianta ;
son esprit était encore tout raidi par l'ennui de
la vie champêtre. Elle avait comme oublié la plaisanterie ; et toutes ces choses qui appartiennent à
une façon de vivre élégante et légère avaient pris
à ses yeux comme une teinte de nouveauté qui les
rendait sacrées ; elle n'était disposée à se moquer
de rien, pas même d'un amoureux de quarante-
cinq ans et timide. Huit jours plus tard, la té-
mérité du comte eût pu recevoir un tout autre
accueil.

A la Scala, il est d'usage de ne faire durer qu'une vingtaine de minutes ces petites visites que l'on fait dans les loges; le comte passa toute la soirée dans celle où il avait le bonheur de rencontrer Mme Pietranera : c'est une femme, se disait-il, qui me rend toutes les folies de la jeunesse! Mais il sentait bien le danger. Ma qualité de pacha tout-puissant à quarante lieues d'ici me fera-t-elle pardonner cette sottise? je m'ennuie tant à Parme! Toutefois, de quart d'heure en quart d'heure il se promettait de partir.

— Il faut avouer, madame, dit-il en riant à la comtesse, qu'à Parme je meurs d'ennui, et il doit m'être permis de m'enivrer de plaisir quand j'en trouve sur ma route. Ainsi, sans conséquence et pour une soirée, permettez-moi de jouer auprès de vous le rôle d'amoureux. Hélas! dans peu de jours je serai bien loin de cette loge qui me fait oublier tous les chagrins et même, direz-vous, toutes les convenances.

Huit jours après cette visite monstre dans la loge à la Scala, et à la suite de plusieurs petits incidents dont le récit semblerait long peut-être, le comte Mosca était absolument fou d'amour, et la comtesse pensait déjà que l'âge ne devait pas faire objection, si d'ailleurs on le trouvait aimable. On en était à ces pensées quand Mosca fut rappelé par un courrier de Parme. On eût dit que son prince avait peur tout seul. La comtesse re-

tourna à Grianta; son imagination ne parant
plus ce beau lieu, il lui parut désert. Est-ce que
je me serais attachée à cet homme? se dit-elle.
Mosca écrivit et n'eut rien à jouer, l'absence lui
avait enlevé la source de toutes ses pensées; ses
lettres étaient amusantes, et, par une petite singularité qui ne fut pas mal prise, pour éviter les
commentaires du marquis del Dongo qui n'aimait
pas à payer des ports de lettres, il envoyait des
courriers qui jetaient les siennes à la poste à
Côme, à Lecco, à Varèse ou dans quelque autre
de ces petites villes charmantes des environs du
lac. Ceci tendait à obtenir que le courrier lui rap-
portât les réponses; il y parvint.

Bientôt les jours de courrier firent événement
pour la comtesse; ces courriers apportaient des
fleurs, des fruits, de petits cadeaux sans valeur,
mais qui l'amusaient, ainsi que sa belle-sœur. Le
souvenir du comte se mêlait à l'idée de son grand
pouvoir; la comtesse était devenue curieuse de
tout ce qu'on disait de lui, les libéraux eux-
mêmes rendaient hommage à ses talents.

La principale source de mauvaise réputation
pour le comte, c'est qu'il passait pour le chef du
parti *ultra* à la cour de Parme, et que le parti libéral avait à sa tête une intrigante capable de
tout, et même de réussir, la marquise Raversi,
immensément riche. Le prince était fort attentif
à ne pas décourager celui des deux partis qui

n'était pas au pouvoir; il savait bien qu'il serait toujours le maître, même avec un ministère pris dans le salon de Mme Raversi. On donnait à Grianta mille détails sur ces intrigues; l'absence de Mosca, que tout le monde peignait comme un ministre du premier talent et un homme d'action, permettait de ne plus songer aux cheveux poudrés, symbole de tout ce qui est lent et triste; c'était un détail sans conséquence, une des obligations de la cour, où il jouait d'ailleurs un si beau rôle. Une cour, c'est ridicule, disait la comtesse à la marquise, mais c'est amusant; c'est un jeu qui intéresse, mais dont il faut accepter les règles. Qui s'est jamais avisé de se récrier contre le ridicule des règles du whist? Et pourtant, une fois qu'on s'est accoutumé aux règles, il est agréable de faire l'adversaire repic et capot.

La comtesse pensait souvent à l'auteur de tant de lettres aimables; le jour où elle les recevait était agréable pour elle; elle prenait sa barque et allait les lire dans les beaux sites du lac, à la *Pliniana*, à *Bélan*, au bois des *Sfondrata*. Ces lettres semblaient la consoler un peu de l'absence de Fabrice. Elle ne pouvait du moins refuser au comte d'être fort amoureux; un mois ne s'était pas écoulé, qu'elle songeait à lui avec une amitié tendre. De son côté le comte Mosca était presque de bonne foi quand il lui offrait de donner sa démission, de quitter le ministère, et de venir

passer sa vie avec elle à Milan ou ailleurs. J'ai
400,000 francs, ajoutait-il, ce qui nous fera toujours 15,000 livres de rente. De nouveau une
loge, des chevaux! etc., se disait la comtesse;
c'étaient des rêves aimables. Les sublimes beautés
des aspects du lac de Côme recommençaient à la
charmer. Elle allait rêver sur ses bords à ce retour de vie brillante et singulière qui, contre
toute apparence, redevenait possible pour elle.
Elle se voyait sur le Corso, à Milan, heureuse et
gaie comme au temps du vice-roi : La jeunesse,
ou du moins la vie active recommencerait pour
moi!

Quelquefois son imagination ardente lui cachait les choses, mais jamais avec elle il n'y avait
de ces illusions volontaires que donne la lâcheté.
C'était surtout une femme de bonne foi avec elle-
même. Si je suis un peu trop âgée pour faire des
folies, se disait-elle, l'envie, qui se fait des illusions comme l'amour, peut empoisonner pour
moi le séjour de Milan. Après la mort de mon
mari, ma pauvreté noble eut du succès, ainsi que
le refus de deux grandes fortunes. Mon pauvre
petit comte Mosca n'a pas la vingtième partie de
l'opulence que mettaient à mes pieds ces deux
nigauds Limercati et Nani. La chétive pension de
veuve péniblement obtenue, les gens congédiés,
ce qui eut de l'éclat, la petite chambre au cinquième qui amenait vingt carrosses à la porte,

tout cela forma jadis un spectacle singulier. Mais j'aurai des moments désagréables, quelque adresse que j'y mette, si, ne possédant toujours pour fortune que la pension de veuve, je reviens vivre à Milan avec la bonne petite aisance bourgeoise que peuvent nous donner les 15,000 livres qui resteront à Mosca après sa démission. Une puissante objection, dont l'envie se fera une arme terrible, c'est que le comte, quoique séparé de sa femme depuis longtemps, est marié. Cette séparation se sait à Parme, mais à Milan elle sera nouvelle, et on me l'attribuera. Ainsi, mon beau théâtre de la Scala, mon divin lac de Côme.... adieu! adieu!

Malgré toutes ces prévisions, si la comtesse avait eu la moindre fortune, elle eût accepté l'offre de la démission de Mosca. Elle se croyait une femme âgée, et la cour lui faisait peur; mais, ce qui paraîtra de la dernière invraisemblance, de ce côté-ci des Alpes, c'est que le comte eût donné cette démission avec bonheur. C'est du moins ce qu'il parvint à persuader à son amie. Dans toutes ses lettres il sollicitait avec une folie toujours croissante une seconde entrevue à Milan; on la lui accorda. Vous jurer que j'ai pour vous une passion folle, lui disait la comtesse, un jour à Milan, ce serait mentir; je serais trop heureuse d'aimer aujourd'hui, à trente ans passés, comme jadis j'aimais à vingt-deux! Mais j'ai vu tomber tant de choses que j'avais crues éternelles! J'ai pour vous

la plus tendre amitié, je vous accorde une confiance sans bornes; et de tous les hommes, vous
êtes celui que je préfère. La comtesse se croyait
parfaitement sincère, pourtant vers la fin, cette
déclaration contenait un petit mensonge. Peut-
être si Fabrice l'eût voulu, il l'eût emporté sur
tout dans son cœur. Mais Fabrice n'était qu'un
enfant aux yeux du comte Mosca; celui-ci arriva
à Milan trois jours après le départ du jeune
étourdi pour Novare, et il se hâta d'aller parler
en sa faveur au baron Binder. Le comte pensa
que l'exil était une affaire sans remède.

Il n'était point arrivé seul à Milan, il avait dans
sa voiture le duc Sanseverina-Taxis, joli petit vieillard de soixante-huit ans, gris pommelé, bien
poli, bien propre, immensément riche, mais pas
assez noble. C'était son grand-père seulement qui
avait amassé des millions par le métier de fermier
général des revenus de l'État de Parme. Son père
s'était fait nommer ambassadeur du prince de
Parme à la cour de ***, à la suite du raisonnement que voici : — Votre Altesse accorde trente
mille francs à son envoyé à la cour de ***, lequel
y fait une figure fort médiocre. Si elle daigne me
donner cette place, j'accepterai six mille francs
d'appointements. Ma dépense à la cour de *** ne
sera jamais au-dessous de cent mille francs par
an, et mon intendant remettra chaque année
vingt mille francs à la caisse des affaires étran-

gères à Parme. Avec cette somme, l'on pourra placer auprès de moi tel secrétaire d'ambassade que l'on voudra, et je ne me montrerai nullement jaloux des secrets diplomatiques, s'il y en a. Mon but est de donner de l'éclat à ma maison nouvelle encore, et de l'illustrer par une des grandes charges du pays.

Le duc actuel, fils de cet ambassadeur, avait eu la gaucherie de se montrer à demi libéral, et, depuis deux ans, il était au désespoir. Du temps de Napoléon, il avait perdu deux ou trois millions par son obstination à rester à l'étranger, et toutefois, depuis le rétablissement de l'ordre en Europe, il n'avait pu obtenir un certain grand cordon qui ornait le portrait de son père; l'absence de ce cordo nle faisait dépérir.

Au point d'intimité qui suit l'amour en Italie, il n'y avait plus d'objection de vanité entre les deux amants. Ce fut donc avec la plus parfaite simplicité que Mosca dit à la femme qu'il adorait:

— J'ai deux ou trois plans de conduite à vous offrir, tous assez bien combinés; je ne rêve qu'à cela depuis trois mois.

1° Je donne ma démission, et nous vivons en bons bourgeois à Milan, à Florence, à Naples, où vous voudrez. Nous avons quinze mille livres de rente, indépendamment des bienfaits du prince qui dureront plus ou moins.

2° Vous daignez venir dans le pays où je puis

quelque chose, vous achetez une terre, *Sicca*, par exemple, maison charmante, au milieu d'une forêt, dominant le cours du Pô : vous pouvez avoir le contrat de vente signé d'ici à huit jours. Le prince vous attache à sa cour. Mais ici se présente une immense objection. On vous recevra bien à cette cour ; personne ne s'aviserait de broncher devant moi ; d'ailleurs la princesse se croit malheureuse, et je viens de lui rendre des services à votre intention. Mais je vous rappellerai une objection capitale : le prince est parfaitement dévot, et, comme vous le savez encore, la fatalité veut que je sois marié. De là un million de désagréments de détails. Vous êtes veuve, c'est un beau titre qu'il faudrait échanger contre un autre, et ceci fait l'objet de ma troisième proposition.

On pourrait trouver un nouveau mari point gênant. Mais d'abord il le faudrait fort avancé en âge, car pourquoi me refuseriez-vous l'espoir de le remplacer un jour? Eh bien! j'ai conclu cette affaire singulière avec le duc Sanseverina-Taxis, qui, bien entendu, ne sait pas le nom de la future duchesse. Il sait seulement qu'elle le fera ambassadeur et lui donnera un grand cordon qu'avait son père, et dont l'absence le rend le plus infortuné des mortels. A cela près, ce duc n'est point trop imbécile; il fait venir de Paris ses habits et ses perruques. Ce n'est nullement un homme à méchancetés *pourpensées* d'avance, il croit sérieusement que l'honneur consiste à avoir un cordon, et il a honte de son bien. Il vint, il y a un an, me proposer de fonder un hôpital pour gagner ce cordon ; je me moquai de lui ; mais il ne s'est point moqué de moi quand je lui ai proposé un mariage ; ma première condition a été, bien entendu, que jamais il ne remettrait le pied dans Parme.

— Mais savez-vous que tout ce que vous me proposez là est fort immoral ? dit la comtesse.

— Pas plus immoral que tout ce qu'on fait à notre cour et dans vingt autres. Le pouvoir absolu a cela de commode qu'il sanctifie tout aux yeux des peuples ; or, qu'est-ce qu'un ridicule que personne n'aperçoit ? Notre politique, pendant vingt ans, va consister à avoir peur des jacobins, et quelle peur ! Chaque année nous nous croirons à la veille de 93. Vous entendrez, j'espère, les phrases que je fais là-dessus à mes réceptions ! C'est beau ! Tout ce qui pourra diminuer un peu cette peur sera *souverainement moral* aux yeux des nobles et des dévots. Or, à Parme, tout ce qui n'est pas noble ou dévot est en prison, ou fait ses paquets pour y entrer ; soyez bien convaincue que ce mariage ne semblera singulier chez nous que du jour où je serai disgracié. Cet arrangement n'est une friponnerie envers personne, voilà l'essentiel, ce me semble. Le prince, de la faveur duquel nous faisons métier et marchandise, n'a mis qu'une condition à son consentement, c'est que la future duchesse fût née noble. L'an passé, ma place, tout calculé, m'a valu cent sept mille francs; mon revenu a dû être au total de cent vingt-deux mille, j'en ai placé vingt mille à Lyon. Eh bien! choisissez : 1° une grande existence basée sur cent vingt-deux mille francs à dépenser, qui, à Parme, font au moins comme quatre cent mille à Milan; mais avec ce mariage, qui vous donne le nom d'un homme passable et que vous ne verrez jamais qu'à l'autel; 2° ou bien la petite vie bourgeoise avec quinze mille francs à Florence ou à Naples, car je suis de votre avis, on vous a trop admirée à Milan; l'envie nous y persécuterait, et peut-être parviendrait-elle à nous donner de l'humeur. La grande existence à Parme aura, je l'espère, quelques nuances de nouveauté, même à vos yeux qui ont vu la cour du prince Eugène; il serait sage de la connaître avant de s'en fermer la porte. Ne croyez pas que je cherche à influencer votre opinion. Quant à moi, mon choix est bien arrêté : j'aime mieux vivre dans un quatrième étage avec vous que de continuer seul cette grande existence.

La possibilité de cet étrange mariage fut débattue chaque jour entre les deux amants. La comtesse vit au bal de la Scala le duc Sanseverina-Taxis qui lui sembla fort présentable. Dans une de leurs dernières conversations, Mosca résumait ainsi sa proposition : Il faut prendre un parti décisif, si nous voulons passer le reste de notre vie d'une façon allègre et n'être pas vieux avant le temps. Le prince a donné son approbation; Sanseverina est un personnage plutôt bien que mal; il possède le plus beau palais de Parme et une fortune sans bornes; il a soixante-huit ans et une passion folle pour le grand cordon; mais une grande tache gâte sa vie, il acheta jadis dix mille francs un buste de Napoléon par Canova. Son second péché qui le fera mourir, si vous ne venez à son secours, c'est d'avoir prêté vingt-cinq napoléons à Ferrante Palla, un fou de notre pays, mais quelque peu homme de génie, que depuis nous avons condamné à mort, heureusement par contumace. Ce Ferrante a fait deux cents vers en sa vie, dont rien n'approche; je vous les réciterai, c'est aussi beau que le Dante. Le prince envoie Sanseverina à la cour de ***, il vous épouse le jour de son départ, et la seconde année de son voyage, qu'il appellera une ambassade, il reçoit ce cordon de *** sans lequel il ne peut vivre. Vous aurez en lui un frère qui ne sera nullement désagréable, il signe d'avance tous les papiers que je veux, et d'ailleurs vous le verrez peu ou jamais, comme il vous conviendra. Il ne demande pas mieux que de ne point se montrer à Parme où son grand-père fermier et son prétendu libéralisme le gênent. Rassi, notre bourreau, prétend que le duc a été abonné en secret au *Constitutionnel* par l'intermédiaire de Ferrante Palla le poëte, et cette calomnie a fait longtemps obstacle sérieux au consentement du prince.

Pourquoi l'historien qui suit fidèlement les moindres détails du récit qu'on lui a fait serait-il coupable? Est-ce sa faute si les personnages, séduits par des passions qu'il ne partage point, malheureusement pour lui, tombent dans des actions profondément immorales? Il est vrai que des choses de cette sorte ne se font plus dans un pays où l'unique passion survivante à toutes les autres est l'argent, moyen de vanité.

Trois mois après les événements racontés jusqu'ici, la duchesse Sanseverina-Taxis étonnait la cour de Parme par son amabilité facile et par la noble sérénité de son esprit; sa maison fut sans comparaison la plus agréable de la ville. C'est ce que le comte Mosca avait promis à son maître. Ranuce-Ernest IV, le prince régnant, et la princesse sa femme, auxquels elle fut présentée par deux des plus grandes dames du pays, lui firent un accueil fort distingué. La duchesse était curieuse de voir ce prince maître du sort de l'homme qu'elle aimait, elle voulut lui plaire et y réussit trop. Elle trouva un homme d'une taille élevée, mais un peu épaisse; ses cheveux, ses moustaches, ses énormes favoris étaient d'un beau blond selon ses courtisans; ailleurs ils eussent provoqué, par leur couleur effacée, le mot ignoble de filasse. Au milieu d'un gros

visage s'élevait fort peu un tout petit nez presque
féminin. Mais la duchesse remarqua que pour
apercevoir tous ces motifs de laideur, il fallait
chercher à détailler les traits du prince. Au total,
il avait l'air d'un homme d'esprit et d'un caractère ferme. Le port du prince, sa manière de
se tenir n'étaient point sans majesté, mais souvent il voulait imposer à son interlocuteur; alors
il s'embarrassait lui-même et tombait dans un
balancement d'une jambe à l'autre presque con-
tinuel. Du reste, Ernest IV avait un regard pé-
nétrant et dominateur; les gestes de ses bras
avaient de la noblesse, et ses paroles étaient à
la fois mesurées et concises.

Mosca avait prévenu la duchesse que le prince
avait, dans le grand cabinet où il recevait en
audience, un portrait en pied de Louis XIV, et
une table fort belle de *Scagliola*, de Florence.
Elle trouva que l'imitation était frappante; évidemment il cherchait le regard et la parole
noble de Louis XIV, et il s'appuyait sur la
table de *Scagliola*, de façon à se donner la tournure de Joseph II. Il s'assit aussitôt après les
premières paroles adressées par lui à la duchesse, afin de lui donner l'occasion de faire
usage du tabouret qui appartenait à son rang. A
cette cour, les duchesses, les princesses et les
femmes de grands d'Espagne s'asseoient seules;
les autres femmes attendent que le prince ou

la princesse les y engagent; et, pour marquer
la différence des rangs, ces personnes augustes
ont toujours soin de laisser passer un petit intervalle avant de convier les dames non duchesses à s'asseoir. La duchesse trouva qu'en de
certains moments l'imitation de Louis XIV était
un peu trop marquée chez le prince ; par
exemple, dans sa façon de sourire avec bonté
tout en renversant la tête.

Ernest IV portait un frac à la mode arrivant
de Paris; on lui envoyait tous les mois de cette
ville, qu'il abhorrait, un frac, une redingote et
un chapeau. Mais, par un bizarre mélange de
costumes, le jour où la duchesse fut reçue il
avait pris une culotte rouge, des bas de soie et
des souliers fort couverts, dont on peut trouver
les modèles dans les portraits de Joseph II.

Il reçut Mme Sanseverina avec grâce; il lui
dit des choses spirituelles et fines; mais elle remarqua fort bien qu'il n'y avait pas excès dans
la bonne réception. — Savez-vous pourquoi? lui
dit le comte Mosca au retour de l'audience, c'est
que Milan est une ville plus grande et plus
belle que Parme. Il eût craint, en vous faisant
l'accueil auquel je m'attendais et qu'il m'avait
fait espérer, d'avoir l'air d'un provincial en extase
devant les grâces d'une belle dame arrivant de
la capitale. Sans doute aussi il est encore contrarié d'une particularité que je n'ose vous dire :

12

le prince ne voit à sa cour aucune femme qui
puisse vous le disputer en *beauté*. Tel a été hier
soir, à son petit coucher, l'unique sujet de son
entretien avec Pernice, son premier valet de
chambre, qui a des bontés pour moi. Je prévois
une petite révolution dans l'étiquette; mon plus
grand ennemi à cette cour est un sot qu'on appelle
le général Fabio Conti. Figurez-vous un original
qui a été à la guerre un jour peut-être en sa vie,
et qui part de là pour imiter la tenue de Fré-
déric le Grand. De plus, il tient aussi à repro-
duire l'affabilité noble du général La Fayette, et
cela parce qu'il est ici le chef du parti libéral
(Dieu sait quels libéraux!).

— Je connais le Fabio Conti, dit la duchesse;
j'en ai eu la vision près de Côme; il se disputait
avec la gendarmerie. Elle raconta la petite aventure dont le lecteur se souvient peut-être.

— Vous saurez un jour, madame, si votre esprit parvient jamais à se pénétrer des profon-
deurs de notre étiquette, que les demoiselles ne
paraissent à la cour qu'après leur mariage. Eh
bien, le prince a pour la supériorité de sa ville
de Parme sur toutes les autres un patriotisme
tellement brûlant, que je parierais qu'il va trouver
un moyen de se faire présenter la petite Clélia
Conti, fille de notre La Fayette. Elle est ma foi
charmante, et passait encore, il y a huit jours,
pour la plus belle personne des États du prince.

Je ne sais, continua le comte, si les horreurs
que les ennemis du souverain ont publiées sur
son compte sont arrivées jusqu'au château de
Grianta; on en a fait un monstre, un ogre. Le
fait est qu'Ernest IV avait tout plein de bonnes
petites vertus, et l'on peut ajouter que, s'il eût
été invulnérable comme Achille, il eût continué
à être le modèle des potentats. Mais dans un moment d'ennui et de colère, et aussi un peu pour
imiter Louis XIV faisant couper la tête à je ne
sais quel héros de la Fronde que l'on découvrit
vivant tranquillement et insolemment dans une
terre à côté de Versailles, cinquante ans après la
Fronde, Ernest IV a fait pendre un jour deux
libéraux. Il paraît que ces imprudents se réunis-
saient à jour fixe pour dire du mal du prince et
adresser au ciel des vœux ardents, afin que la
peste pût venir à Parme, et les délivrer du tyran.
Le mot *tyran* a été prouvé. Rassi appela cela
conspirer; il les fit condamner à mort, et l'exécu-
tion de l'un d'eux, le comte L...., fut atroce. Ceci
se passait avant moi. Depuis ce moment fatal,
ajouta le comte en baissant la voix, le prince est
sujet à des accès de peur *indignes d'un homme*,
mais qui sont la source unique de la faveur dont
je jouis. Sans la peur souveraine, j'aurais un
genre de mérite trop brusque, trop âpre pour
cette cour, où l'imbécile foisonne. Croiriez-vous
que le prince regarde sous les lits de son appar-

tement avant de se coucher, et dépense un million, ce qui à Parme est comme quatre millions à Milan, pour avoir une bonne police, et vous voyez devant vous, madame la duchesse, le chef de cette police terrible. Par la police, c'est-à-dire par la peur, je suis devenu ministre de la guerre et des finances: et comme le ministre de l'intérieur est mon chef nominal, en tant qu'il a la police dans ses attributions, j'ai fait donner ce portefeuille au comte Zurla-Contarini, un imbécile bourreau de travail, qui se donne le plaisir d'écrire quatre-vingts lettres chaque jour. Je viens d'en recevoir une ce matin sur laquelle le comte Zurla-Contarini a eu la satisfaction d'écrire de sa propre main le n° 20,715.

La duchesse Sanseverina fut présentée à la triste princesse de Parme Clara-Paolina, qui, parce que son mari avait une maîtresse (une assez jolie femme, la marquise Balbi), se croyait la plus malheureuse personne de l'univers, ce qui l'en avait rendue peut-être la plus ennuyeuse. La duchesse trouva une femme fort grande et fort maigre, qui n'avait pas trente-six ans et en paraissait cinquante. Une figure régulière et noble eût pu passer pour belle, quoiqu'un peu déparée par de gros yeux ronds qui n'y voyaient guère, si la princesse ne se fût pas abandonnée elle-même. Elle reçut la duchesse avec une timidité si marquée, que quelques courtisans ennemis du comte

Mosca osèrent dire que la princesse avait l'air de
la femme qu'on présente, et la duchesse de la
souveraine. La duchesse, surprise et presque dé-
concertée, ne savait où trouver des termes pour
se mettre à une place inférieure à celle que la
princesse se donnait à elle-même. Pour rendre
quelque sang-froid à cette pauvre princesse, qui
au fond ne manquait point d'esprit, la duchesse
ne trouva rien de mieux que d'entamer et de
faire durer une longue dissertation sur la bota-
nique. La princesse était réellement savante en
ce genre; elle avait de fort belles serres avec
force plantes des tropiques. La duchesse, en cherchant tout simplement à se tirer d'embarras, fit
à jamais la conquête de la princesse Clara-Paolina, qui, de timide et d'interdite qu'elle avait
été au commencement de l'audience, se trouva
vers la fin tellement à son aise, que, contre toutes
les règles de l'étiquette, cette première audience
ne dura pas moins de cinq quarts d'heure. Le
lendemain, la duchesse fit acheter des plantes
exotiques, et se porta pour grand amateur de bo-
tanique.

La princesse passait sa vie avec le vénérable
père Landriani, archevêque de Parme, homme de
science, homme d'esprit même, et parfaitement
honnête homme, mais qui offrait un singulier
spectacle quand il était assis dans sa chaise de
velours cramoisi (c'était le droit de sa place), vis-

à-vis le fauteuil de la princesse, entourée de ses dames d'honneur et de ses deux dames *pour accompagner*. Le vieux prélat en longs cheveux blancs était encore plus timide, s'il se peut, que la princesse; ils se voyaient tous les jours, et toutes les audiences commençaient par un silence d'un gros quart d'heure. C'est au point que la comtesse Alvizi, une des dames pour accompagner, était devenue une sorte de favorite, parce qu'elle avait l'art de les encourager à se parler et de les faire rompre le silence.

Pour terminer le cours de ses présentations, la duchesse fut admise chez S. A. S. le prince héréditaire, personnage d'une plus haute taille que son père, et plus timide que sa mère. Il était fort en minéralogie, et avait seize ans. Il rougit excessivement en voyant entrer la duchesse, et fut tellement désorienté, que jamais il ne put inventer un mot à dire à cette belle dame. Il était fort bel homme, et passait sa vie dans les bois un marteau à la main. Au moment où la duchesse se levait pour mettre fin à cette audience silencieuse :

— Mon Dieu! madame, que vous êtes jolie! s'écria le prince héréditaire, ce qui ne fut pas trouvé de trop mauvais goût par la dame présentée.

La marquise Balbi, jeune femme de vingt-cinq ans, pouvait encore passer pour le plus parfait modèle du *joli italien*, deux ou trois ans avant l'arrivée de la duchesse Sanseverina à Parme. Maintenant c'étaient toujours les plus beaux yeux du monde et les petites mines les plus gracieuses; mais, vue de près, sa peau était parsemée d'un nombre infini de petites rides fines, qui faisaient de la marquise comme une jeune vieille. Aperçue à une certaine distance, par exemple au théâtre, dans sa loge, c'était encore une beauté; et les gens du parterre trouvaient le prince de fort bon goût. Il passait toutes les soirées chez la marquise Balbi, mais souvent sans ouvrir la bouche, et l'ennui où elle voyait le prince avait fait tomber cette pauvre femme dans une maigreur extraordinaire. Elle prétendait à une finesse sans bornes, et toujours souriait avec malice; elle avait les plus belles dents du monde, et à tout hasard, n'ayant guère de sens, elle voulait, par un sourire malin, faire entendre autre chose que ce que disaient ses paroles. Le comte Mosca disait que c'étaient ces sourires continuels, tandis qu'elle bâillait intérieurement, qui lui donnaient tant de rides. La Balbi entrait dans toutes les affaires, et l'État ne faisait pas un marché de mille francs, sans qu'il y eût un *souvenir* pour la marquise (c'était le mot honnête à Parme). Le bruit public voulait qu'elle eût placé six millions de francs en Angleterre, mais sa fortune, à la vérité de fraîche date, ne s'élevait pas en réalité à 1500 mille francs. C'était pour être à l'abri de ses finesses, et pour l'avoir dans sa dépendance, que le comte Mosca s'était fait ministre des finances. La seule passion de la marquise était la peur déguisée en avarice sordide : *Je mourrai sur la paille*, disait-elle quelquefois au prince que ce propos outrait. La duchesse remarqua que l'antichambre, resplendissante de dorures, du palais de la Balbi, était éclairée par une seule chandelle coulant sur une table de marbre précieux, et les portes de son salon étaient noircies par les doigts des laquais.

— Elle m'a reçue, dit la duchesse à son ami, comme si elle eût attendu de moi une gratification de cinquante francs.

Le cours des succès de la duchesse fut un peu interrompu par la réception que lui fit la femme la plus adroite de la cour, la célèbre marquise Raversi, intrigante consommée qui se trouvait à la tête du parti opposé à celui du comte Mosca. Elle voulait le renverser, et d'autant plus depuis quelques mois, qu'elle était nièce du duc Sanseverina, et craignait de voir attaquer l'héritage par les grâces de la nouvelle duchesse. La Raversi n'est point une femme à mépriser, disait le comte à son amie; je la tiens pour tellement capable de tout, que je me suis séparé de ma femme uniquement parce qu'elle s'obstinait à prendre pour amant le chevalier Bentivoglio, l'un des amis de la Raversi. Cette dame, grande virago

aux cheveux fort noirs, remarquable par les diamants qu'elle portait dès le matin, et par le
rouge dont elle couvrait ses joues, s'était dé-
clarée d'avance l'ennemie de la duchesse, et,
en la recevant chez elle, prit à tâche de commencer la guerre. Le duc Sanseverina, dans
les lettres qu'il écrivait de ***, paraissait tellement enchanté de son ambassade, et surtout de
l'espoir du grand cordon, que sa famille craignait
qu'il ne laissât une partie de sa fortune à sa
femme qu'il accablait de petits cadeaux. La Raversi, quoique régulièrement laide, avait pour
amant le comte Baldi, le plus joli homme de la
cour : en général elle réussissait à tout ce qu'elle
entreprenait.

La duchesse tenait le plus grand état de maison. Le palais Sanseverina avait toujours été un
des plus magnifiques de la ville de Parme, et le
duc, à l'occasion de son ambassade et de son
futur grand cordon, dépensait de fort grosses
sommes pour l'embellir : la duchesse dirigeait
les réparations.

Le comte avait deviné juste : peu de jours après
la présentation de la duchesse, la jeune Clélia
Conti vint à la cour : on l'avait faite chanoinesse.
Afin de parer le coup que cette faveur pouvait
avoir l'air de porter au crédit du comte, la duchesse donna une fête sous prétexte d'inaugurer
le jardin de son palais, et, par ses façons pleines

de grâces elle fit de Clélia, qu'elle appelait sa
jeune amie du lac de Côme, la reine de la soirée.
Son chiffre se trouva comme par hasard sur les
principaux transparents. La jeune Clélia, quoique
un peu pensive, fut aimable dans ses façons de
parler de la petite aventure près du lac, et de sa
vive reconnaissance. On la disait fort dévote et
fort amie de la solitude. Je parierais, disait le
comte, qu'elle a assez d'esprit pour avoir honte
de son père. La duchesse fit son amie de cette
jeune fille, elle se sentait de l'inclination pour
elle; elle ne voulait pas paraître jalouse, et la
mettait de toutes ses parties de plaisirs; enfin
son système était de chercher à diminuer toutes
les haines dont le comte était l'objet.

Tout souriait à la duchesse; elle s'amusait de
cette existence de cour où la tempête est toujours
à craindre; il lui semblait recommencer la vie.
Elle était tendrement attachée au comte, qui lit-
téralement était fou de bonheur. Cette aimable situation lui avait procuré un sang-froid parfait
pour tout ce qui ne regardait que ses intérêts
d'ambition. Aussi deux mois à peine après l'arrivée de la duchesse, il obtint la patente et les
honneurs de premier ministre, lesquels appro-
chent fort de ceux que l'on rend au souverain
lui-même. Le comte pouvait tout sur l'esprit de
son maître, on en eut à Parme une preuve qui
frappa tous les esprits.

Au sud-est, et à dix minutes de la ville, s'élève cette fameuse citadelle si renommée en Italie, et dont la grosse tour a cent quatre-vingts pieds de haut et s'aperçoit de si loin. Cette tour, bâtie sur le modèle du mausolée d'Adrien, à Rome, par les Farnèse, petits-fils de Paul III, vers le commencement du seizième siècle, est tellement épaisse, que sur l'esplanade qui la termine on a pu bâtir un palais pour le gouverneur de la citadelle et une nouvelle prison appelée la tour Farnèse. Cette prison, construite en l'honneur du fils aîné de Ranuce-Ernest II, lequel était devenu l'amant aimé de sa belle-mère, passe pour belle et singulière dans le pays. La duchesse eut la curiosité de la voir; le jour de sa visite, la chaleur était accablante à Parme, et là-haut, dans cette position élevée, elle trouva de l'air, ce dont elle fut tellement ravie, qu'elle y passa plusieurs heures. On s'empressa de lui ouvrir les salles de la tour Farnèse.

La duchesse rencontra sur l'esplanade de la grosse tour un pauvre libéral prisonnier, qui était venu jouir de la demi-heure de promenade qu'on lui accordait tous les trois jours. Redescendue à Parme, et n'ayant pas encore la discrétion nécessaire dans une cour absolue, elle parla de cet homme qui lui avait raconté toute son histoire. Le parti de la marquise Raversi s'empara de ces propos de la duchesse et les répéta beaucoup, es-

pérant fort qu'ils choqueraient le prince. En effet,
Ernest IV répétait souvent que l'essentiel était
surtout de frapper les imaginations. *Toujours* est
un grand mot, disait-il, et plus terrible en Italie
qu'ailleurs : en conséquence, de sa vie il n'avait
accordé de grâce. Huit jours après sa visite à la
forteresse, la duchesse reçut une lettre de com-
mutation de peine, signée du prince et du ministre, avec le nom en blanc. Le prisonnier dont
elle écrirait le nom devait obtenir la restitution
de ses biens, et la permission d'aller passer en
Amérique le reste de ses jours. La duchesse
écrivit le nom de l'homme qui lui avait parlé. Par
malheur cet homme se trouva un demi-coquin,
une âme faible; c'était sur ses aveux que le fameux Ferrante Palla avait été condamné à mort.

La singularité de cette grâce mit le comble à
l'agrément de la position de Mme Sanseverina. Le
comte Mosca était fou de bonheur; ce fut une
belle époque de sa vie, et elle eut une influence
décisive sur les destinées de Fabrice. Celui-ci était
toujours à Romagnan, près de Novare, se confes-
sant, chassant, ne lisant point et faisant la cour
à une femme noble comme le portaient ses in-
structions. La duchese était toujours un peu choquée de cette dernière nécessité. Un autre signe
qui ne valait rien pour le comte, c'est qu'étant
avec lui de la dernière franchise sur tout au
monde, et pensant tout haut en sa présence, elle

ne lui parlait jamais de Fabrice qu'après avoir
songé à la tournure de sa phrase.

— Si vous voulez, lui disait un jour le comte,
j'écrirai à cet aimable frère que vous avez sur le
lac de Côme, et je forcerai bien ce marquis del
Dongo, avec un peu de peine pour moi et mes
amis de ***, à demander la grâce de votre aimable
Fabrice. S'il est vrai, comme je me garderais bien
d'en douter, que Fabrice soit un peu au-dessus
des jeunes gens qui promènent leurs chevaux anglais dans les rues de Milan, quelle vie que celle
qui à dix-huit ans ne fait rien et a la perspective
de ne jamais rien faire! Si le ciel lui avait accordé
une vraie passion pour quoi ce soit, fût-ce pour la
pêche à la ligne, je la respecterais; mais que fera-
t-il à Milan même après sa grâce obtenue? Il mon-
tera un cheval qu'il aura fait venir d'Angleterre,
à une certaine heure, à une autre le désœuvre-
ment le conduira chez sa maîtresse qu'il aimera
moins que son cheval.... Mais si vous m'en
donnez l'ordre, je tâcherai de procurer ce genre
de vie à votre neveu.

— Je le voudrais officier, dit la duchesse.

— Conseilleriez-vous à un souverain de confier
un poste qui, dans un jour donné, peut être de
quelque importance, à un jeune homme 1° susceptible d'enthousiasme; 2° qui a montré de l'enthousiasme pour Napoléon, au point d'aller le
rejoindre à Waterloo? Songez à ce que nous se-

rions tous si Napoléon eût vaincu à Waterloo!
Nous n'aurions point de libéraux à craindre, il
est vrai, mais les souverains des anciennes familles ne pourraient régner qu'en épousant les
filles de ses maréchaux. Ainsi la carrière militaire
pour Fabrice, c'est la vie de l'écureuil dans la
cage qui tourne : beaucoup de mouvement pour
n'avancer en rien. Il aura le chagrin de se voir
primer par tous les dévouements plébéiens. La
première qualité chez un jeune homme aujour-
d'hui, c'est-à-dire pendant cinquante ans peut-
être, tant que nous aurons peur et que la religion
ne sera point rétablie, c'est de n'être pas susceptible d'enthousiasme et de n'avoir pas d'esprit.

J'ai pensé à une chose, mais qui va vous faire
jeter les hauts cris d'abord, et qui me donnera à
moi des peines infinies et pendant plus d'un jour,
c'est une folie que je veux faire pour vous. Mais,
dites-moi, si vous le savez, quelle folie je ne ferais pas pour obtenir un sourire.

— Eh bien? dit la duchesse.

— Eh bien! nous avons eu pour archevêques à
Parme trois membres de votre famille : Ascagne
del Dongo, qui a écrit, en 16..., Fabrice en 1699,
et un second Ascagne en 1740. Si Fabrice veut
entrer dans la prélature et marquer par des vertus
du premier ordre, je le fais évêque quelque part,
puis archevêque ici, si toutefois mon influence
dure. L'objection réelle est celle-ci : resterai-je

ministre assez longtemps pour réaliser ce beau plan qui exige plusieurs années? Le prince peut mourir, il peut avoir le mauvais goût de me renvoyer. Mais enfin c'est le seul moyen que j'aie de faire pour Fabrice quelque chose qui soit digne de vous.

On discuta longtemps : cette idée répugnait fort à la duchesse.

— Reprouvez-moi, dit-elle au comte, que toute autre carrière est impossible pour Fabrice. Le comte prouva. — Vous regrettez, ajouta-t-il, le brillant uniforme; mais à cela je ne sais que faire.

Après un mois que la duchesse avait demandé pour réfléchir, elle se rendit en soupirant aux vues sages du ministre. — Monter d'un air empesé un cheval anglais dans quelque grande ville, répétait le comte, ou prendre un état qui ne jure pas avec sa naissance; je ne vois pas de milieu. Par malheur, un gentilhomme ne peut se faire ni médecin, ni avocat, et le siècle est aux avocats.

— Rappelez-vous toujours, madame, répétait le comte, que vous faites à votre neveu, sur le pavé de Milan, le sort dont jouissent les jeunes gens de son âge qui passent pour les plus fortunés. Sa grâce obtenue, vous lui donnez quinze, vingt, trente mille francs; peu vous importe, ni vous ni moi ne prétendons faire des économies.

La duchesse était sensible à la gloire; elle ne

voulait pas que Fabrice fût un simple mangeur
d'argent ; elle revint au plan de son amant.

— Remarquez, lui disait le comte, que je ne
prétends pas faire de Fabrice un prêtre exemplaire
comme vous en voyez tant. Non ; c'est un grand
seigneur avant tout ; il pourra rester parfaitement
ignorant si bon lui semble, et n'en deviendra pas
moins évêque et archevêque, si le prince continue
à me regarder comme un homme utile.

Si vos ordres daignent changer ma proposition
en décret immuable, ajouta le comte, il ne faut
point que Parme voie notre protégé dans une petite
fortune. La sienne choquera, si on l'a vu ici simple prêtre ; il ne doit paraître à Parme qu'avec les
bas violets[1], et dans un équipage convenable. Tout
le monde alors devinera que votre neveu doit être
évêque, et personne ne sera choqué.

Si vous m'en croyez, vous enverrez Fabrice faire
sa théologie, et passer trois années à Naples. Pendant les vacances de l'académie ecclésiastique, il
ira, s'il veut, voir Paris et Londres ; mais il ne se
montrera jamais à Parme. Ce mot donna comme
un frisson à la duchesse.

Elle envoya un courrier à son neveu, et lui
donna rendez-vous à Plaisance. Faut-il dire que ce

1. En Italie les jeunes gens protégés ou savants deviennent *monsignor* et *prélat*, ce qui ne veut pas dire évêque ; on porte alors
des bas violets. On ne fait pas de vœux pour être *monsignor*, on
peut quitter les bas violets et se marier.

courrier était porteur de tous les moyens d'argent
et de tous les passe-ports nécessaires?

Arrivé le premier à Plaisance, Fabrice courut
au-devant de la duchesse, et l'embrassa avec des
transports qui la firent fondre en larmes. Elle fut
heureuse que le comte ne fût pas présent; depuis
leurs amours, c'était la première fois qu'elle éprou-
vait cette sensation.

Fabrice fut profondément touché, et ensuite affligé des plans que la duchesse avait faits pour
lui; son espoir avait toujours été que, son affaire
de Waterloo arrangée, il finirait par être militaire.
Une chose frappa la duchesse et augmenta encore
l'opinion romanesque qu'elle s'était formée de son
neveu; il refusa absolument de mener la vie de
café dans une des grandes villes d'Italie.

— Te vois-tu au *Corso* de Florence ou de Naples,
disait la duchesse, avec des chevaux anglais de
pur sang! Pour le soir, une voiture, un joli appartement, etc. Elle insistait avec délices sur la description de ce bonheur vulgaire qu'elle voyait
Fabrice repousser avec dédain. C'est un héros,
pensait-elle.

— Et après dix ans de cette vie agréable, qu'au-
rai-je fait? disait Fabrice; que serai-je? Un jeune
homme *mûr* qui doit céder le haut du pavé au premier bel adolescent qui débute dans le monde, lui
aussi sur un cheval anglais.

Fabrice rejeta d'abord bien loin le parti de

13

l'Église; il parlait d'aller à New-York, de se faire
citoyen et soldat républicain en Amérique.

— Quelle erreur est la tienne! Tu n'auras pas
la guerre, et tu retombes dans la vie de café, seulement sans élégance, sans musique, sans amours,
répliqua la duchesse. Crois-moi, pour toi comme
pour moi, ce serait une triste vie que celle d'Amérique. Elle lui expliqua le culte du *dieu* dollar,
et ce respect qu'il faut avoir pour les artisans de la
rue, qui par leurs votes décident de tout. On revint au parti de l'Église.

— Avant de te gendarmer, lui dit la duchesse,
comprends donc ce que le comte te demande : il ne
s'agit pas du tout d'être un pauvre prêtre plus ou
moins exemplaire et vertueux, comme l'abbé Blanès. Rappelle-toi ce que furent tes oncles les archevêques de Parme; relis les notices sur leurs
vies, dans le supplément à la généalogie. Avant
tout il convient à un homme de ton nom d'être
un grand seigneur, noble, généreux, protecteur
de la justice, destiné d'avance à se trouver à la
tête de son ordre.... et dans toute sa vie ne faisant
qu'une coquinerie, mais celle-là fort utile.

— Ainsi voilà toutes mes illusions à vau-l'eau,
disait Fabrice en soupirant profondément; le sacrifice est cruel! je l'avoue, je n'avais pas réfléchi
à cette horreur pour l'enthousiasme et l'esprit,
même exercés à leur profit, qui désormais va
régner parmi les souverains absolus.

— Songe qu'une proclamation, qu'un caprice du cœur précipite l'homme enthousiaste dans le parti contraire à celui qu'il a servi toute la vie!

— Moi enthousiaste! répéta Fabrice; étrange accusation! je ne puis pas même être amoureux!

— Comment? s'écria la duchesse.

— Quand j'ai l'honneur de faire la cour à une beauté, même de bonne naissance et dévote, je ne puis penser à elle que quand je la vois.

Cet aveu fit une étrange impression sur la duchesse.

— Je te demande un mois, reprit Fabrice, pour prendre congé de madame C. de Novare et, ce qui est encore plus difficile, des châteaux en Espagne de toute ma vie. J'écrirai à ma mère, qui sera assez bonne pour venir me voir à *Belgirate*, sur la rive piémontaise du lac Majeur, et le trente et unième jour après celui-ci, je serai incognito dans Parme.

— Garde-t'en bien! s'écria la duchesse. Elle ne voulait pas que le comte Mosca la vît parler à Fabrice.

Les mêmes personnages se revirent à Plaisance; la duchesse cette fois était fort agitée; un orage s'était élevé à la cour; le parti de la marquise Raversi touchait au triomphe; il était possible que le comte Mosca fût remplacé par le général Fabio Conti, chef de ce qu'on appelait à Parme le *parti libéral*. Excepté le nom du rival qui croissait dans la faveur du prince, la duchesse dit tout à Fabrice. Elle discuta de nouveau les chances de son avenir, même avec la perspective de manquer de la toute-puissante protection du comte.

— Je vais passer trois ans à l'Académie ecclésiastique de Naples, s'écria Fabrice; mais puisque je dois être avant tout un jeune gentilhomme, et que tu ne m'astreins pas à mener la vie sévère d'un séminariste vertueux, ce séjour à Naples ne m'effraie nullement, cette vie-là vaudra bien celle de Romagnano; la bonne compagnie de l'endroit commençait à me trouver jacobin. Dans mon exil j'ai découvert que je ne sais rien, pas même le latin, pas même l'orthographe. J'avais le projet de refaire mon éducation à Novare, j'étudierai volontiers la théologie à Naples : c'est une science compliquée. La duchesse fut ravie. Si nous sommes chassés, lui dit-elle, nous irons te voir à Naples. Mais puisque tu acceptes jusqu'à nouvel ordre le parti des bas violets, le comte, qui connaît bien l'Italie actuelle, m'a chargé d'une idée pour toi. Crois ou ne crois pas à ce qu'on t'enseignera, *mais ne fais jamais aucune objection.* Figure-toi qu'on t'enseigne les règles du jeu de whist; est-ce que tu ferais des objections aux règles du whist? J'ai dit au comte que tu croyais, et il s'en est félicité; cela est utile dans ce monde et dans l'autre. Mais si tu crois, ne tombe point dans la vulgarité de parler avec horreur de Vol-

taire, Diderot, Raynal, et de tous ces écervelés de
Français précurseurs des deux chambres. Que ces
noms-là se trouvent rarement dans ta bouche;
mais enfin, quand il le faut, parle de ces messieurs avec une ironie calme; ce sont gens depuis longtemps réfutés, et dont les attaques ne
sont plus d'aucune conséquence. Crois aveuglé-
ment tout ce que l'on te dira à l'Académie. Songe
qu'il y a des gens qui tiendront note fidèle de
tes moindres objections; on te pardonnera une
petite intrigue galante si elle est bien menée,
et non pas un doute; l'âge supprime l'intrigue et
augmente le doute. Agis sur ce principe au tribunal de la pénitence. Tu auras une lettre de recommandation pour un évêque factotum du cardinal archevêque de Naples; à lui seul tu dois
avouer ton escapade en France, et ta présence,
le 18 juin, dans les environs de Waterloo. Du
reste abrège beaucoup, diminue cette aventure,
avoue-la seulement pour qu'on ne puisse pas te
reprocher de l'avoir cachée; tu étais si jeune
alors !

La seconde idée que le comte t'envoie est celle-
ci : S'il te vient une raison brillante, une ré-
plique victorieuse qui change le cours de la conversation, ne cède point à la tentation de briller,
garde le silence; les gens fins verront ton esprit
dans tes yeux. Il sera temps d'avoir de l'esprit
quand tu seras évêque.

Fabrice débuta à Naples avec une voiture modeste et quatre domestiques, bons Milanais, que sa tante lui avait envoyés. Après une année d'étude personne ne disait que c'était un homme d'esprit ; on le regardait comme un grand seigneur appliqué, fort généreux, mais un peu libertin.

Cette année, assez amusante pour Fabrice, fut terrible pour la duchesse. Le comte fut trois ou quatre fois à deux doigts de sa perte ; le prince, plus peureux que jamais, parce qu'il était malade cette année-là, croyait, en le revoyant, se débarrasser de l'odieux des exécutions faites avant l'entrée du comte au ministère. Le Rassi était le favori du cœur qu'on voulait garder avant tout. Les périls du comte lui attachèrent passionnément la duchesse, elle ne songeait plus à Fabrice. Pour donner une couleur à leur retraite possible, il se trouva que l'air de Parme, un peu humide en effet, comme celui de toute la Lombardie, ne convenait nullement à sa santé. Enfin, après des intervalles de disgrâce qui allèrent pour le comte, premier ministre, jusqu'à passer quelquefois vingt jours entiers sans voir son maître en particulier, Mosca l'emporta ; il fit nommer le général Fabio Conti, le prétendu libéral, gouverneur de la citadelle où l'on enfermait les libéraux jugés par Rassi. Si Conti use d'indulgence envers ses prisonniers, disait Mosca à son amie, on le dis-

gracie comme un jacobin auquel ses idées politiques font oublier ses devoirs de général; s'il se
montre sévère et impitoyable, et c'est ce me
semble de ce côté-là qu'il inclinera, il cesse
d'être le chef de son propre parti, et s'aliène
toutes les familles qui ont un des leurs à la citadelle. Ce pauvre homme sait prendre un air tout
confit de respect à l'approche du prince; au besoin il change de costume quatre fois en un jour;
il peut discuter une question d'étiquette, mais ce
n'est point une tête capable de suivre le chemin
difficile par lequel seulement il peut se sauver;
et dans tous les cas je suis là.

Le lendemain de la nomination du général
Fabio Conti, qui terminait la crise ministérielle,
on apprit que Parme aurait un journal ultra-mo-
narchique.

— Que de querelles ce journal va faire naître!
disait la duchesse.

— Ce journal, dont l'idée est peut-être mon
chef-d'œuvre, répondait le comte en riant peu à
peu, je m'en laisserai bien malgré moi ôter la direction par les ultrafuribonds; j'ai fait attacher
de beaux appointements aux places de rédacteur.
De tous côtés on va solliciter ces places : cette
affaire va nous faire passer un mois ou deux, et
l'on oubliera les périls que je viens de courir. Les
graves personnages P. et D. sont déjà sur les
rangs.

— Mais ce journal sera d'une absurdité révoltante !

— J'y compte bien, répliquait le comte. Le prince le lira tous les matins et admirera ma doctrine à moi qui l'ai fondé. Pour les détails, il approuvera ou sera choqué; des heures qu'il consacre au travail en voilà deux de prises. Le journal se fera des affaires, mais à l'époque où arriveront les plaintes sérieuses, dans huit ou dix mois, il sera entièrement dans les mains des ultra furibonds. Ce sera ce parti qui me gêne qui devra répondre, moi j'élèverai des objections contre le journal; au fond, j'aime mieux cent absurdités atroces qu'un seul pendu. Qui se souvient d'une absurdité deux ans après le numéro du journal officiel? Au lieu que les fils et la famille du pendu me vouent une haine qui durera autant que moi et qui peut-être abrégera ma vie.

La duchesse, toujours passionnée pour quelque chose, toujours agissante, jamais oisive, avait plus d'esprit que toute la cour de Parme; mais elle manquait de patience et d'impassibilité pour réussir dans les intrigues. Toutefois, elle était parvenue à suivre avec passion les intérêts des diverses coteries, elle commençait même à avoir un crédit personnel auprès du prince. Clara-Paolina, la princesse régnante, environnée d'honneurs, mais emprisonnée dans l'étiquette la plus surannée, se

regardait comme la plus malheureuse des femmes.
La duchesse Sanseverina lui fit la cour, et entreprit de lui prouver qu'elle n'était point si malheureuse. Il faut savoir que le prince ne voyait sa
femme qu'à dîner : ce repas durait trente minutes
et le prince passait des semaines entières sans
adresser la parole à Clara-Paolina. Madame Sanseverina essaya de changer tout cela ; elle amusait
le prince, et d'autant plus qu'elle avait su conserver toute son indépendance. Quand elle l'eût
voulu, elle n'eût pas pu ne jamais blesser aucun
des sots qui pullulaient à cette cour. C'était cette
parfaite inhabileté de sa part qui la faisait exécrer
du vulgaire des courtisans, tous comtes ou marquis, jouissant en général de cinq mille livres de
rente. Elle comprit ce malheur dès les premiers
jours, et s'attacha exclusivement à plaire au souverain et à sa femme, laquelle dominait absolument le prince héréditaire. La duchesse savait
amuser le souverain et profitait de l'extrême attention qu'il accordait à ses moindres paroles pour
donner de bons ridicules aux courtisans qui la
haïssaient. Depuis les sottises que Rassi lui avait
fait faire, et les sottises de sang ne se réparent
pas, le prince avait peur quelquefois, et s'ennuyait
souvent, ce qui l'avait conduit à la triste envie ;
il sentait qu'il ne s'amusait guère, et devenait
sombre quand il croyait voir que d'autres s'amusaient ; l'aspect du bonheur le rendait furieux. Il

faut cacher nos amours, dit la duchesse à son
ami ; et elle laissa deviner au prince qu'elle n'était
plus que fort médiocrement éprise du comte,
homme d'ailleurs si estimable.

Cette découverte avait donné un jour heureux
à son altesse. De temps à autre, la duchesse laissait tomber quelques mots du projet qu'elle aurait
de se donner chaque année un congé de quelques
mois, qu'elle emploierait à voir l'Italie qu'elle ne
connaissait point : elle irait visiter Naples, Florence, Rome. Or, rien au monde ne pouvait faire
plus de peine au prince qu'une telle apparence de
désertion : c'était là une de ses faiblesses les plus
marquées, les démarches qui pouvaient être im-
putées à mépris pour sa ville capitale lui perçaient
le cœur. Il sentait qu'il n'avait aucun moyen de
retenir Mme Sanseverina, et Mme Sanseverina était
de bien loin la femme la plus brillante de Parme.
Chose unique avec la paresse italienne, on revenait des campagnes environnantes pour assister à
ses *jeudis ;* c'étaient de véritables fêtes ; presque
toujours la duchesse y avait quelque chose de neuf
et de piquant. Le prince mourait d'envie de voir
un de ces jeudis ; mais comment s'y prendre ?
Aller chez un simple particulier ! c'était une chose
que ni son père ni lui n'avaient jamais faite !

Un certain jeudi, il pleuvait, il faisait froid ; à
chaque instant de la soirée le duc entendait des
voitures qui ébranlaient le pavé de la place du

palais, en allant chez Mme Sanseverina. Il eut un
mouvement d'impatience : d'autres s'amusaient,
et lui, prince souverain, maître absolu, qui devait
s'amuser plus que personne au monde, il connaissait l'ennui! Il sonna son aide de camp, il fallut le
temps de placer une douzaine de gens affidés dans
la rue qui conduisait du palais de son altesse au
palais Sanseverina. Enfin, après une heure qui
parut un siècle au prince, et pendant laquelle il
fut vingt fois tenté de braver les poignards et de
sortir à l'étourdie et sans nulle précaution, il
parut dans le premier salon de Mme Sanseverina.
La foudre serait tombée dans ce salon qu'elle
n'eût pas produit une pareille surprise. En un
clin d'œil, et à mesure que le prince s'avançait,
s'établissait dans ces salons si brillants et si gais
un silence de stupeur; tous les yeux, fixés sur le
prince, s'ouvraient outre mesure. Les courtisans
paraissaient déconcertés; la duchesse elle seule
n'eut point l'air étonné. Quand enfin l'on eut retrouvé la force de parler, la grande préoccupation
de toutes les personnes présentes fut de décider
cette importante question : la duchesse avait-elle
été avertie de cette visite, ou bien a-t-elle été surprise comme tout le monde?

Le prince s'amusa, et l'on va juger du caractère
tout de premier mouvement de la duchesse, et
du pouvoir infini que les idées vagues de départ
adroitement jetées lui avaient laissé prendre.

En reconduisant le prince qui lui adressait des mots fort aimables, il lui vint une idée singulière et qu'elle osa bien lui dire tout simplement, et comme une chose des plus ordinaires.

— Si votre altesse sérénissime voulait adresser à la princesse trois ou quatre de ces phrases charmantes qu'elle me prodigue, elle ferait mon bonheur bien plus sûrement qu'en me disant ici que je suis jolie. C'est que je ne voudrais pas pour tout au monde que la princesse pût voir de mauvais œil l'insigne marque de faveur dont votre altesse vient de m'honorer. Le prince la regarda fixement et répliqua d'un air sec :

— Apparemment que je suis le maître d'aller où il me plaît.

La duchesse rougit.

— Je voulais seulement, reprit-elle à l'instant, ne pas exposer son altesse à faire une course inutile, car ce jeudi sera le dernier; je vais aller passer quelques jours à Bologne ou à Florence.

Comme elle rentrait dans ses salons, tout le monde la croyait au comble de la faveur, et elle venait de hasarder ce que de mémoire d'homme personne n'avait osé à Parme. Elle fit un signe au comte, qui quitta sa table de whist et la suivit dans un petit salon éclairé, mais solitaire.

— Ce que vous avez fait est bien hardi, lui dit-il; je ne vous l'aurais pas conseillé; mais dans les cœurs bien épris, ajouta-t-il en riant, le bon-

heur augmente l'amour, et si vous partez demain
matin, je vous suis demain soir. Je ne serai retardé
que par cette corvée du ministère des finances
dont j'ai eu la sottise de me charger, mais en
quatre heures de temps bien employées on peut
faire la remise de bien des caisses. Rentrons,
chère amie, et faisons de la fatuité ministérielle
en toute liberté, et sans nulle retenue; c'est peut-
être la dernière représentation que nous donnons
en cette ville. S'il se croit bravé, l'homme est capable de tout; il appellera cela *faire un exemple*.
Quand ce monde sera parti, nous aviserons aux
moyens de vous barricader pour cette nuit; le
mieux serait peut-être de partir sans délai pour
votre maison de Sacca, près du Pô, qui a l'avantage de n'être qu'à une demi-heure de distance
des États autrichiens.

L'amour et l'amour-propre de la duchesse eurent un moment délicieux; elle regarda le comte,
et ses yeux se mouillèrent de larmes. Un ministre
si puissant, environné de cette foule de courtisans
qui l'accablaient d'hommages égaux à ceux qu'ils
adressaient au prince lui-même, tout quitter pour
elle et avec cette aisance!

En rentrant dans les salons, elle était folle de
joie. Tout le monde se prosternait devant elle.

Comme le bonheur change la duchesse, disaient
de toutes parts les courtisans, c'est à ne pas la
reconnaître. Enfin cette âme romaine et au-dessus

de tout daigne pourtant apprécier la faveur exor-
bitante dont elle vient d'être l'objet de la part du
souverain!

Vers la fin de la soirée, le comte vint à elle :
— Il faut que je vous dise des nouvelles. Aussitôt
les personnes qui se trouvaient auprès de la duchesse s'éloignèrent.

— Le prince, en rentrant au palais, continua le
comte, s'est fait annoncer chez sa femme. Jugez
de la surprise! Je viens vous rendre compte, lui
a-t-il dit, d'une soirée fort aimable, en vérité,
que j'ai passée chez la Sanseverina. C'est elle qui
m'a prié de vous faire le détail de la façon dont
elle a arrangé ce vieux palais enfumé. Alors le
prince, après s'être assis, s'est mis à faire la description de chacun de vos salons.

Il a passé plus de vingt-cinq minutes chez sa
femme, qui pleurait de joie; malgré son esprit,
elle n'a pas pu trouver un mot pour soutenir la
conversation sur le ton léger que son altesse voulait bien lui donner.

Ce prince n'était point un méchant homme,
quoi qu'en pussent dire les libéraux d'Italie. A la
vérité, il avait fait jeter dans les prisons un assez
bon nombre d'entre eux, mais c'était par peur, et
il répétait quelquefois, comme pour se consoler de
certains souvenirs : Il vaut mieux tuer le diable
que si le diable nous tue. Le lendemain de la
soirée dont nous venons de parler, il était tout

joyeux, il avait fait deux belles actions : aller au jeudi et parler à sa femme. A dîner, il lui adressa la parole; en un mot, ce *jeudi* de Mme Sanse-verina amena une révolution d'intérieur dont tout Parme retentit; la Raversi fut consternée, et la duchesse eut une double joie : elle avait pu être utile à son amant et l'avait trouvé plus épris que jamais.

Tout cela à cause d'une idée bien imprudente qui m'est venue! disait-elle au comte. Je serais plus libre sans doute à Rome ou à Naples, mais y trouverais-je un jeu aussi attachant? Non, en vérité, mon cher comte, et vous faites mon bon-heur.

———

V. Foulquier inv. sculp

VII

C'est de petits détails de cour aussi insignifiants
que celui que nous venons de raconter qu'il faudrait remplir l'histoire des quatre années qui suivirent. Chaque printemps, la marquise venait avec
ses filles passer deux mois au palais Sanseverina
ou à la terre de Sacca, aux bords du Pô; il y
avait des moments bien doux, et l'on parlait de
Fabrice; mais le comte ne voulut jamais lui permettre une seule visite à Parme. La duchesse et
le ministre eurent bien à réparer quelques étour-

14

deries, mais en général Fabrice suivait assez sagement la ligne de conduite qu'on lui avait indiquée : un grand seigneur qui étudie la théologie et qui ne compte point absolument sur sa vertu pour faire son avancement. A Naples, il s'était pris d'un goût très vif pour l'étude de l'antiquité, il faisait des fouilles ; cette passion avait presque remplacé celle des chevaux. Il avait vendu ses chevaux anglais pour continuer des fouilles à Misène, où il avait trouvé un buste de Tibère, jeune encore, qui avait pris rang parmi les plus beaux restes de l'antiquité. La découverte de ce buste fut presque le plaisir le plus vif qu'il eût rencontré à Naples. Il avait l'âme trop haute pour chercher à imiter les autres jeunes gens, et, par exemple, pour vouloir jouer avec un certain sérieux le rôle d'amoureux. Sans doute il ne manquait point de maîtresses, mais elles n'étaient pour lui d'aucune conséquence, et, malgré son âge, on pouvait dire de lui qu'il ne connaissait point l'amour ; il n'en était que plus aimé. Rien ne l'empêchait d'agir avec le plus beau sang-froid, car pour lui une femme jeune et jolie était toujours l'égale d'une autre femme jeune et jolie ; seulement la dernière connue lui semblait la plus piquante. Une des dames les plus admirées à Naples avait fait des folies en son honneur pendant la dernière année de son séjour, ce qui d'abord l'avait amusé, et avait fini par l'excéder d'ennui, tellement qu'un

des bonheurs de son départ fut d'être délivré des
attentions de la charmante duchesse d'A... Ce fut
en 1821, qu'ayant subi passablement tous ses
examens, son directeur d'études ou gouverneur
eut une croix et un cadeau, et lui partit pour voir
enfin cette ville de Parme, à laquelle il songeait
souvent. Il était *Monsignore*, et il avait quatre chevaux à sa voiture; à la poste avant Parme, il n'en
prit que deux, et dans la ville fit arrêter devant
l'église de Saint-Jean. Là se trouvait le riche tombeau de l'archevêque Ascagne del Dongo, son ar-
rière-grand-oncle, l'auteur de la *Généalogie latine*.
Il pria auprès du tombeau, puis arriva à pied au
palais de la duchesse, qui ne l'attendait que quelques jours plus tard. Elle avait grand monde dans
son salon, bientôt on la laissa seule.

— Hé bien! es-tu contente de moi? lui dit-il
en se jetant dans ses bras : grâce à toi, j'ai passé
quatre années assez heureuses à Naples, au lieu
de m'ennuyer à Novare avec ma maîtresse autorisée par la police.

La duchesse ne revenait pas de son étonnement,
elle ne l'eût pas reconnu à le voir passer dans la
rue; elle le trouvait ce qu'il était en effet, l'un des
plus jolis hommes de l'Italie; il avait surtout
une physionomie charmante. Elle l'avait envoyé
à Naples avec la tournure d'un hardi casse-cou;
la cravache qu'il portait toujours alors semblait
faire partie inhérente de son être : maintenant il

avait l'air le plus noble et le plus mesuré devant
les étrangers, et dans le particulier, elle lui trouvait tout le feu de sa première jeunesse. C'était un
diamant qui n'avait rien perdu à être poli. Il n'y
avait pas une heure que Fabrice était arrivé,
lorsque le comte Mosca survint; il arriva un peu
trop tôt. Le jeune homme lui parla en si bons
termes de la croix de Parme accordée à son gouverneur, et il exprima sa vive reconnaissance pour
d'autres bienfaits, dont il n'osait parler d'une
façon aussi claire, avec une mesure si parfaite,
que du premier coup d'œil le ministre le jugea
favorablement. Ce neveu, dit-il tout bas à la duchesse, est fait pour orner toutes les dignités aux-
quelles vous voudrez l'élever par la suite. Tout
allait à merveille jusque-là, mais quand le ministre, fort content de Fabrice, et jusque-là attentif uniquement à ses faits et gestes, regarda la
duchesse, il lui trouva des yeux singuliers. Ce
jeune homme fait ici une étrange impression, se
dit-il. Cette réflexion fut amère; le comte avait
atteint la *cinquantaine*, c'est un mot bien cruel et
dont peut-être un homme éperdument amoureux
peut seul sentir tout le retentissement. Il était fort
bon, fort digne d'être aimé, à ses sévérités près
comme ministre. Mais, à ses yeux, ce mot cruel la
cinquantaine jetait du noir sur toute sa vie et eût
été capable de le faire cruel pour son propre
compte. Depuis cinq années qu'il avait décidé la

duchesse à venir à Parme, elle avait souvent excité
sa jalousie, surtout dans les premiers temps, mais
jamais elle ne lui avait donné de sujet de plainte
réel. Il croyait même, et il avait raison, que c'était
dans le dessein de mieux s'assurer de son cœur
que la duchesse avait eu recours à ces apparences
de distinction en faveur de quelques jeunes beaux
de la cour. Il était sûr, par exemple, qu'elle avait
refusé les hommages du prince, qui même, à
cette occasion, avait dit un mot instructif.

— Mais si j'acceptais les hommages de votre altesse, lui disait la duchesse en riant, de quel front
oser reparaître devant le comte?

— Je serais presque aussi décontenancé que
vous. Le cher comte! mon ami! Mais c'est un embarras bien facile à tourner et auquel j'ai songé :
le comte serait mis à la citadelle pour le reste de
ses jours.

Au moment de l'arrivée de Fabrice, la duchesse
fut tellement transportée de bonheur, qu'elle ne
songea pas du tout aux idées que ses yeux pourraient donner au comte. L'effet fut profond et les
soupçons sans remède.

Fabrice fut reçu par le prince deux heures
après son arrivée; la duchesse, prévoyant le bon
effet que cette audience impromptu devait pro-
duire dans le public, la sollicitait depuis deux
mois : cette faveur mettait Fabrice hors de pair
dès le premier instant; le prétexte avait été qu'il

ne faisait que passer à Parme pour aller voir sa
mère en Piémont. Au moment où un petit billet
charmant de la duchesse vint dire au prince que
Fabrice attendait ses ordres, son altesse s'ennuyait.
Je vais voir, se dit-elle, un petit saint bien niais,
une mine plate ou sournoise. Le commandant de
la place avait déjà rendu compte de la première
visite au tombeau de l'oncle archevêque. Le prince
vit entrer un grand jeune homme, que, sans ses
bas violets, il eût pris pour quelque jeune officier.

Cette petite surprise chassa l'ennui : voilà un
gaillard, se dit-il, pour lequel on va me demander
Dieu sait quelles faveurs, toutes celles dont je
puis disposer. Il arrive, il doit être ému : je m'en
vais faire de la politique jacobine, nous verrons un
peu comment il répondra.

Après les premiers mots gracieux de la part du
prince :

— Hé bien! *Monsignore*, dit-il à Fabrice, les
peuples de Naples sont-ils heureux? Le roi est-il
aimé?

— Altesse sérénissime, répondit Fabrice sans
hésiter un instant, j'admirais, en passant dans la
rue, l'excellente tenue des soldats des divers régiments de S. M. le Roi; la bonne compagnie est
respectueuse envers ses maîtres comme elle doit
l'être; mais j'avouerai que de la vie je n'ai souffert que les gens des basses classes me parlassent

d'autre chose que du travail pour lequel je les
paie.

— Peste! dit le prince, quel *sacre!* voici un
oiseau bien stylé, c'est l'esprit de la Sanseverina.
Piqué au jeu, le prince employa beaucoup
d'adresse à faire parler Fabrice sur ce sujet si
scabreux. Le jeune homme, animé par le danger,
eut le bonheur de trouver des réponses admirables : C'est presque de l'insolence que d'afficher
de l'amour pour son roi, disait-il ; c'est de l'obéis-
sance aveugle qu'on lui doit. A la vue de tant de
prudence le prince eut presque de l'humeur : Il
paraît que voici un homme d'esprit qui nous arrive de Naples, et je n'aime pas *cette engeance;* un
homme d'esprit a beau marcher dans les meilleurs principes, et même de bonne foi, toujours
par quelque côté il est cousin germain de Voltaire et de Rousseau.

Le prince se trouvait comme bravé par les manières si convenables et les réponses tellement
inattaquables du jeune échappé de collège; ce
qu'il avait prévu n'arrivait point : en un clin
d'œil il prit le ton de la bonhomie, et, remon-
tant, en quelques mots, jusqu'aux grands principes des sociétés et du gouvernement, il débita,
en les adaptant à la circonstance, quelques
phrases de Fénelon, qu'on lui avait fait apprendre par cœur dès l'enfance pour les audiences
publiques.

— Ces principes vous étonnent, jeune homme, dit-il à Fabrice (il l'avait appelé *monsignore* au commencement de l'audience, et il comptait lui donner du *monsignore* en le congédiant, mais dans le courant de la conversation il trouvait plus adroit, plus favorable aux tournures pathétiques, de l'interpeller par un petit nom d'amitié); ces principes vous étonnent, jeune homme, j'avoue qu'ils ne ressemblent guère aux *tartines d'absolutisme* (ce fut le mot) que l'on peut lire tous les jours dans mon journal officiel... Mais, grand Dieu! qu'est-ce que je vais vous citer là? ces écrivains du journal sont pour vous bien inconnus.

— Je demande pardon à votre altesse sérénissime; non seulement je lis le journal de Parme, qui me semble assez bien écrit, mais encore je tiens, avec lui, que tout ce qui a été fait depuis la mort de Louis XIV, en 1715, est à la fois un crime et une sottise. Le plus grand intérêt de l'homme, c'est son salut; il ne peut pas y avoir deux façons de voir à ce sujet, et ce bonheur-là doit durer une éternité. Les mots *liberté, justice, bonheur du plus grand nombre*, sont infâmes et criminels : ils donnent aux esprits l'habitude de la discussion et de la méfiance. Une chambre des députés *se défie* de ce que ces gens-là appellent *le ministère*. Cette fatale habitude de la *méfiance* une fois contractée, la faiblesse humaine l'applique à tout, l'homme arrive à se méfier de la Bible, des ordres de l'Eglise, de la tradition, etc., etc., dès lors il est perdu. Quand bien même, ce qui est horriblement faux et criminel à dire, cette méfiance envers l'autorité des princes *établis de Dieu* donnerait le bonheur pendant les vingt ou trente années de vie que chacun de nous peut prétendre, qu'est-ce qu'un demi-siècle ou un siècle tout entier, comparé à une éternité de supplices? etc.

On voyait, à l'air dont Fabrice parlait, qu'il cherchait à arranger ses idées de façon à les faire saisir le plus facilement possible par son auditeur; il était clair qu'il ne récitait pas une leçon.

Bientôt le prince ne se soucia plus de lutter avec ce jeune homme dont les manières simples et graves le gênaient.

— Adieu, *monsignore*, lui dit-il brusquement, je vois qu'on donne une excellente éducation dans l'académie ecclésiastique de Naples, et il est tout simple que quand ces bons préceptes tombent sur un esprit aussi distingué, on obtienne des résultats brillants. Adieu; et il lui tourna le dos.

Je n'ai point plu à cet animal-là, se dit Fabrice.

Maintenant il nous reste à voir, dit le prince dès qu'il fut seul, si ce beau jeune homme est susceptible de passion pour quelque chose, en ce cas il serait complet... Peut-on répéter avec plus d'esprit les leçons de la tante? Il me semblait l'entendre parler; s'il y avait une révolution chez moi, ce serait elle qui rédigerait le *Moniteur*,

comme jadis la San-Felice à Naples! Mais la San-
Felice, malgré ses vingt-cinq ans et sa beauté, fut
un peu pendue! Avis aux femmes de trop d'esprit. En croyant Fabrice l'élève de sa tante, le
prince se trompait : les gens d'esprit qui naissent
sur le trône ou à côté perdent bientôt toute
finesse de tact; ils proscrivent, autour d'eux, la
liberté de conversation qui leur paraît grossièreté;
ils ne veulent voir que des masques et prétendent
juger de la beauté du teint; le plaisant c'est qu'ils
se croient beaucoup de tact. Dans ce cas-ci, par
exemple, Fabrice croyait à peu près tout ce que
nous lui avons entendu dire; il est vrai qu'il ne
songeait pas deux fois par mois à tous ces grands
principes. Il avait des goûts vifs, il avait de l'esprit, mais il avait la foi.

Le goût de la liberté, la mode et le culte du
bonheur du plus grand nombre, dont le dix-neu-
vième siècle s'est entiché, n'étaient à ses yeux
qu'une *hérésie* qui passera comme les autres, mais
après avoir tué beaucoup d'âmes, comme la peste
tandis qu'elle règne dans une contrée tue beaucoup de corps. Et malgré tout cela Fabrice lisait
avec délices les journaux français, et faisait même
des imprudences pour s'en procurer.

Comme Fabrice revenait tout ébouriffé de son
audience au palais, et racontait à sa tante les diverses attaques du prince :

— Il faut, lui dit-elle, que tu ailles tout présentement chez le père Landriani, notre excellent archevêque ; vas-y à pied, monte doucement l'escalier, fais peu de bruit dans les antichambres ; si l'on te fait attendre, tant mieux, mille fois tant mieux ! en un mot, sois apostolique !

— J'entends, dit Fabrice, notre homme est un tartufe.

— Pas le moins du monde, c'est la vertu même.

— Même après ce qu'il a fait, reprit Fabrice étonné, lors du supplice du comte Palanza ?

— Oui, mon ami, après ce qu'il a fait : le père de notre archevêque était un commis au ministère des finances, un petit bourgeois, voilà qui explique tout. Monseigneur Landriani est un homme d'un esprit vif, étendu, profond ; il est sincère, il aime la vertu : je suis convaincue que si un empereur Décius revenait au monde, il subirait le martyre comme le Polyeucte de l'Opéra, qu'on nous donnait la semaine passée. Voilà le beau côté de la médaille, voici le revers : dès qu'il est en présence du souverain, ou seulement du premier ministre, il est ébloui de tant de grandeur, il se trouble, il rougit ; il lui est matériellement impossible de dire non. De là les choses qu'il a faites, et qui lui ont valu cette cruelle réputation dans toute l'Italie ; mais ce qu'on ne sait pas, c'est que, lorsque l'opinion publique vint l'éclairer sur le procès du comte Palanza, il s'imposa pour pénitence de vivre au pain et à l'eau pendant treize semaines, autant de semaines qu'il y a de lettres dans les noms *Davide Palanza*. Nous avons à cette cour un coquin d'infiniment d'esprit, nommé *Rassi*, grand-juge ou fiscal-général, qui, lors de la mort du comte Palanza, ensorcela le père Landriani. A l'époque de la pénitence des treize semaines, le comte Mosca, par pitié et un peu par malice, l'invitait à dîner une et même deux fois par semaine; le bon archevêque, pour faire sa cour, dînait comme tout le monde. Il eût cru qu'il y avait rébellion et jacobinisme à afficher une pénitence pour une action approuvée du souverain. Mais l'on savait que, pour chaque dîner où son devoir de fidèle sujet l'avait obligé à manger comme tout le monde, il s'imposait une pénitence de deux journées de nourriture au pain sec et à l'eau.

Monseigneur Landriani, esprit supérieur, savant du premier ordre, n'a qu'un faible, *il veut être aimé* : ainsi, attendris-toi en le regardant, et, à la troisième visite, aime-le tout à fait. Cela, joint à ta naissance, te fera adorer tout de suite. Ne marque pas de surprise s'il te reconduit jusque sur l'escalier, aie l'air d'être accoutumé à ces façons; c'est un homme né à genoux devant la noblesse. Du reste, sois simple, apostolique, pas d'esprit, pas de brillant, pas de répartie prompte; si tu ne l'effarouches point, il se plaira avec toi; songe qu'il faut que de son propre mouvement il te fasse son grand-vicaire. Le comte et moi nous serons surpris et même fâchés de ce trop rapide avancement; cela est essentiel vis-à-vis du souverain.

Fabrice courut à l'archevêché : par un bonheur singulier, le valet de chambre du bon prélat, un peu sourd, n'entendit pas le nom *del Dongo;* il annonça un jeune prêtre nommé Fabrice; l'archevêque se trouvait avec un curé de mœurs peu exemplaires, et qu'il avait fait venir pour le gronder. Il était en train de faire une réprimande, chose très pénible pour lui, et ne voulait pas avoir ce chagrin sur le cœur plus longtemps; il fit donc attendre trois quarts d'heure le petit-neveu du grand archevêque Ascanio del Dongo.

Comment peindre ses excuses et son désespoir quand, après avoir reconduit le curé jusqu'à la seconde antichambre, et lorsqu'il demandait en repassant à cet homme qui attendait *en quoi il pouvait le servir*, il aperçut les bas violets et entendit le nom Fabrice del Dongo? La chose parut si plaisante à notre héros, que, dès cette première visite, il hasarda de baiser la main du saint prélat, dans un transport de tendresse. Il fallait entendre l'archevêque répéter avec désespoir : Un del Dongo attendre dans mon antichambre! Il se crut obligé, en forme d'excuse, de lui raconter toute l'anecdote du curé, ses torts, ses réponses, etc.

Est-il bien possible, se disait Fabrice en revenant au palais Sanseverina, que ce soit là l'homme
qui a fait hâter le supplice de ce pauvre comte Palanza!

— Que pense votre excellence? lui dit en riant
le comte Mosca, en le voyant rentrer chez la duchesse (le comte ne voulait pas que Fabrice l'ap-
pelât excellence).

— Je tombe des nues; je ne connais rien au
caractère des hommes : j'aurais parié, si je n'avais
pas su son nom, que celui-ci ne peut voir sai-
gner un poulet.

— Et vous auriez gagné, reprit le comte; mais
quand il est devant le prince, ou seulement devant
moi, il ne peut dire non. A la vérité, pour que
je produise tout mon effet, il faut que j'aie le
grand cordon jaune passé par-dessus l'habit; en
frac il me contredirait, aussi je prends toujours
un uniforme pour le recevoir. Ce n'est pas à nous
à détruire le prestige du pouvoir, les journaux
français le démolissent bien assez vite; à peine si
la *manie respectante* vivra autant que nous, et
vous, mon neveu, vous survivrez au respect. Vous,
vous serez bon homme!

Fabrice se plaisait fort dans la société du comte :
c'était le premier homme supérieur qui eût daigné
lui parler sans comédie; d'ailleurs ils avaient un
goût commun, celui des antiquités et des fouilles.
Le comte, de son côté, était flatté de l'extrême

attention avec laquelle le jeune homme l'écoutait ;
mais il y avait une objection capitale : Fabrice occupait un appartement dans le palais Sanseverina,
passait sa vie avec la duchesse, laissait voir en
toute innocence que cette intimité faisait son bonheur, et Fabrice avait des yeux, un teint d'une
fraîcheur désespérante.

De longue main, Ranuce-Ernest IV, qui trouvait rarement de cruelles, était piqué de ce que
la vertu de la duchesse, bien connue à la cour,
n'avait pas fait une exception en sa faveur. Nous
l'avons vu, l'esprit et la présence d'esprit de Fabrice l'avaient choqué dès le premier jour. Il prit
mal l'extrême amitié que sa tante et lui se montraient à l'étourdie ; il prêta l'oreille avec une
extrême attention aux propos de ses courtisans,
qui furent infinis. L'arrivée de ce jeune homme et
l'audience si extraordinaire qu'il avait obtenue
firent pendant un mois la nouvelle et l'étonnement de la cour ; sur quoi le prince eut une idée.

Il avait dans sa garde un simple soldat qui sup-
portait le vin d'une admirable façon ; cet homme
passait sa vie au cabaret, et rendait compte de
l'esprit du militaire directement au souverain.
Carlone ne savait pas écrire, sans quoi depuis
longtemps il eût obtenu de l'avancement. Or, sa
consigne était de se trouver devant le palais tous
les jours quand midi sonnait à la grande horloge. Le prince alla lui-même un peu avant midi

disposer d'une certaine façon la persienne d'un
entresol tenant à la pièce où son altesse s'habil-
lait. Il retourna dans cet entresol un peu après
que midi eut sonné, il y trouva le soldat; le prince
avait dans sa poche une feuille de papier et une
écritoire, il dicta au soldat le billet que voici :

« Votre excellence a beaucoup d'esprit, sans
« doute, et c'est grâce à sa profonde sagacité
« que nous voyons cet État si bien gouverné.
« Mais, mon cher comte, de si grands succès ne
« marchent point sans un peu d'envie, et je
« crains fort qu'on ne rie un peu à vos dépens,
« si votre sagacité ne devine pas qu'un certain
« beau jeune homme a eu le bonheur d'inspirer,
« malgré lui peut-être, un amour des plus sin-
« guliers. Cet heureux mortel n'a, dit-on, que
« vingt-trois ans, et, cher comte, ce qui com-
« plique la question, c'est que vous et moi nous
« avons beaucoup plus que le double de cet âge.
« Le soir, à une certaine distance, le comte est
« charmant, sémillant, homme d'esprit, aimable
« au possible; mais le matin, dans l'intimité,
« à bien prendre les choses, le nouveau venu a
« peut-être plus d'agréments. Or, nous autres
« femmes, nous faisons grand cas de cette fraî-
« cheur de la jeunesse, surtout quand nous avons
« passé la trentaine. Ne parle-t-on pas déjà de
« fixer cet aimable adolescent à notre cour, par

« quelque belle place? Et quelle est donc la per-
« sonne qui en parle le plus souvent à votre excel-
« lence? »

Le prince prit la lettre et donna deux écus au
soldat.

— Ceci, outre vos appointements, lui dit-il
d'un air morne; le silence absolu envers tout le
monde, ou bien la plus humide des basses-fosses
à la citadelle. Le prince avait dans son bureau
une collection d'enveloppes avec les adresses de
la plupart des gens de sa cour, de la main de ce
même soldat qui passait pour ne pas savoir écrire,
et n'écrivait jamais même ses rapports de police :
le prince choisit celle qu'il fallait.

Quelques heures plus tard, le comte Mosca
reçut une lettre par la poste; on avait calculé
l'heure où elle pourrait arriver, et au moment où
le facteur, qu'on avait vu entrer tenant une petite
lettre à la main, sortit du palais du ministère,
Mosca fut appelé chez son altesse. Jamais le favori
n'avait paru dominé par une plus noire tristesse;
pour en jouir plus à l'aise, le prince lui cria en
le voyant :

— J'ai besoin de me délasser en jasant au
hasard avec l'ami, et non pas de travailler avec
le ministre. Je jouis ce soir d'un mal à la tête
fou, et de plus il me vient des idées noires.

Faut-il parler de l'humeur abominable qui agi-
15

tait le premier ministre, comte Mosca de la Rovère,
à l'instant où il lui fut permis de quitter son au-
guste maître? Ranuce-Ernest IV était parfaitement
habile dans l'art de torturer un cœur, et je pourrais faire ici sans trop d'injustice la comparaison
du tigre qui aime à jouer avec sa proie.

Le comte se fit reconduire chez lui au galop;
il cria en passant qu'on ne laissât monter âme qui
vive, fit dire à l'*auditeur* de service qu'il lui rendait la liberté (savoir un être humain à portée de
sa voix lui était odieux), et courut s'enfermer dans
la grande galerie de tableaux. Là enfin il put se
livrer à toute sa fureur; là il passa la soirée sans
lumière, à se promener au hasard, comme un
homme hors de lui. Il cherchait à imposer silence
à son cœur, pour concentrer toute la force de son
attention dans la discussion du parti à prendre.
Plongé dans des angoisses qui eussent fait pitié
à son plus cruel ennemi, il se disait : L'homme
que j'abhorre loge chez la duchesse, passe tous ses
moments avec elle. Dois-je tenter de faire parler
une de ses femmes? Rien de plus dangereux; elle
est si bonne; elle les paie bien! elle en est adorée!
(Et de qui, grand Dieu, n'est-elle pas adorée!)
Voici la question, reprenait-il avec rage :

Faut-il laisser deviner la jalousie qui me dé-
vore, ou ne pas en parler?

Si je me tais, on ne se cachera point de moi.
Je connais Gina, c'est une femme toute de pre-

mier mouvement; sa conduite est imprévue même
pour elle; si elle veut se tracer un rôle d'avance,
elle s'embrouille; toujours, au moment de l'action, il lui vient une nouvelle idée qu'elle suit avec
transport comme étant ce qu'il y a de mieux au
monde, et qui gâte tout.

Ne disant mot de mon martyre, on ne se cache
point de moi et je vois tout ce qui peut se
passer....

Oui, mais en parlant, je fais naître d'autres
circonstances; je fais faire des réflexions; je pré-
viens beaucoup de ces choses horribles qui peuvent
arriver.... Peut-être on l'éloigne (le comte respira), alors j'ai presque partie gagnée; quand
même on aurait un peu d'humeur dans le moment, je la calmerai.... et cette humeur, quoi de
plus naturel?... elle l'aime comme un fils depuis
quinze ans. Là gît tout mon espoir : *comme un
fils....* mais elle a cessé de le voir depuis sa fuite
pour Waterloo; mais en revenant de Naples, surtout pour elle, c'est un autre homme. *Un autre
homme!* répéta-t-il avec rage, et cet homme est
charmant; il a surtout cet air naïf et tendre et cet
œil souriant qui promet tant de bonheur! et ces
yeux-là la duchesse ne doit pas être accoutumée à
les trouver à notre cour!... Ils y sont remplacés
par le regard morne ou sardonique. Moi-même,
poursuivi par les affaires, ne régnant que par mon
influence sur un homme qui voudrait me tourner

en ridicule, quels regards dois-je avoir souvent?
Ah! quelques soins que je prenne, c'est surtout
mon regard qui doit être vieux en moi! Ma gaieté
n'est-elle pas toujours voisine de l'ironie?... Je dirai plus, ici il faut être sincère : ma gaieté ne laisse-
t-elle pas entrevoir, comme chose toute proche,
le pouvoir absolu.... et la méchanceté? Est-ce que
quelquefois je ne me dis pas à moi-même, surtout
quand on m'irrite : Je puis ce que je veux? Et
même j'ajoute une sottise : Je dois être plus heureux qu'un autre, puisque je possède ce que les
autres n'ont pas : le pouvoir souverain dans les
trois quarts des choses.... Eh bien! soyons juste;
l'habitude de cette pensée doit gâter mon sourire.... doit me donner un air d'égoïsme.... content.... Et comme son sourire à lui est charmant!
il respire le bonheur facile de la première jeunesse, et il le fait naître.

Par malheur pour le comte, ce soir-là le temps
était chaud, étouffé, annonçant la tempête; de ces
temps, en un mot, qui, dans ces pays-là, portent
aux résolutions extrêmes. Comment rapporter
tous les raisonnements, toutes les façons de voir
ce qui lui arrivait, qui, durant trois mortelles
heures, mirent à la torture cet homme passionné?
Enfin le parti de la prudence l'emporta, uniquement par suite de cette réflexion : Je suis fou, probablement; en croyant raisonner, je ne raisonne
pas; je me retourne seulement pour chercher une

position moins cruelle, je passe sans la voir à côté de quelque raison décisive. Puisque je suis aveuglé par l'excessive douleur, suivons cette règle, approuvée de tous les gens sages, qu'on appelle *prudence*.

D'ailleurs, une fois que j'ai prononcé le mot fatal *jalousie*, mon rôle est tracé à tout jamais. Au contraire, ne disant rien aujourd'hui, je puis parler demain, je reste maître de tout. La crise était trop forte, le comte serait devenu fou si elle eût duré. Il fut soulagé pour quelques instants, son attention vint s'arrêter sur la lettre anonyme. De quelle part pouvait-elle venir? Il y eut là une recherche de noms, et un jugement à propos de chacun d'eux, qui fit diversion. A la fin, le comte se rappela un éclair de malice qui avait jailli de l'œil du souverain, quand il en était venu à dire, vers la fin de l'audience : Oui, cher ami, convenons-en, les plaisirs et les soins de l'ambition la plus heureuse, même du pouvoir sans bornes, ne sont rien auprès du bonheur intime que donnent les relations de tendresse et d'amour. Je suis homme avant d'être prince, et, quand j'ai le bonheur d'aimer, ma maîtresse s'adresse à l'homme et non au prince. Le comte rapprocha ce moment de bonheur malin de cette phrase de la lettre : *C'est grâce à votre profonde sagacité que nous voyons cet État si bien gouverné.* Cette phrase est du prince, s'écria-t-il; chez un courtisan elle se-

rait d'une imprudence gratuite; la lettre vient de
son altesse.

Ce problème résolu, la petite joie causée par le
plaisir de deviner fut bientôt effacée par la cruelle
apparition des grâces charmantes de Fabrice, qui
revint de nouveau. Ce fut comme un poids énorme
qui retomba sur le cœur du malheureux. Qu'importe de qui soit la lettre anonyme! s'écria-t-il
avec fureur, le fait qu'elle me dénonce en existe-
t-il moins? Ce caprice peut changer ma vie, dit-il,
comme pour s'excuser d'être tellement fou. Au
premier moment, si elle l'aime d'une certaine
façon, elle part avec lui pour Belgirate, pour la
Suisse, pour quelque coin du monde. Elle est
riche, et d'ailleurs, dût-elle vivre avec quelques
louis chaque année, que lui importe? Ne m'avouait-
elle pas, il n'y a pas huit jours, que son palais, si
bien arrangé, si magnifique, l'ennuie? Il faut du
nouveau à cette âme si jeune! Et avec quelle simplicité se présente cette félicité nouvelle! Elle sera
entraînée avant d'avoir songé au danger, avant
d'avoir songé à me plaindre! Et je suis pourtant si
malheureux! s'écria le comte fondant en larmes.

Il s'était juré de ne pas aller chez la duchesse
ce soir-là, mais il n'y put tenir; jamais ses yeux
n'avaient eu une telle soif de la regarder. Sur le
minuit il se présenta chez elle; il la trouva seule
avec son neveu; à dix heures elle avait renvoyé
tout le monde et fait fermer sa porte.

A l'aspect de l'intimité tendre qui régnait entre ces deux êtres, et de la joie naïve de la duchesse, une affreuse difficulté s'éleva devant les yeux du comte, et à l'improviste! il n'y avait pas songé durant la longue délibération dans la galerie de tableaux : comment cacher sa jalousie?

Ne sachant à quel prétexte avoir recours, il prétendit que ce soir-là il avait trouvé le prince excessivement prévenu contre lui, contredisant toutes ses assertions, etc., etc. Il eut la douleur de voir la duchesse l'écouter à peine, et ne faire aucune attention à ces circonstances qui, l'avant-veille encore, l'auraient jetée dans des raisonnements infinis. Le comte regarda Fabrice : jamais cette belle figure lombarde ne lui avait paru si simple et si noble! Fabrice faisait plus d'attention que la duchesse aux embarras qu'il racontait.

Réellement, se dit-il, cette tête joint l'extrême bonté à l'expression d'une certaine joie naïve et tendre qui est irrésistible. Elle semble dire : Il n'y a que l'amour et le bonheur qu'il donne qui soient choses sérieuses en ce monde. Et pourtant arrive-t-on à quelque détail où l'esprit soit nécessaire, son regard se réveille et vous étonne, et l'on reste confondu.

Tout est simple à ses yeux parce que tout est vu de haut. Grand Dieu! comment combattre un tel ennemi? Et après tout, qu'est-ce que la vie sans l'amour de Gina? Avec quel ravissement elle

semble écouter les charmantes saillies de cet esprit si jeune, et qui, pour une femme, doit sembler unique au monde!

Une idée atroce saisit le comte comme une
crampe : Le poignarder là devant elle, et me tuer
après?

Il fit un tour dans la chambre, se soutenant à
peine sur ses jambes, mais la main serrée convul-
sivement autour du manche de son poignard. Aucun des deux ne faisait attention à ce qu'il pouvait faire. Il dit qu'il allait donner un ordre à son
laquais, on ne l'entendit même pas; la duchesse
riait tendrement d'un mot que Fabrice venait de
lui adresser. Le comte s'approcha d'une lampe
dans le premier salon, et regarda si la pointe de
son poignard était bien affilée. Il faut être gracieux et de manières parfaites envers ce jeune
homme, se disait-il en revenant et se rapprochant
d'eux.

Il devenait fou; il lui sembla qu'en se penchant
ils se donnaient des baisers, là, sous ses yeux.
Cela est impossible en ma présence, se dit-il; ma
raison s'égare. Il faut se calmer; si j'ai des manières rudes, la duchesse est capable, par simple
pique de vanité, de le suivre à Belgirate; et là,
ou pendant le voyage, le hasard peut amener un
mot qui donnera un nom à ce qu'ils sentent l'un
pour l'autre; et après, en un instant, toutes les
conséquences.

La solitude rendra ce mot décisif, et d'ailleurs, une fois la duchesse loin de moi, que devenir? et si, après beaucoup de difficultés surmontées du côté du prince, je vais montrer ma figure vieille et soucieuse à Belgirate, quel rôle jouerai-je au milieu de ces gens fous de bonheur?

Ici même, que suis-je autre chose que le *terzo incomodo* (cette belle langue italienne est toute faite pour l'amour)! *Terzo incomodo* (un tiers présent qui incommode)! quelle douleur pour un homme d'esprit de sentir qu'on joue ce rôle exécrable, et de ne pouvoir prendre sur soi de se lever et de s'en aller!

Le comte allait éclater ou du moins trahir sa douleur par la décomposition de ses traits. Comme en faisant des tours dans le salon il se trouvait près de la porte, il prit la fuite en criant d'un air bon et intime : Adieu, vous autres! Il faut éviter le sang, se dit-il.

Le lendemain de cette horrible soirée, après une nuit passée tantôt à se détailler les avantages de Fabrice, tantôt dans les affreux transports de la plus cruelle jalousie, le comte eut l'idée de faire appeler un jeune valet de chambre à lui; cet homme faisait la cour à une jeune fille nommée Chékina, l'une des femmes de chambre de la duchesse et sa favorite. Par bonheur ce jeune domestique était fort rangé dans sa conduite, avare même, et il désirait une place de concierge dans un des établissements

publics de Parme. Le comte ordonna à cet homme
de faire venir à l'instant Chékina, sa maîtresse.
L'homme obéit, et une heure plus tard le comte
parut à l'improviste dans la chambre où cette fille
se trouvait avec son prétendu. Le comte les effraya
tous deux par la quantité d'or qu'il leur donna,
puis il adressa ce peu de mots à la tremblante
Chékina, en la regardant entre les deux yeux :

— La duchesse fait-elle l'amour avec monsignore?

— Non, dit cette fille en prenant sa résolution
après un moment de silence;... non, *pas encore*,
mais il baise souvent les mains de madame, en
riant il est vrai, mais avec transport.

Ce témoignage fut complété par cent réponses
à autant de questions furibondes du comte; sa
passion inquiète fit bien gagner à ces pauvres
gens l'argent qu'il leur avait jeté : il finit par
croire à ce qu'on lui disait, et fut moins malheureux. — Si jamais la duchesse se doute de cet
entretien, dit-il à Chékina, j'enverrai votre prétendu passer vingt ans à la forteresse, et vous
ne le reverrez qu'en cheveux blancs.

Quelques jours se passèrent, pendant lesquels
Fabrice à son tour perdit toute sa gaieté.

— Je t'assure, disait-il à la duchesse, que le
comte Mosca a de l'antipathie pour moi.

— Tant pis pour Son Excellence, répondait-elle
avec une sorte d'humeur.

Ce n'était point là le véritable sujet d'inquiétude qui avait fait disparaître la gaieté de Fabrice.
La position où le hasard me place n'est pas te-
nable, se disait-il. Je suis bien sûr qu'elle ne
parlera jamais, elle aurait horreur d'un mot trop
significatif comme d'un inceste. Mais si un soir,
après une journée imprudente et folle, elle vient
à faire l'examen de sa conscience, si elle croit que
j'ai pu deviner le goût qu'elle semble prendre
pour moi, quel rôle jouerai-je à ses yeux? exactement le *casto Giuseppe* (proverbe italien, allusion au rôle ridicule de Joseph avec la femme
de l'eunuque Putiphar).

Faire entendre par une belle confidence que je
ne suis pas susceptible d'amour sérieux? je n'ai pas
assez de tenue dans l'esprit pour énoncer ce fait
de façon à ce qu'il ne ressemble pas comme deux
gouttes d'eau à une impertinence. Il ne me reste
que la ressource d'une grande passion laissée à
Naples, en ce cas y retourner pour vingt-quatre
heures : ce parti est sage, mais c'est bien de la
peine! Resterait un petit amour de bas étage à
Parme, ce qui peut déplaire; mais tout est préférable au rôle affreux de l'homme qui ne veut pas
deviner. Ce dernier parti pourrait, il est vrai,
compromettre mon avenir; il faudrait, à force de
prudence et en achetant la discrétion, diminuer le
danger. Ce qu'il y avait de cruel au milieu de
toutes ces pensées, c'est que réellement Fabrice

aimait la duchesse de bien loin plus qu'aucun
être au monde. Il faut être bien maladroit, se
disait-il avec colère, pour tant redouter de ne
pouvoir persuader ce qui est si vrai! Manquant
d'habileté pour se tirer de cette position, il devint sombre et chagrin. Que serait-il de moi,
grand Dieu! si je me brouillais avec le seul être au
monde pour qui j'aie un attachement passionné?
D'un autre côté, Fabrice ne pouvait se résoudre à
gâter un bonheur si délicieux par un mot indiscret. Sa position était si remplie de charmes!
L'amitié intime d'une femme si aimable et si jolie
était si douce! Sous les rapports plus vulgaires de
la vie, sa protection lui faisait une position si
agréable à cette cour, dont les grandes intrigues,
grâce à elle qui les lui expliquait, l'amusaient
comme une comédie! Mais au premier moment je
puis être réveillé par un coup de foudre! se disait-
il. Ces soirées si gaies, si tendres, passées presque
en tête-à-tête avec une femme si piquante, si elles
conduisent à quelque chose de mieux, elle croira
trouver en moi un amant; elle me demandera des
transports, de la folie, et je n'aurai toujours à lui
offrir que l'amitié la plus vive, mais sans amour;
la nature m'a privé de cette sorte de folie sublime.
Que de reproches n'ai-je pas eu à essuyer à cet
égard! Je crois encore entendre la duchesse
d'A***, et je me moquais de la duchesse! Elle
croira que je manque d'amour pour elle, tandis

que c'est l'amour qui manque en moi ; jamais elle ne voudra me comprendre. Souvent, à la suite d'une anecdote sur la cour contée, par elle avec cette grâce, cette folie qu'elle seule au monde possède, et d'ailleurs nécessaire à mon instruction, je lui baise les mains et quelquefois la joue. Que devenir si cette main presse la mienne d'une certaine façon ?

Fabrice paraissait chaque jour dans les maisons les plus considérées et les moins gaies de Parme. Dirigé par les conseils habiles de la duchesse, il faisait une cour savante aux deux princes, père et fils, à la princesse Clara-Paolina et à monseigneur l'archevêque. Il avait des succès, mais qui ne le consolaient point de la peur mortelle de se brouiller avec la duchesse.

VIII

Ainsi, moins d'un mois seulement après son
arrivée à la cour, Fabrice avait tous les chagrins
d'un courtisan, et l'amitié intime qui faisait le
bonheur de sa vie était empoisonnée. Un soir,
tourmenté par ces idées, il sortit de ce salon de
la duchesse où il avait trop l'air d'un amant régnant ; errant au hasard dans la ville, il passa
devant le théâtre, qu'il vit éclairé ; il entra. C'était
une imprudence gratuite chez un homme de sa
robe, et qu'il s'était bien promis d'éviter à Parme,

qui après tout n'est qu'une petite ville de quarante mille habitants. Il est vrai que dès les premiers jours il s'était affranchi de son costume
officiel ; le soir, quand il n'allait pas dans le très
grand monde, il était simplement vêtu de noir
comme un homme en deuil.

Au théâtre, il prit une loge du troisième rang
pour n'être pas vu ; l'on donnait *la Jeune hôtesse*,
de Goldoni. Il regardait l'architecture de la salle :
à peine tournait-il les yeux vers la scène. Mais le
public nombreux éclatait de rire à chaque instant ;
Fabrice jeta les yeux sur la jeune actrice qui faisait
le rôle de l'hôtesse, il la trouva drôle. Il regarda
avec plus d'attention, elle lui sembla tout à fait
gentille et surtout remplie de naturel : c'était une
jeune fille naïve, qui riait la première des jolies
choses que Goldoni mettait dans sa bouche, et
qu'elle avait l'air tout étonnée de prononcer. Il
demanda comment elle s'appelait, on lui dit :
Marietta Valserra.

Ah! pensa-t-il, elle a pris mon nom, c'est singulier ; malgré ses projets, il ne quitta le théâtre
qu'à la fin de la pièce. Le lendemain il revint ;
trois jours après il savait l'adresse de la Marietta
Valserra.

Le soir même du jour où il s'était procuré cette
adresse avec assez de peine, il remarqua que le
comte lui faisait une mine charmante. Le pauvre
amant jaloux, qui avait toutes les peines du monde

à se tenir dans les bornes de la prudence, avait
mis des espions à la suite du jeune homme, et son
équipée du théâtre lui plaisait. Comment peindre
la joie du comte lorsque le lendemain du jour où
il avait pu prendre sur lui d'être aimable avec Fabrice, il apprit que celui-ci, à la vérité à demi
déguisé par une longue redingote bleue, avait
monté jusqu'au misérable appartement que la
Marietta Valserra occupait au quatrième étage
d'une vieille maison derrière le théâtre? Sa joie
redoubla lorsqu'il sut que Fabrice s'était présenté
sous un faux nom, et avait eu l'honneur d'exciter
la jalousie d'un mauvais garnement nommé Giletti, lequel à la ville jouait les troisièmes rôles de
valet, et dans les villages dansait sur la corde. Ce
noble amant de la Marietta se répandait en injures
contre Fabrice et disait qu'il voulait le tuer.

Les troupes d'opéra sont formées par un *impresario* qui engage de côté et d'autre les sujets
qu'il peut payer ou qu'il trouve libres, et la troupe
amassée au hasard reste ensemble une saison ou
deux tout au plus. Il n'en est pas de même des
compagnies comiques; tout en courant de ville en
ville et changeant de résidence tous les deux ou
trois mois, elles n'en forment pas moins comme
une famille dont tous les membres s'aiment ou
se haïssent. Il y a dans ces compagnies des ménages établis que les *beaux* des villes où la troupe
va jouer trouvent quelquefois beaucoup de diffi-

16

culté à désunir. C'est précisément ce qui arrivait
à notre héros : la petite Marietta l'aimait assez,
mais elle avait une peur horrible du Giletti, qui
prétendait être son maître unique et la surveillait
de près. Il protestait partout qu'il tuerait le *monsignore*, car il avait suivi Fabrice et était parvenu
à découvrir son nom. Ce Giletti était bien l'être
le plus laid et le moins fait pour l'amour : déme-
surément grand, il était horriblement maigre,
fort marqué de la petite vérole et un peu louche.
Du reste, plein des grâces de son métier, il entrait
ordinairement dans les coulisses, où ses camarades
étaient réunis, en faisant la roue sur les pieds et
sur les mains, ou quelque autre tour gentil. Il
triomphait dans les rôles où l'acteur doit paraître la figure blanchie avec de la farine et recevoir ou donner un nombre infini de coups de
bâton. Ce digne rival de Fabrice avait 32 francs
d'appointements par mois et se trouvait fort riche.

Il sembla au comte Mosca revenir des portes du
tombeau, quand ses observateurs lui donnèrent la
certitude de tous ces détails. L'esprit aimable reparut; il sembla plus gai et de meilleure compagnie que jamais dans le salon de la duchesse, et
se garda bien de rien lui dire de la petite aventure qui le rendait à la vie. Il prit même des précautions pour qu'elle fût informée de tout ce qui
se passait le plus tard possible. Enfin il eut le courage d'écouter la raison qui lui criait en vain de-

puis un mois que toutes les fois que le mérite d'un amant pâlit, cet amant doit voyager.

Une affaire importante l'appela à Bologne, et deux fois par jour des courriers du cabinet lui apportaient bien moins les papiers officiels de ses bureaux que des nouvelles des amours de la petite Marietta, de la colère du terrible Giletti et des entreprises de Fabrice.

Un des agents du comte demanda plusieurs fois *Arlequin squelette et pâté*, l'un des triomphes de Giletti (il sort du pâté au moment où son rival Brighella l'entame, et le bâtonne); ce fut un prétexte pour lui faire passer cent francs. Giletti, criblé de dettes, se garda bien de parler de cette bonne aubaine, mais devint d'une fierté étonnante.

La fantaisie de Fabrice se changea en pique d'amour-propre (à son âge, les soucis l'avaient déjà réduit à avoir *des fantaisies*)! La vanité le conduisait au spectacle; la petite fille jouait fort gaiement et l'amusait; au sortir du théâtre il était amoureux pour une heure. Le comte revint à Parme sur la nouvelle que Fabrice courait des dangers réels; le Giletti, qui avait été dragon dans le beau régiment des dragons Napoléon, parlait sérieusement de tuer Fabrice, et prenait des mesures pour s'enfuir ensuite en Romagne. Si le lecteur est très jeune, il se scandalisera de notre admiration pour ce beau trait de vertu. Ce ne fut

pas cependant un petit effort d'héroïsme de la part
du comte que celui de revenir de Bologne; car
enfin, souvent, le matin, il avait le teint fatigué,
et Fabrice avait tant de fraîcheur, tant de sérénité!
Qui eût songé à lui faire un sujet de reproche de
la mort de Fabrice, arrivée en son absence, et
pour une si sotte cause? Mais il avait une de ces
âmes rares qui se font un remords éternel d'une
action généreuse qu'elles pouvaient faire et qu'elles
n'ont pas faite; d'ailleurs il ne put supporter l'idée
de voir la duchesse triste, et par sa faute.

Il la trouva, à son arrivée, silencieuse et morne;
voici ce qui s'était passé : la petite femme de
chambre, Chékina, tourmentée par les remords, et
jugeant de l'importance de sa faute par l'énor-
mité de la somme qu'elle avait reçue pour la commettre, était tombée malade. Un soir, la duchesse,
qui l'aimait, monta jusqu'à sa chambre. La petite
fille ne put résister à cette marque de bonté; elle
fondit en larmes, voulut remettre à sa maîtresse
ce qu'elle possédait encore sur l'argent qu'elle
avait reçu, et enfin eut le courage de lui avouer
les questions faites par le comte et ses réponses.
La duchesse courut vers la lampe qu'elle éteignit,
puis dit à la petite Chékina qu'elle lui pardonnait,
mais à condition qu'elle ne dirait jamais un mot
de cette étrange scène à qui que ce fût; le pauvre
comte, ajouta-t-elle d'un air léger, craint le ridicule; tous les hommes sont ainsi.

La duchesse se hâta de descendre chez elle. A peine enfermée dans sa chambre, elle fondit en larmes ; elle trouvait quelque chose d'horrible dans l'idée de faire l'amour avec ce Fabrice qu'elle avait vu naître ; et pourtant que voulait dire sa conduite?

Telle avait été la première cause de la noire mélancolie dans laquelle le comte la trouva plongée ; lui arrivé, elle eut des accès d'impatience contre lui, et presque contre Fabrice ; elle eût voulu ne plus les revoir ni l'un ni l'autre ; elle était dépitée du rôle ridicule à ses yeux que Fabrice jouait auprès de la petite Marietta ; car le comte lui avait tout dit en véritable amoureux incapable de garder un secret. Elle ne pouvait s'accoutumer à ce malheur : son idole avait un défaut ; enfin, dans un moment de bonne amitié elle demanda conseil au comte ; ce fut pour celui-ci un instant délicieux et une belle récompense du mouvement honnête qui l'avait fait revenir à Parme.

— Quoi de plus simple ! dit le comte en riant : les jeunes gens veulent avoir toutes les femmes, puis le lendemain ils n'y pensent plus. Ne doit-il pas aller à Belgirate, voir la marquise del Dongo ? Hé bien ! qu'il parte. Pendant son absence je prierai la troupe comique de porter ailleurs ses talents, je paierai les frais de route ; mais bientôt nous le verrons amoureux de la première jolie

femme que le hasard conduira sur ses pas : c'est
dans l'ordre, et je ne voudrais pas le voir autrement.... S'il est nécessaire, faites écrire par la
marquise.

Cette idée, donnée avec l'air d'une complète
indifférence, fut un trait de lumière pour la duchesse; elle avait peur de Giletti. Le soir, le comte
annonça, comme par hasard, qu'il y avait un
courrier qui, allant à Vienne, passait par Milan;
trois jours après Fabrice recevait une lettre de sa
mère. Il partit fort piqué de n'avoir pu encore,
grâce à la jalousie du Giletti, profiter des excellentes intentions dont la petite Marietta lui faisait
porter l'assurance par une *mamacia*, vieille femme
qui lui servait de mère.

Fabrice trouva sa mère et une de ses sœurs à
Belgirate, gros village piémontais, sur la rive
droite du lac Majeur; la rive gauche appartient
au Milanais, et par conséquent à l'Autriche. Ce
lac, parallèle au lac de Côme, et qui court aussi
du nord au midi, est situé à une vingtaine de
lieues plus au couchant. L'air des montagnes,
l'aspect majestueux et tranquille de ce lac superbe
qui lui rappelait celui près duquel il avait passé
son enfance, tout contribua à changer en douce
mélancolie le chagrin de Fabrice, voisin de la
colère. C'était avec une tendresse infinie que le
souvenir de la duchesse se présentait maintenant
à lui: il lui semblait que de loin il prenait pour

elle cet amour qu'il n'avait jamais éprouvé pour
aucune femme; rien ne lui eût été plus pénible
que d'en être à jamais séparé, et dans ces dispositions, si la duchesse eût daigné avoir recours à
la moindre coquetterie, elle eût conquis ce cœur,
par exemple, en lui opposant un rival. Mais, bien
loin de prendre un parti aussi décisif, ce n'était
pas sans se faire de vifs reproches qu'elle trouvait
sa pensée toujours attachée aux pas du jeune
voyageur. Elle se reprochait ce qu'elle appelait
encore une fantaisie, comme si c'eût été une horreur; elle redoubla d'attentions et de prévenances
pour le comte, qui, séduit par tant de grâces,
n'écoutait pas la saine raison qui prescrivait un
second voyage à Bologne.

La marquise del Dongo, pressée par les noces
de sa fille aînée qu'elle mariait à un duc milanais,
ne put donner que trois jours à son fils bien-
aimé; jamais elle n'avait trouvé en lui une aussi
tendre amitié. Au milieu de la mélancolie qui
s'emparait de plus en plus de l'âme de Fabrice,
une idée bizarre et même ridicule s'était présentée
et tout à coup s'était fait suivre. Oserons-nous
dire qu'il voulait consulter l'abbé Blanès? Cet
excellent vieillard était parfaitement incapable de
comprendre les chagrins d'un cœur tiraillé par
des passions puériles et presque égales en force;
d'ailleurs il eût fallu huit jours pour lui faire entrevoir seulement tous les intérêts que Fabrice de-

vait ménager à Parme; mais en songeant à le
consulter Fabrice retrouvait la fraîcheur de ses
sensations de seize ans. Le croira-t-on? ce n'était
pas simplement comme homme sage, comme
ami parfaitement dévoué, que Fabrice voulait lui
parler; l'objet de cette course et les sentiments
qui agitèrent notre héros pendant les cinquante
heures qu'elle dura, sont tellement absurdes que
sans doute, dans l'intérêt du récit, il eût mieux
valu les supprimer. Je crains que la crédulité de
Fabrice ne le prive de la sympathie du lecteur;
mais enfin il était ainsi, pourquoi le flatter lui
plutôt qu'un autre? Je n'ai point flatté le comte
Mosca ni le prince.

Fabrice donc, puisqu'il faut tout dire, Fabrice
reconduisit sa mère jusqu'au port de Laveno, rive
gauche du lac Majeur, rive autrichienne, où elle
descendit vers les huit heures du soir. (Le lac est
considéré comme un pays neutre, et l'on ne demande point de passe-port à qui ne descend point
à terre.) Mais à peine la nuit fut-elle venue, qu'il
se fit débarquer sur cette même rive autrichienne,
au milieu d'un petit bois qui avance dans les
flots. Il avait loué une *sédiola*, sorte de tilbury
champêtre et rapide, à l'aide duquel il put suivre,
à cinq cents pas de distance, la voiture de sa
mère; il était déguisé en domestique de la *casa
del Dongo*, et aucun des nombreux employés de la
police ou de la douane n'eut l'idée de lui de-

mander son passe-port. A un quart de lieue de
Côme, où la marquise et sa fille devaient s'arrêter
pour passer la nuit, il prit un sentier à gauche,
qui, contournant le bourg de Vico, se réunit ensuite à un petit chemin récemment établi sur
l'extrême bord du lac. Il était minuit et Fabrice
pouvait espérer de ne rencontrer aucun gendarme.
Les arbres des bouquets de bois que le petit chemin traversait à chaque instant, dessinaient le
noir contour de leur feuillage sur un ciel étoilé,
mais voilé par une brume légère. Les eaux et le
ciel étaient d'une tranquillité profonde; l'âme de
Fabrice ne put résister à cette beauté sublime;
il s'arrêta, puis s'assit sur un rocher qui s'avançait dans le lac, formant comme un petit promontoire. Le silence universel n'était troublé, à intervalles égaux, que par la petite lame du lac qui
venait expirer sur la grève. Fabrice avait un cœur
italien; j'en demande pardon pour lui : ce défaut,
qui le rendra moins aimable, consistait surtout
en ceci : il n'avait de vanité que par accès, et l'aspect seul de la beauté sublime le portait à l'attendrissement, et ôtait à ses chagrins leur pointe
âpre et dure. Assis sur son rocher isolé, n'ayant
plus à se tenir en garde contre les agents de la
police, protégé par la nuit profonde et le vaste
silence, de douces larmes mouillèrent ses yeux,
et il trouva là, à peu de frais, les moments les
plus heureux qu'il eût goûtés depuis longtemps.

Il résolut de ne jamais dire de mensonges à la
duchesse, et c'est parce qu'il l'aimait à l'adora-
tion en ce moment, qu'il se jura de ne jamais lui
dire qu'*il l'aimait ;* jamais il ne prononcerait auprès d'elle le mot d'amour, puisque la passion
que l'on appelle ainsi était étrangère à son cœur.
Dans l'enthousiasme de générosité et de vertu qui
faisait sa félicité en ce moment, il prit la résolution de lui tout dire à la première occasion : son
cœur n'avait jamais connu l'amour. Une fois ce
parti courageux bien adopté, il se sentit comme
délivré d'un poids énorme. Elle me dira peut-être
quelques mots sur Marietta : eh bien! je ne reverrai jamais la petite Marietta, se répondit-il à
lui-même avec gaieté.

La chaleur accablante qui avait régné pendant la
journée commençait à être tempérée par la brise du
matin. Déjà l'aube dessinait par une faible lueur
blanche les pics des Alpes qui s'élèvent au nord et
à l'orient du lac de Côme. Leurs masses blanchies
par les neiges même au mois de juin, se dessinent
sur l'azur clair d'un ciel toujours pur à ces hauteurs immenses. Une branche des Alpes s'avançant
au midi vers l'heureuse Italie, sépare les versants
du lac de Côme de ceux du lac de Garde. Fabrice
suivait de l'œil toutes les branches de ces montagnes sublimes; l'aube en s'éclaircissant venait
marquer les vallées qui les séparent en éclairant
la brume légère qui s'élevait du fond des gorges.

Depuis quelques instants Fabrice s'était remis en marche; il passa la colline qui forme la presqu'île de Durini, et enfin parut à ses yeux ce clocher du village de Grianta, où si souvent il avait fait des observations d'étoiles avec l'abbé Blanès. Quelle n'était pas mon ignorance en ce temps-là! Je ne pouvais comprendre, se disait-il, même le latin ridicule de ces traités d'astrologie que feuilletait mon maître, et je crois que je les respectais surtout parce que, n'y entendant que quelques mots par-ci par-là, mon imagination se chargeait de leur prêter un sens, et le plus romanesque possible.

Peu à peu sa rêverie prit un autre cours. Y aurait-il quelque chose de réel dans cette science? Pourquoi serait-elle différente des autres? Un certain nombre d'imbéciles et de gens adroits conviennent entre eux qu'ils savent le *mexicain*, par exemple; ils s'imposent en cette qualité à la société qui les respecte et aux gouvernements qui les paient. On les accable de faveurs précisément parce qu'ils n'ont point d'esprit, et que le pouvoir n'a pas à craindre qu'ils soulèvent les peuples et fassent du pathos à l'aide des sentiments généreux! Par exemple le père Bari, auquel Ernest IV vient d'accorder quatre mille francs de pension et la croix de son ordre, pour avoir restitué dix-neuf vers d'un dithyrambe grec!

Mais, grand Dieu! ai-je bien le droit de trouver

ces choses-là ridicules? Est-ce bien à moi de me plaindre? se dit-il tout à coup en s'arrêtant, est-ce que cette même croix ne vient pas d'être donnée à mon gouverneur de Naples? Fabrice éprouva un sentiment de malaise profond; le bel enthousiasme de vertu qui naguère venait de faire battre son cœur se changeait dans le vil plaisir d'avoir une bonne part dans un vol. Eh bien! se dit-il enfin avec les yeux éteints d'un homme mécontent de soi, puisque ma naissance me donne le droit de profiter de ces abus, il serait d'une insigne duperie à moi de n'en pas prendre ma part; mais il ne faut point m'aviser de les maudire en public. Ces raisonnements ne manquaient pas de justesse; mais Fabrice était bien tombé de cette élévation de bonheur sublime où il s'était trouvé transporté une heure auparavant. La pensée du privilége avait desséché cette plante toujours si délicate qu'on nomme le bonheur.

S'il ne faut pas croire à l'astrologie, reprit-il en cherchant à s'étourdir, si cette science est, comme les trois quarts des sciences non mathématiques, une réunion de nigauds enthousiastes et d'hypocrites adroits, et payés par qui ils servent, d'où vient que je pense si souvent et avec émotion à cette circonstance fatale? Jadis je suis sorti de la prison de B***, mais avec l'habit et la feuille de route d'un soldat jeté en prison pour de justes causes.

Le raisonnement de Fabrice ne put jamais pénétrer plus loin ; il tournait de cent façons autour
de la difficulté sans parvenir à la surmonter. Il
était trop jeune encore ; dans ses moments de
loisir, son âme s'occupait avec ravissement à
goûter les sensations produites par des circonstances romanesques que son imagination était
toujours prête à lui fournir. Il était bien loin
d'employer son temps à regarder avec patience les
particularités réelles des choses pour ensuite deviner leurs causes. Le réel lui semblait encore
plat et fangeux ; je conçois qu'on n'aime pas à le
regarder, mais alors il ne faut pas en raisonner.
Il ne faut pas surtout faire des objections avec les
diverses pièces de son ignorance.

C'est ainsi que, sans manquer d'esprit, Fabrice
ne put parvenir à voir que sa demi-croyance dans
les présages était pour lui une religion, une impression profonde reçue à son entrée dans la vie.
Penser à cette croyance, c'était sentir, c'était un
bonheur. Et il s'obstinait à chercher comment ce
pouvait être une science *prouvée*, réelle, dans le
genre de la géométrie par exemple. Il recherchait
avec ardeur, dans sa mémoire, toutes les circonstances où des présages observés par lui n'avaient
pas été suivis de l'événement heureux ou malheureux qu'ils semblaient annoncer. Mais, tout en
croyant suivre un raisonnement et marcher à la
vérité, son attention s'arrêtait avec bonheur sur

le souvenir des cas où le présage avait été large-
ment suivi par l'accident heureux ou malheureux
qu'il lui semblait prédire, et son âme était frappée de respect et attendrie; et il eût éprouvé
une répugnance invincible pour l'être qui eût nié
les présages, et surtout s'il eût employé l'ironie.

Fabrice marchait sans s'apercevoir des dis-
tances, et il en était là de ses raisonnements im-
puissants, lorsqu'en levant la tête il vit le mur du
jardin de son père. Ce mur, qui soutenait une
belle terrasse, s'élevait à droite. Un cordon de
pierres de taille tout en haut, près de la balus-
trade, lui donnait un air monumental. Il n'est
pas mal, se dit froidement Fabrice, cela est d'une
bonne architecture, presque dans le goût romain;
il appliquait ses nouvelles connaissances en antiquités. Puis il détourna la tête avec dégoût; les
sévérités de son père, et surtout la dénonciation de
son frère Ascagne au retour de son voyage en
France, lui revinrent à l'esprit.

Cette dénonciation dénaturée a été l'origine de
ma vie actuelle; je puis la haïr, je puis la mépriser, mais enfin elle a changé ma destinée. Que
devenais-je une fois relégué à Novare et n'étant
presque que souffert chez l'homme d'affaires de
mon père, si ma tante n'avait fait l'amour avec un
ministre puissant? si cette tante se fût trouvée
n'avoir qu'une âme sèche et commune au lieu de
cette âme tendre et passionnée et qui m'aime avec

une sorte d'enthousiasme qui m'étonne? où en serais-je maintenant si la duchesse avait eu l'âme de son frère le marquis del Dongo?

Accablé par ces souvenirs cruels, Fabrice ne marchait plus que d'un pas incertain; il parvint au bord du fossé précisément vis-à-vis la magnifique façade du château. Ce fut à peine s'il jeta un regard sur ce grand édifice noirci par le temps. Le noble langage de l'architecture le trouva insensible; le souvenir de son frère et de son père fermait son âme à toute sensation de beauté, il n'était attentif qu'à se tenir sur ses gardes en présence d'ennemis hypocrites et dangereux. Il regarda un instant, mais avec un dégoût marqué, la petite fenêtre de la chambre qu'il occupait avant 1815 au troisième étage. Le caractère de son père avait dépouillé de tout charme les souvenirs de la première enfance. Je n'y suis pas rentré, pensa-t-il, depuis le 7 mars, à 8 heures du soir. J'en sortis pour aller prendre le passe-port de Vasi, et le lendemain, la crainte des espions me fit précipiter mon départ. Quand je repassai après le voyage en France, je n'eus pas le temps d'y monter, même pour revoir mes gravures, et cela grâce à la dénonciation de mon frère.

Fabrice détourna la tête avec horreur. L'abbé Blanès a plus de quatre-vingt-trois ans, se dit-il tristement, il ne vient presque plus au château, à ce que m'a raconté ma sœur; les infirmités de la

vieillesse ont produit leur effet. Ce cœur si ferme
et si noble est glacé par l'âge. Dieu sait depuis
combien de temps il ne va plus à son clocher ! je
me cacherai dans le cellier, sous les cuves ou sous
le pressoir jusqu'au moment de son réveil ; je n'irai
pas troubler le sommeil du bon vieillard ; proba-
ment il aura oublié jusqu'à mes traits ; six ans
font beaucoup à cet âge ! je ne trouverai plus que
le tombeau d'un ami ! Et c'est un véritable enfantillage, ajouta-t-il, d'être venu ici affronter le dégoût que me cause le château de mon père.

Fabrice entrait alors sur la petite place de
l'église ; ce fut avec un étonnement allant jusqu'au délire qu'il vit, au second étage de l'antique
clocher, la fenêtre étroite et longue éclairée par la
petite lanterne de l'abbé Blanès. L'abbé avait coutume de l'y déposer, en montant à la cage de
planches qui formait son observatoire, afin que la
clarté ne l'empêchât pas de lire sur son plani-
sphère. Cette carte du ciel était tendue sur un
grand vase de terre cuite qui avait appartenu jadis
à un oranger du château. Dans l'ouverture, au
fond du vase, brûlait la plus exiguë des lampes,
dont un petit tuyau de fer-blanc conduisait la
fumée hors du vase, et l'ombre du tuyau marquait
le nord sur la carte. Tous ces souvenirs de choses
si simples inondèrent d'émotions l'âme de Fabrice
et la remplirent de bonheur.

Presque sans y songer, il fit avec l'aide de ses

deux mains le petit sifflement bas et bref qui autrefois était le signal de son admission. Aussitôt il entendit tirer à plusieurs reprises la corde qui, du haut de l'observatoire, ouvrait le loquet de la porte du clocher. Il se précipita dans l'escalier, ému jusqu'au transport; il trouva l'abbé sur son fauteuil de bois à sa place accoutumée; son œil était fixé sur la petite lunette d'un quart de cercle mural. De la main gauche, l'abbé lui fit signe de ne pas l'interrompre dans son observation; un instant après il écrivit un chiffre sur une carte à jouer, puis, se retournant sur son fauteuil, il ouvrit les bras à notre héros, qui s'y précipita en fondant en larmes. L'abbé Blanès était son véritable père.

— Je t'attendais, dit Blanès, après les premiers mots d'épanchement et de tendresse. L'abbé faisait-il son métier de savant; ou bien, comme il pensait souvent à Fabrice, quelque signe astrologique lui avait-il par un pur hasard annoncé son retour?

— Voici ma mort qui arrive, dit l'abbé Blanès.

— Comment! s'écria Fabrice tout ému.

— Oui, reprit l'abbé d'un ton sérieux, mais point triste : cinq mois et demi ou six mois et demi après que je t'aurai revu, ma vie, ayant trouvé son complément de bonheur, s'éteindra

> Come face al mancar dell' alimento.

(Comme la petite lampe quand l'huile vient à

17

manquer). Avant le moment suprême, je passerai probablement un ou deux mois sans parler, après quoi je serai reçu dans le sein de notre père, si toutefois il trouve que j'ai rempli mon devoir dans le poste où il m'avait placé en sentinelle.

Toi, tu es excédé de fatigue, ton émotion te dispose au sommeil. Depuis que je t'attends, j'ai caché un pain et une bouteille d'eau-de-vie dans la grande caisse de mes instruments. Donne ces soutiens à ta vie et tâche de prendre assez de forces pour m'écouter encore quelques instants. Il est en mon pouvoir de te dire plusieurs choses avant que la nuit soit tout à fait remplacée par le jour; maintenant je les vois beaucoup plus distinctement que peut-être je ne les verrai demain. Car, mon enfant, nous sommes toujours faibles, et il faut toujours faire entrer cette faiblesse en ligne de compte. Demain, peut-être, le vieil homme, l'homme terrestre sera occupé en moi des préparatifs de ma mort, et demain soir à neuf heures, il faut que tu me quittes.

Fabrice lui ayant obéi en silence comme c'était sa coutume,

— Donc, il est vrai, reprit le vieillard, que lorsque tu as essayé de voir Waterloo, tu n'as trouvé d'abord qu'une prison?

— Oui, mon père, répliqua Fabrice étonné.

— Hé bien, ce fut un rare bonheur, car, averti par ma voix, ton âme peut se préparer à une

autre prison bien autrement dure, bien plus terrible! Probablement tu n'en sortiras que par un
crime, mais, grâce au ciel, ce crime ne sera pas
commis par toi. Ne tombe jamais dans le crime
avec quelque violence que tu sois tenté ; je crois
voir qu'il est question de tuer un innocent, qui,
sans le savoir, usurpe tes droits ; si tu résistes à la
violente tentation qui semblera justifiée par les
lois de l'honneur, ta vie sera très heureuse aux
yeux des hommes.... et raisonnablement heureuse
aux yeux du sage, ajouta-t-il, après un moment
de réflexion ; tu mourras comme moi, mon fils,
assis sur un siège de bois, loin de tout luxe, et
détrompé du luxe, et comme moi n'ayant à te
faire aucun reproche grave.

Maintenant, les choses de l'état futur sont terminées entre nous, je ne pourrais ajouter rien de
bien important. C'est en vain que j'ai cherché à
voir de quelle durée sera cette prison ; s'agit-il de
six mois, d'un an, de dix ans ? je n'ai rien pu découvrir ; apparemment j'ai commis quelque faute,
et le ciel a voulu me punir par le chagrin de cette
incertitude. J'ai vu seulement qu'après la prison,
mais je ne sais si c'est au moment même de la
sortie, il y aura ce que j'appelle un crime, mais
par bonheur je crois être sûr qu'il ne sera pas
commis par toi. Si tu as la faiblesse de tremper
dans ce crime, tout le reste de mes calculs n'est
qu'une longue erreur. Alors tu ne mourras point

avec la paix de l'âme, sur un siège de bois et vêtu
de blanc. En disant ces mots, l'abbé Blanès voulut
se lever; ce fut alors que Fabrice s'aperçut des
ravages du temps; il mit près d'une minute à se
lever et à se retourner vers Fabrice. Celui-ci le
laissait faire, immobile et silencieux. L'abbé se
jeta dans ses bras à diverses reprises; il le serra
avec une extrême tendresse. Après quoi il reprit
avec toute sa gaieté d'autrefois : Tâche de t'arranger au milieu de mes instruments pour dormir un
peu commodément; prends mes pelisses : tu en
trouveras plusieurs de grand prix que la duchesse
Sanseverina me fit parvenir il y a quatre ans. Elle
me demanda une prédiction sur ton compte, que
je me gardai bien de lui envoyer, tout en gardant
ses pelisses et son beau quart de cercle. Toute
annonce de l'avenir est une infraction à la règle,
et a ce danger qu'elle peut changer l'événement,
auquel cas toute la science tombe par terre comme
un véritable jeu d'enfant; et d'ailleurs il y avait
des choses dures à dire à cette duchesse toujours
si jolie. A propos, ne sois point effrayé dans ton
sommeil par le son des cloches qui vont faire un
tapage effroyable à côté de ton oreille, lorsque l'on
va sonner la messe de sept heures; plus tard, à
l'étage inférieur, ils vont mettre en branle le gros
bourdon qui secoue tous mes instruments. C'est
aujourd'hui saint Giovita, martyr et soldat. Tu
sais, le petit village de Grianta a le même patron

que la grande ville de Brescia, ce qui, par parenthèse, trompa d'une façon bien plaisante mon
illustre maître Jacques Marini de Ravenne. Plusieurs fois il m'annonça que je ferais une assez
belle fortune ecclésiastique, il croyait que je serais
curé de la magnifique église de Saint-Giovita à
Brescia; j'ai été curé d'un petit village de cent
cinquante feux! Mais tout a été pour le mieux. J'ai
vu, et il n'y a pas dix ans de cela, que si j'eusse été
curé à Brescia, ma destinée était d'être mis en
prison sur une colline de la Moravie, au Spielberg.
Demain je t'apporterai toutes sortes de mets délicats volés au grand dîner que je donne à tous les
curés des environs qui viennent chanter à ma
grand'messe. Je les apporterai en bas, mais ne
cherche point à me voir, ne descends pour te
mettre en possession de ces bonnes choses que
lorsque tu m'auras entendu ressortir, il ne faut
pas que tu me revoies *de jour*, et le soleil se couchant demain à sept heures et vingt-sept minutes,
je ne viendrai t'embrasser que vers les huit heures,
et il faut que tu partes pendant que les heures se
comptent encore par neuf, c'est-à-dire avant que
l'horloge ait sonné dix heures. Prends garde que
l'on ne te voie aux fenêtres du clocher : les gendarmes ont ton signalement et ils sont en quelque sorte sous les ordres de ton frère qui est un
fameux tyran. Le marquis del Dongo s'affaiblit,
ajouta Blanès d'un air triste, et s'il te revoyait,

peut-être te donnerait-il quelque chose de la main
à la main. Mais de tels avantages entachés de
fraudes ne conviennent pas à un homme tel que
toi, dont la force sera un jour dans sa conscience.
Le marquis abhorre son fils Ascagne, et c'est à ce
fils qu'échoiront les cinq ou six millions qu'il possède. C'est justice. Toi, à sa mort, tu auras une
pension de 4000 francs, et cinquante aunes de
drap noir pour le deuil de tes gens.

V Foulquier inv. sculp

IX

L'âme de Fabrice était exaltée par les discours
du vieillard, par la profonde attention et par
l'extrême fatigue. Il eut grand'peine à s'endormir,
et son sommeil fut agité de songes, peut-être présages de l'avenir; le matin, à dix heures, il fut
réveillé par le tremblement général du clocher, un
bruit effroyable semblait venir du dehors. Il se
leva éperdu et se crut à la fin du monde, puis
il pensa qu'il était en prison; il lui fallut du
temps pour reconnaître le son de la grosse cloche

que quarante paysans mettaient en mouvement
en l'honneur du grand saint Giovita; dix auraient
suffi.

Fabrice chercha un endroit convenable pour
voir sans être vu; il s'aperçut que de cette grande
hauteur, son regard plongeait sur les jardins et
même sur la cour intérieure du château de son
père. Il l'avait oublié. L'idée de ce père arrivant
aux bornes de la vie changeait tous ses sentiments.
Il distinguait jusqu'aux moineaux qui cherchaient
quelques miettes de pain sur le grand balcon de la
salle à manger. Ce sont les descendants de ceux
qu'autrefois j'avais apprivoisés, se dit-il. Ce balcon,
comme tous les autres balcons du palais, était
chargé d'un grand nombre d'orangers dans des
vases de terre plus ou moins grands : cette vue
l'attendrit; l'aspect de cette cour intérieure, ainsi
ornée avec ses ombres bien tranchées, et marquées
par un soleil éclatant, était vraiment grandiose.

L'affaiblissement de son père lui revenait à l'esprit. Mais c'est vraiment singulier, se disait-il,
mon père n'a que trente-cinq ans de plus que moi;
trente-cinq et vingt-trois ne font que cinquante-
huit! Ses yeux, fixés sur les fenêtres de la chambre
de cet homme sévère et qui ne l'avait jamais aimé,
se remplirent de larmes. Il frémit, et un froid
soudain courut dans ses veines lorsqu'il crut reconnaître son père traversant une terrasse garnie
d'orangers, qui se trouvait de plain-pied avec sa

chambre; mais ce n'était qu'un valet de chambre.
Tout à fait sous le clocher, une quantité de jeunes
filles vêtues de blanc et divisées en différentes
troupes étaient occupées à tracer des dessins avec
des fleurs rouges, bleues et jaunes sur le sol des
rues où devait passer la procession. Mais il y avait
un spectacle qui parlait plus vivement à l'âme de
Fabrice : du clocher, ses regards plongeaient sur
les deux branches du lac à une distance de plusieurs
lieues, et cette vue sublime lui fit bientôt oublier
toutes les autres; elle réveillait chez lui les sentiments les plus élevés. Tous les souvenirs de son
enfance vinrent en foule assiéger sa pensée; et cette
journée passée en prison dans un clocher fut peut-
être l'une des plus heureuses de sa vie.

Le bonheur le porta à une hauteur de pensées
assez étrangère à son caractère; il considérait les
événements de la vie, lui, si jeune, comme si déjà
il fût arrivé à sa dernière limite. Il faut en con-
venir, depuis mon arrivée à Parme, se dit-il
enfin, après quelques heures de rêveries déli-
cieuses, je n'ai point eu de joie tranquille et parfaite, comme celle que je trouvais à Naples en
galopant dans les chemins de Vômero ou en courant les rives de Mizène. Tous les intérêts si com-
pliqués de cette petite cour méchante m'ont rendu
méchant.... Je n'ai point du tout de plaisir à haïr,
je crois même que ce serait un triste bonheur pour
moi, que celui d'humilier mes ennemis si j'en

avais; mais je n'ai point d'ennemi.... Halte-là! se dit-il tout à coup, j'ai pour ennemi Giletti.... Voilà qui est singulier, se dit-il : le plaisir que j'éprouverais à voir cet homme si laid aller à tous les diables, survit au goût fort léger que j'avais pour la petite Marietta.... Elle ne vaut pas à beaucoup près la duchesse d'A..., que j'étais obligé d'aimer à Naples, puisque je lui avais dit que j'étais amoureux d'elle. Grand Dieu! que de fois je me suis ennuyé durant les longs rendez-vous que m'accordait cette belle duchesse; jamais rien de pareil dans la chambre délabrée et servant de cuisine où la petite Marietta m'a reçu deux fois, et pendant deux minutes chaque fois.

Eh, grand Dieu! Qu'est-ce que ces gens-là mangent? C'est à faire pitié! J'aurais dû faire à elle et à la *mamacia* une pension de trois beefsteaks payables tous les jours.... La petite Marietta, ajouta-t-il, me distrayait des pensées méchantes que me donnait le voisinage de cette cour.

J'aurais peut-être bien fait de prendre la vie de café, comme dit la duchesse; elle semblait pencher de ce côté-là, et elle a bien plus de génie que moi. Grâce à ses bienfaits, ou bien seulement avec cette pension de quatre mille francs et ce fonds de quarante mille placés à Lyon et que ma mère me destine, j'aurais toujours un cheval et quelques écus pour faire des fouilles et former un cabinet. Puisqu'il semble que je ne dois pas con-

naître l'amour, ce seront toujours là pour moi
les grandes sources de félicité ; je voudrais, avant
de mourir, aller revoir le champ de bataille de
Waterloo, et tâcher de reconnaître la prairie où
je fus si gaiement enlevé de mon cheval et assis
par terre. Ce pèlerinage accompli, je reviendrais
souvent sur ce lac sublime ; rien d'aussi beau ne
peut se voir au monde, du moins pour mon cœur.
A quoi bon aller si loin chercher le bonheur, il est
là sous mes yeux !

Ah ! se dit Fabrice, comme objection, la police
me chasse du lac de Côme, mais je suis plus jeune
que les gens qui dirigent les coups de cette police.
Ici, ajouta-t-il en riant, je ne trouverais point de
duchesse d'A..., mais je trouverais une de ces
petites filles là-bas qui arrangent des fleurs sur
le pavé, et, en vérité, je l'aimerais tout autant :
l'hypocrisie me glace même en amour, et nos
grandes dames visent à des effets trop sublimes.
Napoléon leur a donné des idées de mœurs et de
constance.

Diable ! se dit-il tout à coup, en retirant la tête
de la fenêtre, comme s'il eût craint d'être reconnu
malgré l'ombre de l'énorme jalousie de bois qui
garantissait les cloches de la pluie, voici une entrée de gendarmes en grande tenue. En effet, dix
gendarmes, dont quatre sous-officiers, paraissaient
dans le haut de la grande rue du village. Le maréchal-des-logis les distribuait de cent pas en cent

pas, le long du trajet que devait parcourir la procession. Tout le monde me connaît ici; si l'on me voit, je ne fais qu'un saut des bords du lac de Côme au Spielberg, où l'on m'attachera à chaque jambe une chaîne pesant cent dix livres : et quelle douleur pour la duchesse!

Fabrice eut besoin de deux ou trois minutes pour se rappeler que d'abord il était placé à plus de quatre-vingts pieds d'élévation, que le lieu où il se trouvait était comparativement obscur, que les yeux des gens qui pourraient le regarder étaient frappés par un soleil éclatant, et qu'enfin ils se promenaient les yeux grands ouverts dans des rues dont toutes les maisons venaient d'être blanchies au lait de chaux, en l'honneur de la fête de saint Giovita. Malgré des raisonnements si clairs, l'âme italienne de Fabrice eût été désormais hors d'état de goûter aucun plaisir, s'il n'eût interposé entre lui et les gendarmes un lambeau de vieille toile qu'il cloua contre la fenêtre et auquel il fit deux trous pour les yeux.

Les cloches ébranlaient l'air depuis dix minutes, la procession sortait de l'église, les *mortaretti* se firent entendre. Fabrice tourna la tête et reconnut cette petite esplanade garnie d'un parapet et dominant le lac, où si souvent, dans sa jeunesse, il s'était exposé à voir les mortaretti lui partir entre les jambes, ce qui faisait que le matin des jours de fête sa mère voulait le voir auprès d'elle.

Il faut savoir que les *mortaretti* (ou petits mortiers) ne sont autre chose que des canons de fusil que l'on scie de façon à ne leur laisser que quatre pouces de longueur; c'est pour cela que les paysans recueillent avidement les canons de fusil que, depuis 1796, la politique de l'Europe a semés à foison dans les plaines de la Lombardie. Une fois réduits à quatre pouces de longueur, on charge ces petits canons jusqu'à la gueule, on les place à terre dans une position verticale, et une traînée de poudre va de l'un à l'autre; ils sont rangés sur trois lignes comme un bataillon, et au nombre de deux ou trois cents, dans quelque emplacement voisin du lieu que doit parcourir la procession. Lorsque le Saint-Sacrement approche, on met le feu à la traînée de poudre, et alors commence un feu de file de coups secs, le plus inégal du monde et le plus ridicule; les femmes sont ivres de joie. Rien n'est gai comme le bruit de ces mortaretti, entendu de loin sur le lac, et adouci par le balancement des eaux; ce bruit singulier et qui avait fait si souvent la joie de son enfance chassa les idées un peu trop sérieuses dont notre héros était assiégé; il alla chercher la grande lunette astronomique de l'abbé, et reconnut la plupart des hommes et des femmes qui suivaient la procession. Beaucoup de charmantes petites filles que Fabrice avaient laissées à l'âge de onze ou douze ans, étaient maintenant des femmes superbes, dans toute la

fleur de la plus vigoureuse jeunesse; elles firent
renaître le courage de notre héros, et pour leur
parler il eût fort bien bravé les gendarmes.

La procession passée et rentrée dans l'église par
une porte latérale que Fabrice ne pouvait apercevoir, la chaleur devint bientôt extrême même au
haut du clocher; les habitants rentrèrent chez
eux et il se fit un grand silence dans le village.
Plusieurs barques se chargèrent de paysans retournant à Belagio, à Menagio et autres villages
situés sur le lac; Fabrice distinguait le bruit de
chaque coup de rame : ce détail si simple le ravis-
sait en extase; sa joie actuelle se composait de
tout le malheur, de toute la gêne qu'il trouvait
dans la vie compliquée des cours. Qu'il eût été
heureux en ce moment de faire une lieue sur ce
beau lac si tranquille et qui réfléchissait si bien la
profondeur des cieux! Il entendit ouvrir la porte
d'en bas du clocher : c'était la vieille servante de
l'abbé Blanès, qui apportait un grand panier; il
eut toutes les peines du monde à s'empêcher de
lui parler. Elle a pour moi presque autant d'amitié
que son maître, se disait-il, et d'ailleurs je pars
ce soir à neuf heures; est-ce qu'elle ne garderait
pas le secret qu'elle m'aurait juré, seulement pendant quelques heures? Mais, se dit Fabrice, je
déplairais à mon ami! je pourrais le compromettre
avec les gendarmes! et il laissa partir la Ghita
sans lui parler. Il fit un excellent dîner, puis

s'arrangea pour dormir quelques minutes : il ne
se réveilla qu'à huit heures et demie du soir,
l'abbé Blanès lui secouait le bras et il était
nuit.

Blanès était extrêmement fatigué, il avait cinquante ans de plus que la veille. Il ne parla plus
de choses sérieuses, assis sur son fauteuil de bois :
— Embrasse-moi, dit-il à Fabrice. Il le reprit plusieurs fois dans ses bras. La mort, dit-il enfin,
qui va terminer cette vie si longue, n'aura rien
d'aussi pénible que cette séparation. J'ai une
bourse que je laisserai en dépôt à la Ghita, avec
ordre d'y puiser pour ses besoins, mais de te remettre ce qui restera si jamais tu viens le demander. Je la connais; après cette recommandation, elle est capable, par économie pour toi, de
ne pas acheter de la viande quatre fois par an, si
tu ne lui donnes des ordres bien précis. Tu peux
toi-même être réduit à la misère, et l'obole du
vieil ami te servira. N'attends rien de ton frère que
des procédés atroces, et tâche de gagner de l'argent
par un travail qui te rende utile à la société. Je
prévois des orages étranges; peut-être dans cinquante ans ne voudra-t-on plus d'oisifs. Ta mère
et ta tante peuvent te manquer, tes sœurs devront
obéir à leurs maris.... Va-t'en, va-t'en! fuis!
s'écria Blanès avec empressement; il venait d'entendre un petit bruit dans l'horloge qui annonçait
que dix heures allaient sonner; il ne voulut pas

même permettre à Fabrice de l'embrasser une
dernière fois.

Dépêche! dépêche! lui cria-t-il; tu mettras au
moins une minute à descendre l'escalier ; prends
garde de tomber, ce serait d'un affreux présage.
Fabrice se précipita dans l'escalier, et, arrivé sur
la place se mit à courir. Il était à peine arrivé devant le château de son père, que la cloche sonna
dix heures; chaque coup retentissait dans sa poitrine et y portait un trouble singulier. Il s'arrêta
pour réfléchir, ou plutôt pour se livrer aux sentiments passionnés que lui inspirait la contempla-
tion de cet édifice majestueux qu'il jugeait si froidement la veille. Au milieu de sa rêverie, des pas
d'homme vinrent le réveiller; il regarda et se vit
au milieu de quatre gendarmes. Il avait deux excellents pistolets dont il venait de renouveler les
amorces en dînant; le petit bruit qu'il fit en les
armant attira l'attention d'un des gendarmes, et
fut sur le point de le faire arrêter. Il s'aperçut du
danger qu'il courait et pensa à faire feu le premier; c'était son droit, car c'était la seule manière
qu'il eût de résister à quatre hommes bien armés.
Par bonheur, les gendarmes, qui circulaient pour
faire évacuer les cabarets, ne s'étaient point mon-
trés tout à fait insensibles aux politesses qu'ils
avaient reçues dans plusieurs de ces lieux aimables ;
ils ne se décidèrent pas assez rapidement à faire
leur devoir. Fabrice prit la fuite en courant à

toutes jambes. Les gendarmes firent quelques pas
en courant aussi et criant : Arrête! arrête! puis
tout rentra dans le silence. A trois cents pas de là,
Fabrice s'arrêta pour reprendre haleine. Le bruit
de mes pistolets a failli me faire prendre ; c'est
bien pour le coup que la duchesse m'eût dit, si jamais il m'eût été donné de revoir ses beaux yeux,
que mon âme trouve du plaisir à contempler ce
qui arrivera dans dix ans, et oublie de regarder ce
qui se passe actuellement à mes côtés.

Fabrice frémit en pensant au danger qu'il venait
d'éviter ; il doubla le pas, mais bientôt il ne put
s'empêcher de courir, ce qui n'était pas trop prudent, car il se fit remarquer de plusieurs paysans
qui regagnaient leur logis. Il ne put prendre sur
lui de s'arrêter que dans la montagne, à plus d'une
lieue de Grianta, et, même arrêté, il eut une sueur
froide en pensant au Spielberg.

Voilà une belle peur! se dit-il ; en entendant le
son de ce mot, il fut presque tenté d'avoir honte.
Mais ma tante ne me dit-elle pas que la chose dont
j'ai le plus de besoin c'est d'apprendre à me pardonner? Je me compare toujours à un modèle parfait, et qui ne peut exister. Hé bien! je me pardonne ma peur, car, d'un autre côté, j'étais bien
disposé à défendre ma liberté, et certainement
tous les quatre ne seraient pas restés debout pour
me conduire en prison. Ce que je fais en ce moment, ajouta-t-il, n'est pas militaire ; au lieu de

me retirer rapidement, après avoir rempli mon
objet, et peut-être donné l'éveil à mes ennemis,
je m'amuse à une fantaisie plus ridicule peut-être
que toutes les prédictions du bon abbé.

En effet, au lieu de se retirer par la ligne la
plus courte, et de gagner les bords du lac Majeur,
où sa barque l'attendait, il faisait un énorme détour pour aller voir *son arbre*. Le lecteur se souvient peut-être de l'amour que Fabrice portait à
un marronnier planté par sa mère vingt-trois ans
auparavant. Il serait digne de mon frère, se dit-il,
d'avoir fait couper cet arbre; mais ces êtres-là ne
sentent pas les choses délicates; il n'y aura pas
songé. Et d'ailleurs, ce ne serait pas d'un mauvais
augure, ajouta-t-il avec fermeté. Deux heures
plus tard son regard fut consterné; des méchants
ou un orage avaient rompu l'une des principales
branches du jeune arbre, qui pendait desséchée;
Fabrice la coupa avec respect, à l'aide de son poignard, et tailla bien net la coupure, afin que l'eau
ne pût pas s'introduire dans le tronc. Ensuite,
quoique le temps fût bien précieux pour lui, car
le jour allait paraître, il passa une bonne heure à
bêcher la terre autour de l'arbre chéri. Toutes ces
folies accomplies, il reprit rapidement la route du
lac Majeur. Au total, il n'était point triste : l'arbre
était d'une belle venue, plus vigoureux que jamais, et, en cinq ans, il avait presque doublé. La
branche n'était qu'un accident sans conséquence :

une fois coupée, elle ne nuisait plus à l'arbre, et même il serait plus élancé, sa membrure commençant plus haut.

Fabrice n'avait pas fait une lieue, qu'une bande éclatante de blancheur dessinait à l'orient des pics du *Resegon di Lek*, montagne célèbre dans le pays. La route qu'il suivait se couvrait de paysans; mais, au lieu d'avoir des idées militaires, Fabrice se laissait attendrir par les aspects sublimes ou touchants de ces forêts des environs du lac de Côme. Ce sont peut-être les plus belles du monde; je ne veux pas dire celles qui rendent le plus d'*écus neufs*, comme on dirait en Suisse, mais qui parlent le plus à l'âme. Écouter ce langage dans la position où se trouvait Fabrice, en butte aux attentions de MM. les gendarmes lombardo-vénitiens, c'était un véritable enfantillage. Je suis à une demi-lieue de la frontière, se dit-il enfin; je vais rencontrer des douaniers et des gendarmes faisant leur ronde du matin : cet habit de drap fin va leur être suspect, ils vont me demander mon passe-port; or, ce passe-port porte en toutes lettres un nom promis à la prison; me voici dans l'agréable nécessité de commettre un meurtre. Si, comme de coutume, les gendarmes marchent deux ensemble, je ne puis pas attendre bonnement pour faire feu que l'un des deux cherche à me prendre au collet; pour peu qu'en tombant il me retienne un instant, me voilà au Spielberg. Fabrice, saisi d'horreur surtout de cette nécessité de faire feu le premier, peut-être sur un ancien soldat de son oncle, le comte Pietranera, courut se cacher dans le tronc creux d'un énorme châtaignier ; il renouvelait l'amorce de ses pistolets, lorsqu'il entendit un homme qui s'avançait dans le bois en chantant très-bien un air délicieux de *Mercadante*, alors à la mode en Lombardie.

Voilà qui est d'un bon augure! se dit Fabrice. Cet air qu'il écoutait religieusement lui ôta la petite pointe de colère qui commençait à se mêler à ses raisonnements. Il regarda attentivement la grande route des deux côtés, il n'y vit personne; le chanteur arrivera par quelque chemin de traverse, se dit-il. Presque au même instant, il vit un valet de chambre très-proprement vêtu à l'anglaise, et monté sur un cheval de suite, qui s'avançait au petit pas en tenant en main un beau cheval de race peut-être un peu trop maigre.

Ah! si je raisonnais comme Mosca, se dit Fabrice, lorsqu'il me répète que les dangers que court un homme sont toujours la mesure de ses droits sur le voisin, je casserais la tête d'un coup de pistolet à ce valet de chambre, et, une fois monté sur le cheval maigre, je me moquerais fort de tous les gendarmes du monde. A peine de retour à Parme, j'enverrais de l'argent à cet homme ou à sa veuve.... mais ce serait une horreur!

X

Tout en se faisant la morale, Fabrice sautait sur
la grande route qui de Lombardie va en Suisse :
en ce lieu, elle est bien à quatre ou cinq pieds en
contre-bas de la forêt. Si mon homme prend peur,
se dit Fabrice, il part d'un temps de galop, et je
reste planté là faisant la vraie figure d'un nigaud.
En ce moment, il se trouvait à dix pas du valet de
chambre qui ne chantait plus : il vit dans ses
yeux qu'il avait peur ; il allait peut-être retourner
ses chevaux. Sans être encore décidé à rien, Fa-

brice fit un saut et saisit la bride du cheval
maigre.

— Mon ami, dit-il au valet de chambre, je ne
suis pas un voleur ordinaire, car je vais commencer par vous donner vingt francs, mais je suis
obligé de vous emprunter votre cheval; je vais être
tué si je ne f.... pas le camp rapidement. J'ai sur
les talons les quatre frères Riva, ces grands chasseurs que vous connaissez sans doute; ils viennent
de me surprendre dans la chambre de leur sœur,
j'ai sauté par la fenêtre et me voici. Ils sont sortis
dans la forêt avec leurs chiens et leurs fusils. Je
m'étais caché dans ce gros châtaignier creux,
parce que j'ai vu l'un d'eux traverser la route;
leurs chiens vont me dépister! Je vais monter sur
votre cheval et galoper jusqu'à une lieue au delà
de Côme; je vais à Milan me jeter aux genoux du
vice-roi. Je laisserai votre cheval à la poste avec
deux napoléons pour vous, si vous consentez de
bonne grâce. Si vous faites la moindre résistance,
je vous tue avec les pistolets que voici. Si, une fois
parti, vous mettez les gendarmes à mes trousses,
mon cousin, le brave comte Alari, écuyer de l'empereur, aura soin de vous faire casser les os.

Fabrice inventait ce discours à mesure qu'il le
prononçait d'un air tout pacifique.

— Au reste, dit-il en riant, mon nom n'est
point un secret : je suis le marchesino Ascanio del
Dongo : mon château est tout près d'ici, à Grianta.

F..., dit-il, en élevant la voix, lâchez donc le cheval! Le valet de chambre, stupéfait, ne soufflait mot. Fabrice passa son pistolet dans la main gauche, saisit la bride que l'autre lâcha, sauta à cheval et partit au petit galop. Quand il fut à trois cents pas, il s'aperçut qu'il avait oublié de donner les vingt francs promis; il s'arrêta : il n'y avait toujours personne sur la route que le valet de chambre qui le suivait au galop; il lui fit signe avec son mouchoir d'avancer, et quand il le vit à cinquante pas, il jeta sur la route une poignée de monnaie, et repartit. Il vit de loin le valet de chambre ramasser les pièces d'argent. Voilà un homme vraiment raisonnable, se dit Fabrice en riant; pas un mot inutile! Il fila rapidement, vers le midi s'arrêta dans une maison écartée, et se remit en route quelques heures plus tard. A deux heures du matin il était sur le bord du lac Majeur; bientôt il aperçut sa barque qui battait l'eau : elle vint au signal convenu. Il ne vit point de paysan à qui remettre le cheval : il rendit la liberté au noble animal; trois heures après il était à Belgirate. Là, se trouvant en pays ami, il prit quelque repos; il était fort joyeux, il avait réussi parfaitement bien. Oserons-nous indiquer les véritables causes de sa joie? Son arbre était d'une venue superbe, et son âme avait été rafraîchie par l'attendrissement profond qu'il avait trouvé dans les bras de l'abbé Blanès. Croit-il

réellement, se disait-il, à toutes les prédictions
qu'il m'a faites; ou bien, comme mon frère m'a
fait la réputation d'un jacobin, d'un homme sans
foi ni loi, capable de tout, a-t-il voulu seulement
m'engager à ne pas céder à la tentation de casser
la tête à quelque animal qui m'aura joué un mauvais tour? Le surlendemain Fabrice était à Parme,
où il amusa fort la duchesse et le comte en leur
narrant avec la dernière exactitude, comme il faisait toujours, toute l'histoire de son voyage.

A son arrivée, Fabrice trouva le portier et tous
les domestiques du palais Sanseverina chargés des
insignes du plus grand deuil.

— Quelle perte avons-nous faite? demanda-t-il
à la duchesse.

— Cet excellent homme qu'on appelait mon
mari vient de mourir à Baden. Il me laisse ce palais; c'était une chose convenue, mais en signe de
bonne amitié, il y ajoute un legs de trois cent mille
francs, qui m'embarrasse fort; je ne veux pas y renoncer en faveur de sa nièce, la marquise Raversi,
qui me joue tous les jours des tours pendables.
Toi qui es amateur, il faudra que tu me trouves
quelque bon sculpteur; j'élèverai au duc un tombeau de trois cent mille francs. Le comte se mit à
dire des anecdotes sur la Raversi.

— C'est en vain que j'ai cherché à l'amadouer
par des bienfaits, dit la duchesse. Quant aux
neveux du duc, je les ai tous faits colonels ou gé-

néraux. En revanche, il ne se passe pas de mois
qu'ils ne m'adressent quelque lettre anonyme abominable; j'ai été obligée de prendre un secrétaire
pour lire les lettres de ce genre.

— Et ces lettres anonymes sont leurs moindres
péchés, reprit le comte Mosca; ils tiennent manu-
facture de dénonciations infâmes. Vingt fois j'aurais pu faire traduire toute cette clique devant les
tribunaux, et votre excellence peut penser, ajouta-
t-il en s'adressant à Fabrice, si mes bons juges
les eussent condamnés.

— Eh bien! voilà qui me gâte tout le reste,
répliqua Fabrice avec une naïveté bien plaisante
à la cour; j'aurais mieux aimé les voir condamnés
par des magistrats jugeant en conscience.

— Vous me ferez plaisir, vous qui voyagez pour
vous instruire, de me donner l'adresse de tels
magistrats; je leur écrirai avant de me mettre au
lit.

— Si j'étais ministre, cette absence de juges
honnêtes gens blesserait mon amour-propre.

— Mais il me semble, répliqua le comte, que
votre excellence, qui aime tant les Français, et
qui même jadis leur prêta le secours de son bras
invincible, oublie en ce moment une de leurs
grandes maximes : Il vaut mieux tuer le diable
que si le diable vous tue. Je voudrais voir comment vous gouverneriez ces âmes ardentes, et qui
lisent toute la journée l'histoire de *la Révolution*

de France, avec des juges qui renverraient acquittés les gens que j'accuse. Ils arriveraient à ne pas condamner les coquins le plus évidemment coupables et se croiraient des Brutus. Mais je veux vous faire une querelle; votre âme si délicate n'a-t-elle pas quelque remords au sujet de ce beau cheval un peu maigre que vous venez d'abandonner sur les rives du lac Majeur?

— Je compte bien, dit Fabrice d'un grand sérieux, faire remettre ce qu'il faudra au maître du cheval pour le rembourser des frais d'affiches et autres, à la suite desquels il se le sera fait rendre par les paysans qui l'auront trouvé; je vais lire assidûment le journal de Milan, afin d'y chercher l'annonce d'un cheval perdu; je connais fort bien le signalement de celui-ci.

— Il est vraiment *primitif*, dit le comte à la duchesse. Et que serait devenue votre excellence, poursuivit-il en riant, si lorsqu'elle galopait ventre à terre sur ce cheval emprunté, il se fût avisé de faire un faux pas? Vous étiez au Spielberg, mon cher petit neveu, et tout mon crédit eût à peine pu parvenir à faire diminuer d'une trentaine de livres le poids de la chaîne attachée à chacune de vos jambes. Vous auriez passé en ce lieu de plaisance une dizaine d'années; peut-être vos jambes se fussent-elles enflées et gangrenées : alors on les eût fait couper proprement....

— Ah! de grâce, ne poussez pas plus loin un

si triste roman! s'écria la duchesse les larmes aux
yeux. Le voici de retour....

— Et j'en ai plus de joie que vous, vous pouvez
le croire, répliqua le ministre, d'un grand sérieux;
mais enfin pourquoi ce cruel enfant ne m'a-t-il pas
demandé un passe-port sous un nom convenable,
puisqu'il voulait pénétrer en Lombardie? A la première nouvelle de son arrestation je serais parti
pour Milan, et les amis que j'ai dans ce pays-là
auraient bien voulu fermer les yeux et supposer
que leur gendarmerie avait arrêté un sujet du
prince de Parme. Le récit de votre course est gracieux, amusant, j'en conviens volontiers, répliqua
le comte en reprenant un ton moins sinistre;
votre sortie du bois sur la grande route me plaît
assez; mais, entre nous, puisque ce valet de
chambre tenait votre vie entre ses mains, vous
aviez droit de prendre la sienne. Nous allons faire
à votre excellence une fortune brillante, du moins
voici madame qui me l'ordonne, et je ne crois pas
que mes plus grands ennemis puissent m'accuser
d'avoir jamais désobéi à ses commandements.
Quel chagrin mortel pour elle et pour moi si
dans cette espèce de course au clocher, que
vous venez de faire avec ce cheval maigre, il eût
fait un faux pas! Il eût presque mieux valu,
ajouta le comte, que ce cheval vous cassât le cou.

— Vous êtes bien tragique ce soir, mon ami,
dit la duchesse tout émue.

— C'est que nous sommes environnés d'événements tragiques, répliqua le comte aussi avec émotion; nous ne sommes pas ici en France, où tout finit par des chansons ou par un emprisonnement d'un an ou deux, et j'ai réellement tort de vous parler de toutes ces choses en riant. Ah çà! mon petit neveu, je suppose que je trouve jour à vous faire évêque, car bonnement je ne puis pas commencer par l'archevêché de Parme, ainsi que le veut, très-raisonnablement, madame la duchesse ici présente; dans cet évêché où vous serez loin de nos sages conseils, dites-nous un peu quelle sera votre politique?

— Tuer le diable plutôt qu'il ne me tue, comme disent fort bien mes amis les Français, répliqua Fabrice avec des yeux ardents; conserver par tous les moyens possibles, y compris le coup de pistolet, la position que vous m'aurez faite. J'ai lu dans la généalogie des del Dongo l'histoire de celui de nos ancêtres qui bâtit le château de Grianta. Sur la fin de sa vie, son bon ami Galeas, duc de Milan, l'envoie visiter un château fort sur notre lac; on craignait une nouvelle invasion de la part des Suisses. — Il faut pourtant que j'écrive un mot de politesse au commandant, lui dit le duc de Milan en le congédiant. Il écrit et lui remet une lettre de deux lignes; puis il la lui redemande pour la cacheter : Ce sera plus poli, dit le prince. Vespasien del Dongo part, mais en naviguant sur le lac il se souvient d'un vieux conte grec, car il était savant; il ouvre la lettre de son bon maître et y trouve l'ordre adressé au commandant du château de le mettre à mort aussitôt son arrivée. Le *Sforce*, trop attentif à la comédie qu'il jouait avec notre aïeul, avait laissé un intervalle entre la dernière ligne du billet et sa signature; Vespasien del Dongo y écrit l'ordre de le reconnaître pour gouverneur général de tous les châteaux sur le lac, et supprime la tête de la lettre. Arrivé et reconnu dans le fort, il jette le commandant dans un puits, déclare la guerre au Sforce, et au bout de quelques années il échange sa forteresse contre ces terres immenses qui ont fait la fortune de toutes les branches de notre famille, et qui un jour me vaudront à moi quatre mille livres de rente.

— Vous parlez comme un académicien, s'écria le comte en riant; c'est un beau coup de tête que vous nous racontez là, mais ce n'est que tous les dix ans qu'on a l'occasion amusante de faire de ces choses piquantes. Un être à demi stupide, mais attentif, mais prudent tous les jours, goûte très-souvent le plaisir de triompher des hommes à imagination. C'est par une folie d'imagination que Napoléon s'est rendu au prudent *John Bull*, au lieu de chercher à gagner l'Amérique. John Bull, dans son comptoir, a bien ri de sa lettre où il cite Thémistocle. De tous temps les vils Sancho

Pança l'emporteront à la longue sur les sublimes
don Quichotte. Si vous voulez consentir à ne rien
faire d'extraordinaire, je ne doute pas que vous
ne soyez un évêque très respecté, si ce n'est très
respectable. Toutefois, ma remarque subsiste;
votre excellence s'est conduite avec légèreté dans
l'affaire du cheval : elle a été à deux doigts d'une
prison éternelle.

Ce mot fit tressaillir Fabrice; il resta plongé
dans un profond étonnement. Était-ce là, se disait-il, cette prison dont je suis menacé? Est-ce
le crime que je ne devais pas commettre? Les prédictions de Blanès, dont il se moquait fort en tant
que prophéties, prenaient à ses yeux toute l'importance de présages véritables.

— Eh bien! qu'as-tu donc? lui dit la duchesse
étonnée; le comte t'a plongé dans les noires
images.

— Je suis illuminé par une vérité nouvelle, et,
au lieu de me révolter contre elle, mon esprit
l'adopte. Il est vrai, j'ai passé bien près d'une
prison sans fin! Mais ce valet de chambre était si
joli dans son habit à l'anglaise! quel dommage de
le tuer!

Le ministre fut enchanté de son petit air sage.

— Il est fort bien de toutes façons, dit-il en regardant la duchesse. Je vous dirai, mon ami, que
vous avez fait une conquête, et la plus désirable
de toutes, peut-être.

Ah! pensa Fabrice, voici une plaisanterie sur
la petite Marietta. Il se trompait; le comte ajouta :

— Votre simplicité *évangélique* a gagné le cœur
de notre vénérable archevêque, le père Landriani.
Un de ces jours nous allons faire de vous un grand
vicaire, et, ce qui fait le charme de cette plaisanterie, c'est que les trois grands vicaires actuels,
gens de mérite, travailleurs, et dont deux, je
pense, étaient grands vicaires avant votre naissance, demanderont, par une belle lettre adressée
à leur archevêque, que vous soyez le premier en
rang parmi eux. Ces messieurs se fondent sur vos
vertus d'abord, et ensuite sur ce que vous êtes
petit-neveu du célèbre archevêque Ascagne del
Dongo. Quand j'ai appris le respect qu'on avait
pour vos vertus, j'ai sur-le-champ nommé capitaine le neveu du plus ancien des vicaires généraux; il était lieutenant depuis le siège de Taragone
par le maréchal Suchet.

— Va-t'en tout de suite en négligé, comme tu
es, faire une visite de tendresse à ton archevêque!
s'écria la duchesse. Raconte-lui le mariage de ta
sœur; quand il saura qu'elle va être duchesse, il
te trouvera bien plus apostolique. Du reste, tu
ignores tout ce que le comte vient de te confier
sur ta future nomination.

Fabrice courut au palais archiépiscopal; il y
fut simple et modeste, c'était un ton qu'il prenait avec trop de facilité; au contraire, il avait

besoin d'efforts pour jouer le grand seigneur. Tout
en écoutant les récits un peu longs de monseigneur Landriani, il se disait : Aurais-je dû tirer
un coup de pistolet au valet de chambre qui tenait
par la bride le cheval maigre? Sa raison lui disait
oui, mais son cœur ne pouvait s'accoutumer à
l'image sanglante du beau jeune homme tombant
de cheval défiguré.

Cette prison où j'allais m'engloutir, si le cheval
eût bronché, était-elle la prison dont je suis menacé par tant de présages?

Cette question était de la dernière importance
pour lui, et l'archevêque fut content de son air de
profonde attention.

V Foulquier inv sculp.

XI

Au sortir de l'archevêché, Fabrice courut chez la petite Marietta; il entendit de loin la grosse voix de Giletti, qui avait fait venir du vin et se régalait avec le souffleur et les moucheurs de chandelle, ses amis. La *mamacia*, qui faisait fonctions de mère, répondit seule à son signal.

— Il y a du nouveau depuis toi, s'écria-t-elle; deux ou trois de nos acteurs sont accusés d'avoir célébré par une orgie la fête du grand Napoléon, et notre pauvre troupe, qu'on appelle jacobine, a

19

reçu l'ordre de vider les États de Parme, et vive
Napoléon! Mais le ministre a, dit-on, craché au
bassinet. Ce qu'il y a de sûr, c'est que Giletti a de
l'argent, je ne sais pas combien, mais je lui ai vu
une poignée d'écus. Marietta a reçu cinq écus de
notre directeur pour frais de voyage jusqu'à Mantoue et Venise, et moi un. Elle est toujours bien
amoureuse de toi, mais Giletti lui fait peur; il y
a trois jours, à la dernière représentation que
nous avons donnée, il voulait absolument la tuer;
il lui a lancé deux fameux soufflets, et, ce qui est
abominable, il lui a déchiré son châle bleu. Si tu
voulais lui donner un châle bleu, tu serais bien
bon enfant, et nous dirions que nous l'avons gagné
à une loterie. Le tambour-maître des carabiniers
donne un assaut demain, tu en trouveras l'heure
affichée à tous les coins de rue. Viens nous voir;
s'il est parti pour l'assaut, de façon à nous faire
espérer qu'il restera dehors un peu longtemps, je
serai à la fenêtre et te ferai signe de monter. Tâche
de nous apporter quelque chose de bien joli, et la
Marietta t'aime à la passion.

En descendant l'escalier tournant de ce taudis
infâme, Fabrice était plein de componction : Je ne
suis point changé, se disait-il; toutes mes belles
résolutions prises au bord de notre lac quand je
voyais la vie d'un œil si philosophique se sont en-
volées. Mon âme était hors de son assiette ordinaire, tout cela était un rêve et disparaît devant

l'austère réalité. Ce serait le moment d'agir, se dit Fabrice en rentrant au palais Sanseverina sur les onze heures du soir. Mais ce fut en vain qu'il chercha dans son cœur le courage de parler avec cette sincérité sublime qui lui semblait si facile la nuit qu'il passa aux rives du lac de Côme. Je vais fâcher la personne que j'aime le mieux au monde; si je parle, j'aurai l'air d'un mauvais comédien; je ne vaux réellement quelque chose que dans de certains moments d'exaltation.

— Le comte est admirable pour moi, dit-il à la duchesse, après lui avoir rendu compte de sa visite à l'archevêché; j'apprécie d'autant plus sa conduite que je crois m'apercevoir que je ne lui plais que fort médiocrement; ma façon d'agir doit donc être correcte à son égard. Il a ses fouilles de *Sanguigna* dont il est toujours fou, à en juger du moins par son voyage d'avant-hier; il a fait douze lieues au galop pour passer deux heures avec ses ouvriers. Si l'on trouve des fragments de statues dans le temple antique dont il vient de découvrir les fondations, il craint qu'on ne les lui vole; j'ai envie de lui proposer d'aller passer trente-six heures à Sanguigna. Demain, vers les cinq heures, je dois revoir l'archevêque : je pourrai partir dans la soirée et profiter de la fraîcheur de la nuit pour faire la route.

La duchesse ne répondit pas d'abord.

— On dirait que tu cherches des prétextes pour

t'éloigner de moi, lui dit-elle ensuite avec une extrême tendresse ; à peine de retour de Belgirate, tu trouves une raison pour partir.

Voici une belle occasion de parler, se dit Fabrice. Mais sur le lac j'étais un peu fou, je ne me suis pas aperçu, dans mon enthousiasme de sincérité, que mon compliment finit par une impertinence ; il s'agirait de dire : Je t'aime de l'amitié la plus dévouée, etc., etc., mais mon âme n'est pas susceptible d'amour. N'est-ce pas dire : Je vois que vous avez de l'amour pour moi ; mais prenez garde, je ne puis vous payer en même monnaie ? Si elle a de l'amour, la duchesse peut se fâcher d'être devinée, et elle sera révoltée de mon impudence si elle n'a pour moi qu'une amitié toute simple.... et ce sont de ces offenses qu'on ne pardonne point.

Pendant qu'il pesait ces idées importantes, Fabrice, sans s'en apercevoir, se promenait dans le salon, d'un air grave et plein de hauteur, en homme qui voit le malheur à dix pas de lui.

La duchesse le regardait avec admiration ; ce n'était plus l'enfant qu'elle avait vu naître, ce n'était plus le neveu toujours prêt à lui obéir : c'était un homme grave et duquel il serait délicieux de se faire aimer. Elle se leva de l'ottomane où elle était assise, et, se jetant dans ses bras avec transport :

— Tu veux donc me fuir ? lui dit-elle.

— Non, répondit-il de l'air d'un empereur romain, mais je voudrais être sage.

Ce mot était susceptible de diverses interprétations ; Fabrice ne se sentit pas le courage d'aller plus loin et de courir le hasard de blesser cette femme adorable. Il était trop jeune, trop susceptible de prendre de l'émotion ; son esprit ne lui fournissait aucune tournure aimable pour faire entendre ce qu'il voulait dire. Par un transport naturel et malgré tout raisonnement, il prit dans ses bras cette femme charmante et la couvrit de baisers. Au même instant, on entendit le bruit de la voiture du comte qui entrait dans la cour, et presque en même temps lui-même parut dans le salon ; il avait l'air tout ému.

— Vous inspirez des passions bien singulières, dit-il à Fabrice, qui resta presque confondu du mot.

L'archevêque avait ce soir l'audience que son altesse sérénissime lui accorde tous les jeudis ; le prince vient de me raconter que l'archevêque, d'un air tout troublé, a débuté par un discours appris par cœur et fort savant, auquel d'abord le prince ne comprenait rien. Landriani a fini par déclarer qu'il était important pour l'Église de Parme que *Monsignore* Fabrice del Dongo fût nommé son premier vicaire général, et par la suite, dès qu'il aurait vingt-quatre ans accomplis, son coadjuteur *avec future succession*.

Ce mot m'a effrayé, je l'avoue, dit le comte;
c'est aller un peu bien vite, et je craignais une
boutade d'humeur chez le prince. Mais il m'a regardé en riant et m'a dit en français : — Ce sont
là de vos coups, monsieur!

— Je puis faire serment devant Dieu et devant
votre altesse, me suis-je écrié avec toute l'onction
possible, que j'ignorais parfaitement le mot de
future succession. Alors j'ai dit la vérité, ce que
nous répétions ici même il y a quelques heures;
j'ai ajouté, avec entraînement, que, par la suite, je
me serais regardé comme comblé des faveurs de
son altesse, si elle daignait m'accorder un petit
évêché pour commencer. Il faut que le prince
m'ait cru, car il a jugé à propos de faire le gracieux; il m'a dit, avec toute la simplicité possible :
— Ceci est une affaire officielle entre l'archevêque
et moi, vous n'y entrez pour rien; le bonhomme
m'adresse une sorte de rapport fort long et passablement ennuyeux, à la suite duquel il arrive à
une proposition officielle; je lui ai répondu très-
froidement que le sujet était bien jeune, et surtout
bien nouveau dans ma cour; que j'aurais presque
l'air de payer une lettre de change tirée sur moi
par l'empereur, en donnant la perspective d'une si
haute dignité au fils d'un des grands officiers de
son royaume lombardo-vénitien. L'archevêque a
protesté qu'aucune recommandation de ce genre
n'avait eu lieu. C'était une bonne sottise à me dire

à moi; j'en ai été surpris de la part d'un homme
aussi entendu; mais il est toujours désorienté
quand il m'adresse la parole, et ce soir il était
plus troublé que jamais, ce qui m'a donné l'idée
qu'il désirait la chose avec passion. Je lui ai dit
que je savais mieux que lui qu'il n'y avait point eu
de haute recommandation en faveur de del Dongo,
que personne à ma cour ne lui refusait de la capa-
cité, qu'on ne parlait point trop mal de ses mœurs,
mais que je craignais qu'il ne fût susceptible d'*enthousiasme*, et que je m'étais promis de ne jamais
élever aux places considérables les fous de cette
espèce, avec lesquels un prince n'est sûr de rien.
Alors, a continué son altesse, j'ai dû subir un
pathos presque aussi long que le premier; l'archevêque me faisait l'éloge de l'enthousiasme de
la maison de Dieu. Maladroit, me disais-je, tu
t'égares, tu compromets la nomination qui était
presque accordée; il fallait couper court et me
remercier avec effusion. Point : il continuait son
homélie avec une intrépidité ridicule; je cherchais
une réponse qui ne fût point trop défavorable au
petit del Dongo; je l'ai trouvée, et assez heureuse,
comme vous allez en juger : Monseigneur, lui
ai-je dit, Pie VII fut un grand pape et un grand
saint; parmi tous les souverains, lui seul osa
dire *non* au tyran qui voyait l'Europe à ses pieds!
eh bien! il était susceptible d'enthousiasme, ce
qui l'a porté, lorsqu'il était évêque d'Imola, à

écrire sa fameuse pastorale *du citoyen cardinal*
Chiaramonti en faveur de la république cisalpine.

Mon pauvre archevêque est resté stupéfait, et,
pour achever de le stupéfier, je lui ai dit d'un air
fort sérieux : Adieu, monseigneur, je prendrai
vingt-quatre heures pour réfléchir à votre proposition. Le pauvre homme a ajouté quelques sup-
plications assez mal tournées et assez inopportunes
après le mot *adieu* prononcé par moi. Maintenant,
comte Mosca della Rovere, je vous charge de dire
à la duchesse que je ne veux pas retarder de
vingt-quatre heures une chose qui peut lui être
agréable; asseyez-vous là et écrivez à l'archevêque
le billet d'approbation qui termine toute cette
affaire. J'ai écrit le billet, il l'a signé, il m'a dit :
Portez-le à l'instant même à la duchesse. Voici le
billet, madame, et c'est ce qui m'a donné un prétexte pour avoir le bonheur de vous revoir ce soir.

La duchesse lut le billet avec ravissement. Pendant le long récit du comte, Fabrice avait eu le
temps de se remettre : il n'eut point l'air étonné
de cet incident, il prit la chose en véritable grand
seigneur qui naturellement a toujours cru qu'il
avait droit à ces avancements extraordinaires, à
ces coups de fortune qui mettraient un bourgeois
hors des gonds; il parla de sa reconnaissance,
mais en bons termes, et finit par dire au comte :

— Un bon courtisan doit flatter la passion do-
minante; hier vous témoigniez la crainte que vos

ouvriers de Sanguigna ne volent les fragments
de statues antiques qu'ils pourraient découvrir;
j'aime beaucoup les fouilles, moi; si vous voulez
bien le permettre, j'irai voir les ouvriers. Demain
soir, après les remerciements convenables au palais
et chez l'archevêque, je partirai pour Sanguigna.

— Mais devinez-vous, dit la duchesse au comte,
d'où vient cette passion subite du bon archevêque
pour Fabrice?

— Je n'ai pas besoin de deviner; le grand-vicaire dont le frère est capitaine me disait hier :
— Le père Landriani part de ce principe certain,
que le titulaire est supérieur au coadjuteur, et il
ne se sent pas de joie d'avoir sous ses ordres un
del Dongo, et de l'avoir obligé. Tout ce qui met
en lumière la haute naissance de Fabrice ajoute
à son bonheur intime : il a un tel homme pour
aide de camp! En second lieu, monseigneur Fabrice lui a plu, il ne se sent point timide devant
lui; enfin il nourrit depuis dix ans une haine bien
conditionnée pour l'évêque de Plaisance, qui affi-
che hautement la prétention de lui succéder sur le
siége de Parme, et qui de plus est fils d'un meunier. C'est dans ce but de succession future que
l'évêque de Plaisance a pris des relations fort
étroites avec la marquise Raversi, et maintenant
ces liaisons font trembler l'archevêque pour le
succès de son dessein favori, avoir un del Dongo
à son état-major, et lui donner des ordres.

Le surlendemain, de bonne heure, Fabrice dirigeait les travaux de la fouille de Sanguigna, vis-à-vis Colorno (c'est le Versailles des princes de Parme); ces fouilles s'étendaient dans la plaine tout près de la grande route qui conduit de Parme au pont de Casal-Maggiore, première ville de l'Autriche. Les ouvriers coupaient la plaine par une longue tranchée profonde de huit pieds et aussi étroite que possible; on était occupé à rechercher, le long de l'ancienne voie romaine, les ruines d'un second temple qui, disait-on dans le pays, existait encore au moyen âge. Malgré les ordres du prince, plusieurs paysans ne voyaient pas sans jalousie ces longs fossés traversant leurs propriétés. Quoi qu'on pût leur dire, ils s'imaginaient qu'on était à la recherche d'un trésor, et la présence de Fabrice était surtout convenable pour empêcher quelque petite émeute. Il ne s'ennuyait point, il suivait ces travaux avec passion; de temps à autre on trouvait quelque médaille, et il ne voulait pas laisser le temps aux ouvriers de s'accorder entre eux pour l'escamoter.

La journée était belle, il pouvait être six heures du matin : il avait emprunté un vieux fusil à un coup, il tira quelques alouettes; l'une d'elles, blessée, alla tomber sur la grande route; Fabrice, en la poursuivant, aperçut de loin une voiture qui venait de Parme et se dirigeait vers la frontière de Casal-Maggiore. Il venait de recharger son fu-

sil lorsque la voiture, fort délabrée, s'approchant
au tout petit pas, il reconnut la petite Marietta;
elle avait à ses côtés le grand escogriffe Giletti, et
cette femme âgée qu'elle faisait passer pour sa
mère.

Giletti s'imagina que Fabrice s'était placé ainsi
au milieu de la route, et un fusil à la main, pour
l'insulter et peut-être même pour lui enlever la
petite Marietta. En homme de cœur, il sauta à bas
de la voiture; il avait dans la main gauche un
grand pistolet fort rouillé, et tenait de la droite
une épée encore dans son fourreau, dont il se
servait lorsque les besoins de la troupe forçaient
de lui confier quelque rôle de marquis.

— Ah, brigand! s'écria-t-il, je suis bien aise de
te trouver ici à une lieue de la frontière; je vais
te faire ton affaire; tu n'es plus protégé ici par
tes bas violets.

Fabrice faisait des mines à la petite Marietta et
ne s'occupait guère des cris jaloux du Giletti,
lorsque tout à coup il vit à trois pieds de sa poitrine le bout du pistolet rouillé; il n'eut que le
temps de donner un coup sur ce pistolet, en se
servant de son fusil comme d'un bâton : le pistolet partit, mais ne blessa personne.

— Arrêtez donc, f...! cria Giletti au *veturino :*
en même temps il eut l'adresse de sauter sur le
bout du fusil de son adversaire et de le tenir
éloigné de la direction de son corps; Fabrice et

lui tiraient le fusil chacun de toutes ses forces.
Giletti, beaucoup plus vigoureux, plaçant une
main devant l'autre, avançait toujours vers la batterie, et était sur le point de s'emparer du fusil,
lorsque Fabrice, pour l'empêcher d'en faire usage,
fit partir le coup. Il avait bien observé auparavant
que l'extrémité du fusil était à plus de trois pouces
au-dessus de l'épaule de Giletti : la détonation
eut lieu tout près de l'oreille de ce dernier. Il
resta un peu étonné, mais se remit en un clin
d'œil.

— Ah! tu veux me faire sauter le crâne, canaille! je vais te faire ton compte. Giletti jeta le
fourreau de son épée de marquis, et fondit sur
Fabrice avec une rapidité admirable. Celui-ci
n'avait point d'arme et se vit perdu.

Il se sauva vers la voiture, qui était arrêtée à une
dizaine de pas derrière Giletti; il passa à gauche,
et, saisissant de la main le ressort de la voiture,
il tourna rapidement tout autour et repassa tout
près de la portière droite qui était ouverte. Giletti,
lancé avec ses grandes jambes et qui n'avait pas eu
l'idée de se retenir au ressort de la voiture, fit plusieurs pas dans sa première direction avant de
pouvoir s'arrêter. Au moment où Fabrice passait
auprès de la portière ouverte, il entendit Marietta
qui lui disait à demi-voix :

— Prends garde à toi; il te tuera. Tiens!

Au même instant, Fabrice vit tomber de la por-

tière une sorte de grand couteau de chasse; il se
baissa pour le ramasser, mais, au même instant,
il fut touché à l'épaule par un coup d'épée que lui
lançait Giletti. Fabrice, en se relevant, se trouva
à six pouces de Giletti, qui lui donna dans la figure
un coup furieux avec le pommeau de son épée; ce
coup était lancé avec une telle force qu'il ébranla
tout à fait la raison de Fabrice; en ce moment il
fut sur le point d'être tué. Heureusement pour lui,
Giletti était encore trop près pour pouvoir lui
donner un coup de pointe. Fabrice, quand il revint à soi, prit la fuite en courant de toutes ses
forces; en courant, il jeta le fourreau du couteau
de chasse, et ensuite, se retournant vivement, il
se trouva à trois pas de Giletti qui le poursuivait.
Giletti était lancé, Fabrice lui porta un coup de
pointe; Giletti avec son épée eut le temps de re-
lever un peu le couteau de chasse, mais il reçut le
coup de pointe en plein dans la joue gauche. Il
passa tout près de Fabrice, qui se sentit percer la
cuisse; c'était le couteau de Giletti que celui-ci
avait eu le temps d'ouvrir. Fabrice fit un saut à
droite; il se retourna, et enfin les deux adversaires
se trouvèrent à une juste distance de combat.

Giletti jurait comme un damné. — Ah! je vais
te couper la gorge, gredin de prêtre! répétait-il à
chaque instant. Fabrice était tout essoufflé et ne
pouvait parler; le coup de pommeau d'épée dans
la figure le faisait beaucoup souffrir, et son nez

saignait abondamment; il para plusieurs coups
avec son couteau de chasse et porta plusieurs bottes
sans trop savoir ce qu'il faisait; il lui semblait va-
guement être à un assaut public. Cette idée lui
avait été suggérée par la présence de ses ouvriers,
qui, au nombre de vingt-cinq ou trente, formaient
cercle autour des combattants, mais à distance fort
respectueuse; car on voyait ceux-ci courir à tout
moment et s'élancer l'un sur l'autre.

Le combat semblait se ralentir un peu; les
coups ne se suivaient plus avec la même rapidité,
lorsque Fabrice se dit : A la douleur que je ressens
au visage, il faut qu'il m'ait défiguré. Saisi de rage
à cette idée, il sauta sur son ennemi la pointe du
couteau de chasse en avant. Cette pointe entra
dans le côté droit de la poitrine de Giletti et sortit
vers l'épaule gauche; au même instant l'épée de
Giletti pénétrait de toute sa longueur dans le haut
du bras de Fabrice; mais l'épée glissa sous la peau,
et ce fut une blessure insignifiante.

Giletti était tombé; au moment où Fabrice
s'avançait vers lui, regardant sa main gauche qui
tenait un couteau, cette main s'ouvrait machinalement et laissait échapper son arme.

Le gredin est mort, se dit Fabrice; il le regarda
au visage, Giletti rendait beaucoup de sang par la
bouche. Fabrice courut à la voiture.

— Avez-vous un miroir? cria-t-il à Marietta.
Marietta le regardait très-pâle et ne répondit pas.

La vieille femme ouvrit d'un grand sang-froid un
sac à ouvrage vert, et présenta à Fabrice un petit
miroir à manche grand comme la main. Fabrice,
en se regardant, se maniait la figure : Les yeux
sont sains, se disait-il, c'est déjà beaucoup ; il regarda les dents, elles n'étaient point cassées. D'où
vient donc que je souffre tant ? se disait-il à demi-
voix.

La vieille femme lui répondit :

— C'est que le haut de votre joue a été pilé entre
le pommeau de l'épée de Giletti et l'os que nous
avons là. Votre joue est horriblement enflée et
bleue : mettez-y des sangsues à l'instant, et ce ne
sera rien.

— Ah ! des sangsues à l'instant, dit Fabrice en
riant, et il reprit tout son sang-froid. Il vit que les
ouvriers entouraient Giletti et le regardaient sans
oser le toucher.

— Secourez donc cet homme, leur cria-t-il ;
ôtez-lui son habit…. Il allait continuer, mais en
levant les yeux, il vit cinq ou six hommes à trois
cents pas sur la grande route, qui s'avançaient à
pied et d'un pas mesuré vers le lieu de la scène.

Ce sont des gendarmes, pensa-t-il, et comme il
y a un homme de tué, ils vont m'arrêter, et j'aurai
l'honneur de faire une entrée solennelle dans la
ville de Parme. Quelle anecdote pour les courtisans
amis de la Raversi et qui détestent ma tante !

Aussitôt, et avec la rapidité de l'éclair, il jette

aux ouvriers ébahis tout l'argent qu'il avait dans ses poches, il s'élance dans la voiture.

— Empêchez les gendarmes de me poursuivre, crie-t-il à ses ouvriers, et je fais votre fortune ; dites-leur que je suis innocent, que cet homme *m'a attaqué et voulait me tuer.*

— Et toi, dit-il au *veturino,* mets tes chevaux au galop, tu auras quatre napoléons d'or si tu passes le Pô avant que ces gens là-bas puissent m'atteindre.

— Ça va ! dit le veturino ; mais n'ayez donc pas peur, ces hommes là-bas sont à pied, et le trot seul de mes petits chevaux suffit pour les laisser fameusement en arrière. Disant ces paroles il les mit au galop.

Notre héros fut choqué de ce mot *peur* employé par le cocher : c'est que réellement il avait eu une peur extrême après le coup de pommeau d'épée qu'il avait reçu dans la figure.

— Nous pouvons contre-passer des gens à cheval venant vers nous, dit le veturino prudent et qui songeait aux quatre napoléons, et les hommes qui nous suivent peuvent crier qu'on nous arrête. Ceci voulait dire : Rechargez vos armes....

— Ah ! que tu es brave, mon petit abbé ! s'écriait la Marietta en embrassant Fabrice. La vieille femme regardait hors de la voiture par la portière ; au bout d'un peu de temps, elle rentra la tête.

— Personne ne vous poursuit, monsieur, dit-elle à Fabrice d'un grand sang-froid ; et il n'y a personne sur la route devant vous. Vous savez combien les employés de la police autrichienne sont formalistes : s'ils vous voient arriver ainsi au galop, sur la digue au bord du Pô, ils vous arrêteront, n'en n'ayez aucun doute.

Fabrice regarda par la portière.

— Au trot, dit-il au cocher. Quel passe-port avez-vous? dit-il à la vieille femme.

— Trois au lieu d'un, répondit-elle, et qui nous ont coûté chacun quatre francs : n'est-ce pas une horreur pour de pauvres artistes dramatiques qui voyagent toute l'année! Voici le passe-port de M. Giletti, artiste dramatique : ce sera vous; voici nos deux passe-ports à la Mariettina et à moi. Mais Giletti avait tout notre argent dans sa poche, qu'allons-nous devenir?

— Combien avait-il? dit Fabrice.

— Quarante beaux écus de cinq francs, dit la vieille femme.

— C'est-à-dire six et de la petite monnaie, dit la Marietta en riant; je ne veux pas que l'on trompe mon petit abbé.

— N'est-il pas tout naturel, monsieur, reprit la vieille femme d'un grand sang-froid, que je cherche à vous accrocher trente-quatre écus? Qu'est-ce que trente-quatre écus pour vous? et nous, nous avons perdu notre protecteur; qui est-ce qui se chargera de nous loger, de débattre les prix avec les *veturini* quand nous voyageons, et de faire peur à tout le monde? Giletti n'était pas beau, mais il était bien commode, et si la petite que voilà n'était pas une sotte, qui d'abord s'est amourachée de vous, jamais Giletti ne se fût aperçu de rien, et vous nous auriez donné de beaux écus. Je vous assure que nous sommes bien pauvres.

Fabrice fut touché; il tira sa bourse et donna quelques napoléons à la vieille femme.

— Vous voyez, lui dit-il, qu'il ne m'en reste que quinze, ainsi il est inutile dorénavant de me tirer aux jambes.

La petite Marietta lui sauta au cou, et la vieille lui baisait les mains. La voiture avançait toujours au petit trot. Quand on vit de loin les barrières jaunes rayées de noir qui annoncent les possessions autrichiennes, la vieille femme dit à Fabrice :

— Vous feriez mieux d'entrer à pied avec le passe-port de Giletti dans votre poche; nous, nous allons nous arrêter un instant, sous prétexte de faire un peu de toilette. Et d'ailleurs la douane visitera nos effets. Vous, si vous m'en croyez, traversez Casal-Maggiore d'un pas nonchalant; entrez même au café et buvez le verre d'eau-de-vie; une fois hors du village, filez ferme. La police est vigilante en diable en pays autrichien; elle saura

bientôt qu'il y a eu un homme de tué; vous
voyagez avec un passe-port qui n'est pas le vôtre,
il n'en faut pas tant pour passer deux ans en prison. Gagnez le Pô à droite en sortant de la ville,
louez une barque et réfugiez-vous à Ravenne ou à
Ferrare; sortez au plus vite des États autrichiens.
Avec deux louis vous pourrez acheter un autre
passe-port de quelque douanier, celui-ci vous
serait fatal; rappelez-vous que vous avez tué
l'homme.

En approchant à pied du pont de bateaux de
Casal-Maggiore, Fabrice relisait attentivement le
passe-port de Giletti. Notre héros avait grand'
peur, il se rappelait vivement tout ce que le comte
Mosca lui avait dit du danger qu'il y avait pour lui
à rentrer dans les États autrichiens; or, il voyait à
deux cents pas devant lui le pont terrible qui allait lui donner accès en ce pays, dont la capitale à
ses yeux était le Spielberg. Mais comment faire
autrement? Le duché de Modène qui borne au
midi l'État de Parme lui rendait les fugitifs en
vertu d'une convention expresse; la frontière de
l'État qui s'étend dans les montagnes du côté de
Gênes était trop éloignée; sa mésaventure serait
connue à Parme bien avant qu'il pût atteindre
ces montagnes; il ne restait donc que les États de
l'Autriche sur la rive gauche du Pô. Avant qu'on
eût le temps d'écrire aux autorités autrichiennes
pour les engager à l'arrêter, il se passerait peut-

être trente-six heures ou deux jours. Toutes réflexions faites, Fabrice brûla avec le feu de son
cigare son propre passe-port; il valait mieux pour
lui, en pays autrichien, être un vagabond que d'être
Fabrice del Dongo, et il était possible qu'on le
fouillât.

Indépendamment de la répugnance bien naturelle qu'il avait à confier sa vie au passe-port du
malheureux Giletti, ce document présentait des
difficultés matérielles : la taille de Fabrice attei-
gnait tout au plus à cinq pieds cinq pouces, et
non pas à cinq pieds dix pouces comme l'énonçait
le passe-port; il avait près de vingt-quatre ans et
paraissait plus jeune; Giletti en avait trente-neuf.
Nous avouerons que notre héros se promena une
grande demi-heure sur une contre-digue du Pô
voisine du pont de barques, avant de se décider à
y descendre. Que conseillerais-je à un autre qui
se trouverait à ma place? se dit-il enfin. Évidemment de passer : il y a péril à rester dans l'État de
Parme; un gendarme peut être envoyé à la pour-
suite de l'homme qui en a tué un autre, fût-ce
même à son corps défendant. Fabrice fit la revue
de ses poches, déchira tous les papiers et ne
garda exactement que son mouchoir et sa boîte à
cigares; il lui importait d'abréger l'examen qu'il
allait subir. Il pensa à une terrible objection
qu'on pourrait lui faire et à laquelle il ne trouvait que de mauvaises réponses : il allait dire

qu'il s'appelait Giletti et tout son linge était
marqué F. D.

Comme on voit, Fabrice était un de ces malheureux tourmentés par leur imagination; c'est
assez le défaut des gens d'esprit en Italie. Un
soldat français d'un courage égal ou même inférieur se serait présenté pour passer sur le pont
tout de suite, et sans songer d'avance à aucune
difficulté; mais aussi il y aurait porté tout son
sang-froid, et Fabrice était bien loin d'être de
sang-froid, lorsqu'au bout du pont un petit
homme, vêtu de gris, lui dit : Entrez au bureau
de police pour votre passe-port.

Ce bureau avait des murs sales garnis de clous
auxquels les pipes et les chapeaux sales des employés étaient suspendus. Le grand bureau de sapin derrière lequel ils étaient retranchés était tout
taché d'encre et de vin ; deux ou trois gros registres
reliés en peau verte portaient des taches de toutes
couleurs, et la tranche de leurs pages était noircie
par les mains. Sur les registres placés en pile l'un
sur l'autre il y avait trois magnifiques couronnes
de laurier qui avaient servi l'avant-veille pour une
des fêtes de l'Empereur.

Fabrice fut frappé de tous ces détails, ils lui
serrèrent le cœur; il paya ainsi le luxe magnifique et plein de fraîcheur qui éclatait dans son
joli appartement du palais Sanseverina. Il était
obligé d'entrer dans ce sale bureau et d'y paraître

comme inférieur; il allait subir un interroga-
·toire.

L'employé qui tendit une main jaune pour
prendre son passe-port était petit et noir, il portait un bijou de laiton à sa cravate. Ceci est un
bourgeois de mauvaise humeur, se dit Fabrice; le
personnage parut excessivement surpris en lisant
le passe-port, et cette lecture dura bien cinq minutes.

— Vous avez eu un accident, dit-il à l'étranger
en indiquant sa joue du regard.

— Le *veturino* nous a jetés en bas de la digue du
Pô. Puis le silence recommença et l'employé lançait des regards farouches sur le voyageur.

J'y suis, se dit Fabrice, il va me dire qu'il est
fâché d'avoir une mauvaise nouvelle à m'apprendre et que je suis arrêté. Toutes sortes
d'idées folles arrivèrent à la tête de notre héros,
qui dans ce moment n'était pas fort logique. Par
exemple, il songea à s'enfuir par la porte du bureau qui était restée ouverte : Je me défais de mon
habit; je me jette dans le Pô, et sans doute je
pourrai le traverser à la nage. Tout vaut mieux
que le Spielberg. L'employé de police le regardait
fixement au moment où il calculait les chances
de succès de cette équipée, cela faisait deux
bonnes physionomies. La présence du danger
donne du génie à l'homme raisonnable, elle le
met, pour ainsi dire, au-dessus de lui-même; à

l'homme d'imagination elle inspire des romans, hardis il est vrai, mais souvent absurdes.

Il fallait voir l'air indigné de notre héros sous l'œil scrutateur de ce commis de police orné de ses bijoux de cuivre. Si je le tuais, se disait Fabrice, je serais condamné pour meurtre à vingt ans de galères ou à la mort, ce qui est bien moins affreux que le Spielberg avec une chaîne de cent vingt livres à chaque pied et huit onces de pain pour toute nourriture, et cela dure vingt ans; ainsi je n'en sortirais qu'à quarante-quatre ans. La logique de Fabrice oubliait que puisqu'il avait brûlé son passe-port, rien n'indiquait à l'employé de police qu'il fût le rebelle Fabrice del Dongo.

Notre héros était suffisamment effrayé, comme on le voit; il l'eût été bien davantage s'il eût connu les pensées qui agitaient le commis de police. Cet homme était ami de Giletti; on peut juger de sa surprise lorsqu'il vit son passe-port entre les mains d'un autre; son premier mouvement fut de faire arrêter cet autre, puis il songea que Giletti pouvait bien avoir vendu son passe-port à ce beau jeune homme qui apparemment venait de faire quelque mauvais coup à Parme. Si je l'arrête, se dit-il, Giletti sera compromis; on découvrira facilement qu'il a vendu son passe-port; d'un autre côté, que diront mes chefs si l'on vient à vérifier que moi, ami de Giletti, j'ai visé son passe-port porté par un autre? L'employé se leva en

bâillant et dit à Fabrice : — Attendez, monsieur ;
puis, par une habitude de police, il ajouta : Il
s'élève une difficulté. Fabrice dit à part soi : Il va
s'élever ma fuite.

En effet, l'employé quittait le bureau dont il
laissait la porte ouverte, et le passe-port était
resté sur la table de sapin. Le danger est évident,
pensa Fabrice ; je vais prendre mon passe-port et
repasser le pont au petit pas ; je dirai au gendarme, s'il m'interroge, que j'ai oublié de faire
viser mon passe-port par le commissaire de police
du dernier village des États de Parme. Fabrice
avait déjà son passe-port à la main, lorsque, à son
inexprimable étonnement, il entendit le commis
aux bijoux de cuivre qui disait :

— Ma foi, je n'en puis plus ; la chaleur
m'étouffe ; je vais au café prendre la demi-tasse.
Entrez au bureau quand vous aurez fini votre
pipe, il y a un passe-port à viser ; l'étranger est là.

Fabrice, qui sortait à pas de loup, se trouva
face à face avec un beau jeune homme qui se disait en chantonnant : Hé bien, visons donc ce
passe-port, je vais leur faire mon paraphe.

— Où monsieur veut-il aller ?

— A Mantoue, Venise et Ferrare.

— Ferrare soit, répondit l'employé en sifflant ;
il prit une griffe, imprima le visa en encre bleue
sur le passe-port, écrivit rapidement les mots :
Mantoue, Venise et Ferrare dans l'espace laissé

en blanc par la griffe, puis il fit plusieurs tours
en l'air avec la main, signa et reprit de l'encre
pour son paraphe qu'il exécuta avec lenteur et en se
donnant des soins infinis. Fabrice suivait tous les
mouvements de cette plume; le commis regarda
son paraphe avec complaisance, il y ajouta cinq ou
six points, enfin il remit le passe-port à Fabrice
en disant d'un air léger : Bon voyage, monsieur.

Fabrice s'éloignait d'un pas dont il cherchait à
dissimuler la rapidité, lorsqu'il se sentit arrêter
par le bras gauche : instinctivement il mit la
main sur le manche de son poignard, et s'il ne se
fût vu entouré de maisons, il fût peut-être tombé
dans une étourderie. L'homme qui lui touchait le
bras gauche, lui voyant l'air tout effaré, lui dit en
forme d'excuse :

— Mais j'ai appelé monsieur trois fois, sans
qu'il répondît; monsieur a-t-il quelque chose à
déclarer à la douane?

— Je n'ai sur moi que mon mouchoir; je vais
ici tout près chasser chez un de mes parents.

Il eût été bien embarrassé si on l'eût prié de
nommer ce parent. Par la grande chaleur qu'il
faisait et avec ces émotions, Fabrice était mouillé
comme s'il fût tombé dans le Pô. Je ne manque
pas de courage contre les comédiens, mais les
commis ornés de bijoux de cuivre me mettent
hors de moi; avec cette idée je ferai un sonnet
comique pour la duchesse.

A peine entré dans Casal-Maggiore, Fabrice prit à droite une mauvaise rue qui descend vers le Pô. J'ai grand besoin, se dit-il, des secours de Bacchus et de Cérès, et il entra dans une boutique au dehors de laquelle pendait un torchon gris attaché à un bâton; sur le torchon était écrit le mot *Trattoria*. Un mauvais drap de lit soutenu par deux cerceaux de bois fort minces, et pendant jusqu'à trois pieds de terre, mettait la porte de la *Trattoria* à l'abri des rayons directs du soleil. Là, une femme à demi nue et fort jolie reçut notre héros avec respect, ce qui lui fit le plus vif plaisir; il se hâta de lui dire qu'il mourait de faim. Pendant que la femme préparait le déjeuner, entra un homme d'une trentaine d'années, il n'avait pas salué en entrant; tout à coup il se releva du banc où il s'était jeté d'un air familier, et dit à Fabrice : *Eccellenza, la riverisco* (je salue votre excellence). Fabrice était très gai en ce moment, et au lieu de former des projets sinistres, il répondit en riant :

— Et d'où diable connais-tu mon excellence?

— Comment! votre excellence ne reconnaît pas Ludovic, l'un des cochers de madame la duchesse Sanseverina? A *Sacca*, la maison de campagne où nous allions tous les ans, je prenais toujours la fièvre; j'ai demandé la pension à madame et me suis retiré. Me voici riche; au lieu de la pension de douze écus par an à laquelle tout au plus je

pouvais avoir droit, madame m'a dit que pour
me donner le loisir de faire des sonnets, car je
suis poëte en *langue vulgaire*, elle m'accordait
vingt-quatre écus, et monsieur le comte m'a dit
que si jamais j'étais malheureux, je n'avais qu'à
venir lui parler. J'ai eu l'honneur de mener monsignore pendant un relais lorsqu'il est allé faire
sa retraite comme un bon chrétien à la chartreuse
de Velleja.

Fabrice regarda cet homme et le reconnut un
peu. C'était un des cochers les plus coquets de la
casa Sanseverina : maintenant qu'il était riche,
disait-il, il avait pour tout vêtement une grosse
chemise déchirée et une culotte de toile, jadis
teinte en noir, qui lui arrivait à peine aux genoux;
une paire de souliers et un mauvais chapeau com-
plétaient l'équipage. De plus, il ne s'était pas fait
la barbe depuis quinze jours. En mangeant son
omelette, Fabrice fit la conversation avec lui absolument comme d'égal à égal; il crut voir que Ludovic était l'amant de l'hôtesse. Il termina rapidement son déjeuner, puis dit à demi-voix à
Ludovic : J'ai un mot pour vous.

— Votre excellence peut parler librement devant elle, c'est une femme réellement bonne, dit
Ludovic d'un air tendre.

— Hé bien, mes amis, reprit Fabrice sans hésiter, je suis malheureux et j'ai besoin de votre secours. D'abord il n'y a rien de politique dans mon

affaire; j'ai tout simplement tué un homme qui voulait m'assassiner parce que je parlais à sa maîtresse.

— Pauvre jeune homme! dit l'hôtesse.

— Que votre excellence compte sur moi! s'écria le cocher avec des yeux enflammés par le dévouement le plus vif; où son excellence veut-elle aller?

— A Ferrare. J'ai un passe-port, mais j'aimerais mieux ne pas parler aux gendarmes, qui peuvent avoir connaissance du fait.

— Quand avez-vous expédié cet autre?

— Ce matin à six heures.

— Votre excellence n'a-t-elle point de sang sur ses vêtements? dit l'hôtesse.

— J'y pensais, reprit le cocher, et d'ailleurs le drap de ces vêtements est trop fin; on n'en voit pas beaucoup de semblable dans nos compagnes, cela nous attirerait les regards; je vais acheter des habits chez le juif. Votre excellence est à peu près de ma taille, mais plus mince.

— De grâce, ne m'appelez plus excellence, cela peut attirer l'attention.

— Oui, excellence, répondit le cocher en sortant de la boutique.

— Hé bien! hé bien! cria Fabrice, et l'argent! revenez donc!

— Que parlez-vous d'argent! dit l'hôtesse, il a soixante-sept écus qui sont fort à votre service. Moi-même, ajouta-t-elle en baissant la voix, j'ai

une quarantaine d'écus que je vous offre de bien
bon cœur; on n'a pas toujours de l'argent sur soi
lorsqu'il arrive de ces accidents.

Fabrice avait ôté son habit à cause de la chaleur en entrant dans la *Trattoria :*

— Vous avez là un gilet qui pourrait nous causer de l'embarras s'il entrait quelqu'un : cette belle
toile anglaise attirerait l'attention. Elle donna à
notre fugitif un gilet de toile teinte en noir, appartenant à son mari. Un grand jeune homme entra dans la boutique par une porte intérieure, il
était mis avec une certaine élégance.

— C'est mon mari, dit l'hôtesse. Pierre-An-
toine, dit-elle au mari, monsieur est un ami de
Ludovic; il lui est arrivé un accident ce matin de
l'autre côté du fleuve, il désire se sauver à Ferrare.

— Hé! nous le passerons, dit le mari d'un air
fort poli; nous avons la barque de Charles-Joseph.

Par une autre faiblesse de notre héros, que
nous avouerons aussi naturellement que nous
avons raconté sa peur dans le bureau de police au
bout du pont, il avait les larmes aux yeux; il était
profondément attendri par le dévouement parfait
qu'il rencontrait chez ces paysans : il pensait aussi
à la bonté caractéristique de sa tante; il eût voulu
pouvoir faire la fortune de ces gens. Ludovic
rentra chargé d'un paquet.

— Adieu cet autre, lui dit le mari d'un air de
bonne amitié.

— Il ne s'agit pas de ça, reprit Ludovic d'un ton fort alarmé, on commence à parler de vous : on a remarqué que vous avez hésité en entrant dans notre *vicolo* et quittant la belle rue comme un homme qui chercherait à se cacher.

— Montez vite à la chambre, dit le mari.

Cette chambre, fort grande et fort belle, avait de la toile grise au lieu de vitres aux deux fenêtres; on y voyait quatre lits larges chacun de six pieds et hauts de cinq.

— Et vite, et vite! dit Ludovic; il y a un fat de gendarme nouvellement arrivé qui voulait faire la cour à la jolie femme d'en bas, et auquel j'ai prédit que quand il va en correspondance sur la route, il pourrait bien se rencontrer avec une balle; si ce chien-là entend parler de votre excellence, il voudra nous jouer un tour, il cherchera à vous arrêter ici afin de faire mal noter la *Trattoria* de la Théodolinde.

Hé quoi! continua Ludovic en voyant sa chemise toute tachée de sang et des blessures serrées avec des mouchoirs, le *porco* s'est donc défendu? En voilà cent fois plus qu'il n'en faut pour vous faire arrêter : je n'ai point acheté de chemise. Il ouvrit sans façon l'armoire du mari et donna une de ses chemises à Fabrice, qui bientôt fut habillé en riche bourgeois de campagne. Ludovic décrocha un filet suspendu à la muraille, plaça les habits de Fabrice dans le panier où l'on met le

poisson, descendit en courant et sortit rapidement
par une porte de derrière; Fabrice le suivait.

— Théodolinde, s'écria-t-il en passant près de
la boutique, cache ce qui est en haut, nous
allons attendre dans les saules; et toi, Pierre-
Antoine, envoie-nous bien vite une barque : on
paie bien.

Ludovic fit passer plus de vingt fossés à Fabrice. Il y avait des planches fort longues et fort
élastiques qui servaient de ponts sur les plus
larges de ces fossés; Ludovic retirait ces planches
après avoir passé. Arrivé au dernier canal, il
tira la planche avec empressement. — Respirons
maintenant, dit-il; ce chien de gendarme aurait
plus de deux lieues à faire pour atteindre votre
excellence. Vous voilà tout pâle, dit-il à Fabrice;
je n'ai point oublié la petite bouteille d'eau-de-
vie.

— Elle vient fort à propos : la blessure à la
cuisse commence à se faire sentir; et d'ailleurs
j'ai eu une fière peur dans le bureau de la police
au bout du pont.

— Je le crois bien, dit Ludovic; avec une chemise remplie de sang comme était la vôtre, je ne
conçois pas seulement comment vous avez osé
entrer dans un tel lieu. Quant aux blessures, je
m'y connais : je vais vous mettre dans un endroit
bien frais où vous pourrez dormir une heure; la
barque viendra nous y chercher, s'il y a moyen

d'obtenir une barque; sinon, quand vous serez un peu reposé nous ferons encore deux petites lieues, et je vous mènerai à un moulin où je prendrai moi-même une barque. Votre excellence a bien plus de connaissances que moi : madame va être au désespoir quand elle apprendra l'accident; on lui dira que vous êtes blessé à mort, peut-être même que vous avez tué l'autre en traître. La marquise Raversi ne manquera pas de faire courir tous les mauvais bruits qui peuvent chagriner madame. Votre excellence pourrait écrire.

— Et comment faire parvenir la lettre?

— Les garçons du moulin où nous allons gagnent douze sous par jour; en un jour et demi ils sont à Parme, donc quatre francs pour le voyage; deux francs pour l'usure des souliers : si la course était faite pour un pauvre homme tel que moi, ce serait six francs; comme elle est pour le service d'un seigneur, j'en donnerai douze.

Quand on fut arrivé au lieu du repos dans un bois de vernes et de saules, bien touffu et bien frais, Ludovic alla à plus d'une heure de là chercher de l'encre et du papier. Grand Dieu, que je suis bien ici! s'écria Fabrice. Fortune! adieu, je ne serai jamais archevêque!

A son retour, Ludovic le trouva profondément endormi et ne voulut pas l'éveiller. La barque n'arriva que vers le coucher du soleil; aussitôt

que Ludovic la vit paraître au loin, il appela
Fabrice, qui écrivit deux lettres.

— Votre excellence a bien plus de connaissances que moi, dit Ludovic d'un air peiné, et je
crains bien de lui déplaire au fond du cœur, quoi
qu'elle en dise, si j'ajoute une certaine chose.

— Je ne suis pas aussi nigaud que vous le
pensez, répondit Fabrice, et, quoi que vous puissiez dire, vous serez toujours à mes yeux un serviteur fidèle de ma tante, et un homme qui a fait
tout au monde pour me tirer d'un fort vilain pas.

Il fallut bien d'autres protestations encore
pour décider Ludovic à parler, et quand enfin il
en eut pris la résolution, il commença par une
préface qui dura bien cinq minutes. Fabrice s'im-
patienta, puis il se dit : A qui la faute? à notre
vanité que cet homme a fort bien vue du haut de
son siège. Le dévouement de Ludovic le porta enfin
à courir le risque de parler net.

— Combien la marquise Raversi ne donnerait-
elle pas au piéton que vous allez expédier à Parme
pour avoir ces deux lettres! Elles sont de votre
écriture, et par conséquent font preuves judiciai-
res contre vous. Votre excellence va me prendre
pour un curieux indiscret; en second lieu, elle
aura peut-être honte de mettre sous les yeux de
madame la duchesse ma pauvre écriture de cocher; mais enfin votre sûreté m'ouvre la bouche,
quoique vous puissiez me croire un impertinent.

21

Votre excellence ne pourrait-elle pas me dicter ces deux lettres? Alors je suis le seul compromis, et encore bien peu, je dirais au besoin que vous m'êtes apparu au milieu d'un champ avec une écritoire de corne dans une main et un pistolet dans l'autre, et que vous m'avez ordonné d'écrire.

— Donnez-moi la main, mon cher Ludovic, s'écria Fabrice, et pour vous prouver que je ne veux point avoir de secret pour un ami tel que vous, copiez ces deux lettres telles qu'elles sont. Ludovic comprit toute l'étendue de cette marque de confiance et y fut extrêmement sensible, mais au bout de quelques lignes, comme il voyait la barque s'avancer rapidement sur le fleuve :

— Les lettres seront plus tôt terminées, dit-il à Fabrice, si votre excellence veut prendre la peine de me les dicter. Les lettres finies, Fabrice écrivit un A et un B à la dernière ligne, et sur une petite rognure de papier qu'ensuite il chiffonna, il mit en français : *Croyez A et B.* Le piéton devait cacher ce papier froissé dans ses vêtements.

La barque arrivant à portée de la voix, Ludovic appela les bateliers par des noms qui n'étaient pas les leurs; ils ne répondirent point et abordèrent cinq cents toises plus bas, regardant de tous les côtés pour voir s'ils n'étaient point aperçus par quelque douanier.

— Je suis à vos ordres, dit Ludovic à Fabrice; voulez-vous que je porte moi-même les lettres à

Parme? voulez-vous que je vous accompagne à Ferrare?

— M'accompagner à Ferrare est un service que je n'osais presque vous demander. Il faudra montrer le passe-port. Je vous dirai que j'ai la plus grande répugnance à voyager sous le nom de Giletti, et je ne vois que vous qui puissiez m'acheter un autre passe-port.

— Que ne parliez-vous à Casal-Maggiore! Je sais un espion qui m'aurait vendu un excellent passe-port, et pas cher, pour quarante ou cinquante francs.

L'un des deux mariniers qui était né sur la rive droite du Pô, et par conséquent n'avait pas besoin de passe-port à l'étranger pour aller à Parme, se chargea de porter les lettres. Ludovic, qui savait manier la rame, se fit fort de conduire la barque avec l'autre.

— Nous allons trouver sur le bas Pô, dit-il, plusieurs barques armées appartenant à la police, et je saurai les éviter. Plus de dix fois on fut obligé de se cacher au milieu de petites îles à fleur d'eau, chargées de saules. Trois fois on mit pied à terre pour laisser passer les barques vides devant les embarcations de la police. Ludovic profita de ces longs moments de loisir pour réciter à Fabrice plusieurs de ses sonnets. Les sentiments étaient assez justes, mais comme émoussés par l'expression, et ne valaient pas la peine d'être écrits; le

singulier, c'est que cet ex-cocher avait des passions et des façons de voir vives et pittoresques; il
devenait froid et commun dès qu'il écrivait. C'est
le contraire de ce que nous voyons dans le monde,
se dit Fabrice; l'on sait maintenant tout exprimer
avec grâce, mais les cœurs n'ont rien à dire. Il
comprit que le plus grand plaisir qu'il pût faire à
ce serviteur fidèle, ce serait de corriger les fautes
d'orthographe de ses sonnets.

— On se moque de moi quand je prête mon
cahier, disait Ludovic; mais si votre excellence
daignait me dicter l'orthographe des mots lettre
à lettre, les envieux ne sauraient plus que dire ;
l'orthographe ne fait pas le génie. Ce ne fut que
le surlendemain dans la nuit que Fabrice put débarquer en toute sûreté dans un bois de vernes,
une lieue avant que d'arriver à *Ponte Lago Oscuro*.
Toute la journée il resta caché dans une chènevière,
et Ludovic le précéda à Ferrare; il y loua un petit
logement chez un juif pauvre, qui comprit tout de
suite qu'il y avait de l'argent à gagner si l'on savait
se taire. Le soir, à la chute du jour, Fabrice entra
dans Ferrare monté sur un petit cheval; il avait
bon besoin de ce secours, la chaleur l'avait frappé
sur le fleuve; le coup de couteau qu'il avait à la
cuisse, et le coup d'épée que Giletti lui avait donné
dans l'épaule, au commencement du combat, s'é-
taient enflammés et lui donnaient de la fièvre.

V Fouquier inv. sculp

XII

Le juif, maître du logement, avait procuré un chirurgien discret, lequel, comprenant à son tour qu'il y avait de l'argent dans la bourse, dit à Ludovic que sa *conscience* l'obligeait à faire son rapport à la police sur les blessures du jeune homme que lui, Ludovic, appelait son frère.

— La loi est claire, ajouta-t-il ; il est trop évident que votre frère ne s'est point blessé lui-même, comme il le raconte, en tombant d'une échelle, au moment où il tenait à la main un couteau tout ouvert.

Ludovic répondit froidement à cet honnête chirurgien que, s'il s'avisait de céder aux inspira-
tions de sa conscience, il aurait l'honneur, avant
de quitter Ferrare, de tomber sur lui précisément
avec un couteau ouvert à la main. Quand il rendit
compte de cet incident à Fabrice, celui-ci le blâma
fort, mais il n'y avait plus un instant à perdre pour
décamper. Ludovic dit au juif qu'il voulait essayer
de faire prendre l'air à son frère; il alla chercher
une voiture, et nos amis sortirent de la maison
pour n'y plus rentrer. Le lecteur trouve bien longs,
sans doute, les récits de toutes ces démarches que
rend nécessaires l'absence d'un passe-port : ce
genre de préoccupation n'existe plus en France;
mais en Italie, et surtout aux environs du Pô,
tout le monde parle passe-port. Une fois sorti de
Ferrare sans encombre, comme pour faire une
promenade, Ludovic renvoya le fiacre, puis il
rentra dans la ville par une autre porte, et revint
prendre Fabrice avec une *sediola* qu'il avait louée
pour faire douze lieues. Arrivés près de Bologne,
nos amis se firent conduire à travers champs sur
la route qui de Florence conduit à Bologne; ils
passèrent la nuit dans la plus misérable auberge
qu'ils purent découvrir, et, le lendemain, Fabrice
se sentant la force de marcher un peu, ils entrèrent
à Bologne comme des promeneurs. On avait brûlé
le passe-port de Giletti : la mort du comédien
devait être connue, et il y avait moins de péril à

être arrêtés comme gens sans passe-ports que comme porteurs du passe-port d'un homme tué.

Ludovic connaissait à Bologne deux ou trois domestiques de grandes maisons ; il fut convenu qu'il irait prendre langue auprès d'eux. Il leur dit que, venant de Florence et voyageant avec son jeune frère, celui-ci, se sentant le besoin de dormir, l'avait laissé partir seul une heure avant le lever du soleil. Il devait le rejoindre dans le village où lui, Ludovic, s'arrêterait pour passer les heures de la grande chaleur. Mais Ludovic, ne voyant point arriver son frère, s'était déterminé à retourner sur ses pas ; il l'avait retrouvé blessé d'un coup de pierre et de plusieurs coups de couteau, et, de plus, volé par des gens qui lui avaient cherché dispute. Ce frère était joli garçon, savait panser et conduire les chevaux, lire et écrire, et il voudrait bien trouver une place dans quelque bonne maison. Ludovic se réserva d'ajouter, quand l'occasion s'en présenterait, que, Fabrice tombé, les voleurs s'étaient enfuis emportant le petit sac dans lequel étaient leur linge et leurs passe-ports.

En arrivant à Bologne, Fabrice, se sentant très fatigué, et n'osant, sans passe-port, se présenter dans une auberge, était entré dans l'immense église de Saint-Pétrone. Il y trouva une fraîcheur délicieuse ; bientôt il se sentit tout ranimé. Ingrat que je suis, se dit-il tout à coup, j'entre dans une église, et c'est pour m'y asseoir, comme dans un café! Il se jeta à genoux, et remercia Dieu avec effusion de la protection évidente dont il était entouré depuis qu'il avait eu le malheur de tuer Giletti. Le danger qui le faisait encore frémir, c'était d'être reconnu dans le bureau de police de Casal-Maggiore. Comment, se disait-il, ce commis, dont les yeux marquaient tant de soupçons et qui a relu mon passe-port jusqu'à trois fois, ne s'est-il pas aperçu que je n'ai pas cinq pieds dix pouces, que je n'ai pas trente-huit ans, que je ne suis pas fort marqué de la petite vérole? Que de grâces je vous dois, ô mon Dieu! Et j'ai pu tarder jusqu'à ce moment de mettre mon néant à vos pieds! Mon orgueil a voulu croire que c'était à une vaine prudence humaine que je devais le bonheur d'échapper au Spielberg qui déjà s'ouvrait pour m'engloutir!

Fabrice passa plus d'une heure dans cet extrême attendrissement, en présence de l'immense bonté de Dieu. Ludovic s'approcha sans qu'il l'entendît venir, et se plaça en face de lui. Fabrice, qui avait le front caché dans ses mains, releva la tête, et son fidèle serviteur vit les larmes qui sillonnaient ses joues.

— Revenez dans une heure, lui dit Fabrice assez durement.

Ludovic pardonna ce ton à cause de la piété. Fabrice récita plusieurs fois les sept psaumes de

la pénitence, qu'il savait par cœur; il s'arrêtait
longuement aux versets qui avaient du rapport
avec sa situation présente.

Fabrice demandait pardon à Dieu de beaucoup
de choses, mais, ce qui est remarquable, c'est
qu'il ne lui vint pas à l'esprit de compter parmi
ses fautes le projet de devenir archevêque, uniquement parce que le comte Mosca était premier
ministre, et trouvait cette place et la grande existence qu'elle donne convenables pour le neveu
de la duchesse. Il l'avait désirée sans passion, il
est vrai, mais enfin il y avait songé, exactement
comme à une place de ministre ou de général.
Il ne lui était point venu à la pensée que sa conscience pût être intéressée dans ce projet de la
duchesse. Ceci est un trait remarquable de la religion qu'il devait aux enseignements des jésuites
milanais. Cette religion *ôte le courage de penser
aux choses inaccoutumées*, et défend surtout l'*examen personnel*, comme le plus énorme des péchés; c'est un pas vers le protestantisme. Pour
savoir de quoi l'on est coupable, il faut interroger
son curé, ou lire la liste des péchés, telle qu'elle
se trouve imprimée dans les livres intitulés : *Pré-
paration au sacrement de la Pénitence*. Fabrice
savait par cœur la liste des péchés rédigée en
langue latine, qu'il avait apprise à l'académie
ecclésiastique de Naples. Ainsi, en récitant cette
liste, parvenu à l'article du meurtre, il s'était fort

bien accusé devant Dieu d'avoir tué un homme,
mais en défendant sa vie. Il avait passé rapidement, et sans y faire la moindre attention, sur les
divers articles relatifs au péché de *simonie* (se
procurer par de l'argent les dignités ecclésias-
tiques). Si on lui eût proposé de donner cent louis
pour devenir premier grand-vicaire de l'archevêque de Parme, il eût repoussé cette idée avec
horreur; mais, quoiqu'il ne manquât ni d'esprit
ni surtout de logique, il ne lui vint pas une seule
fois à l'esprit que le crédit du comte Mosca, employé en sa faveur, fût une *simonie*. Tel est le
triomphe de l'éducation jésuitique : donner l'habitude de ne pas faire attention à des choses plus
claires que le jour. Un Français, élevé au milieu
des traits d'intérêt personnel et de l'ironie de
Paris, eût pu, sans être de mauvaise foi, accuser
Fabrice d'hypocrisie au moment même où notre
héros ouvrait son âme à Dieu avec la plus extrême
sincérité et l'attendrissement le plus profond.

Fabrice ne sortit de l'église qu'après avoir pré-
paré la confession qu'il se proposait de faire dès
le lendemain; il trouva Ludovic assis sur les
marches du vaste péristyle en pierre qui s'élève
sur la grande place en avant de la façade de Saint-
Pétrone. Comme après un grand orage l'air est
plus pur, ainsi l'âme de Fabrice était tranquille,
heureuse et comme rafraîchie.

— Je me trouve fort bien, je ne sens presque

plus mes blessures, dit-il à Ludovic en l'abordant;
mais avant tout je dois vous demander pardon; je
vous ai répondu avec humeur lorsque vous êtes
venu me parler dans l'église; je faisais mon examen de conscience. Hé bien! où en sont nos affaires?

— Elles vont au mieux : j'ai arrêté un logement, à la vérité bien peu digne de votre excellence, chez la femme d'un de mes amis, qui est
fort jolie et de plus intimement liée avec l'un des
principaux agents de la police. Demain j'irai déclarer comme quoi nos passe-ports nous ont été
volés; cette déclaration sera prise en bonne part;
mais je paierai le port de la lettre que la police
écrira à Casal-Maggiore, pour savoir s'il existe
dans cette commune un nommé Ludovic San-Micheli, lequel a un frère, nommé Fabrice, au service de madame la duchesse Sanseverina, à Parme.
Tout est fini, *siamo a cavallo*. (Proverbe italien :
Nous sommes sauvés.)

Fabrice avait pris tout à coup un air fort sérieux : il pria Ludovic de l'attendre un instant,
rentra dans l'église presque en courant, et à peine
y fut-il que de nouveau il se précipita à genoux;
il baisait humblement les dalles de pierre. C'est
un miracle, Seigneur, s'écriait-il les larmes aux
yeux : quand vous avez vu mon âme disposée à
rentrer dans le devoir, vous m'avez sauvé. Grand
Dieu! il est possible qu'un jour je sois tué dans

quelque affaire : souvenez-vous au moment de
ma mort de l'état où mon âme se trouve en ce
moment. Ce fut avec les transports de la joie la
plus vive que Fabrice récita de nouveau les sept
psaumes de la pénitence. Avant que de sortir il
s'approcha d'une vieille femme qui était assise
devant une grande madone et à côté d'un triangle
de fer placé verticalement sur un pied de même
métal. Les bords de ce triangle étaient hérissés
d'un grand nombre de pointes destinées à porter
les petits cierges que la piété des fidèles allume
devant la célèbre madone de Cimabué. Sept cierges
seulement étaient allumés quand Fabrice s'approcha; il plaça cette circonstance dans sa mémoire
avec l'intention d'y réfléchir ensuite plus à loisir.

—Combien coûtent les cierges? dit-il à la femme.

— Deux bajocs pièce.

En effet, ils n'étaient guère plus gros qu'un
tuyau de plume, et n'avaient pas un pied de long.

— Combien peut-on placer encore de cierges
sur votre triangle?

— Soixante-trois, puisqu'il y en a sept d'allumés.

Ah! se dit Fabrice, soixante-trois et sept font
soixante-dix : ceci encore est à noter. Il paya les
cierges, plaça lui-même et alluma les sept premiers, puis se mit à genoux pour faire son of-
frande, et dit à la vieille femme en se relevant :

— C'est *pour grâce reçue.*

— Je meurs de faim, dit Fabrice à Ludovic, en le rejoignant.

— N'entrons point dans un cabaret, allons au logement; la maîtresse de la maison ira vous acheter ce qu'il faut pour déjeuner; elle volera une vingtaine de sous et en sera d'autant plus attachée au nouvel arrivant.

— Ceci ne tend à rien moins qu'à me faire mourir de faim une grande heure de plus, dit Fabrice en riant avec la sérénité d'un enfant, et il entra dans un cabaret voisin de Saint-Pétrone. A son extrême surprise, il vit, à une table voisine de celle où il s'était placé, Pépé, le premier valet de chambre de sa tante, celui-là même qui autrefois était venu à sa rencontre jusqu'à Genève. Fabrice lui fit signe de se taire; puis, après avoir déjeuné rapidement, le sourire du bonheur errant sur ses lèvres, il se leva; Pépé le suivit, et, pour la troisième fois, notre héros entra dans Saint-Pétrone. Par discrétion, Ludovic resta à se promener sur la place.

— Hé, mon Dieu, monseigneur! comment vont vos blessures? Madame la duchesse est horriblement inquiète : un jour entier elle vous a cru mort, abandonné dans quelque île du Pô; je vais lui expédier un courrier à l'instant même. Je vous cherche depuis six jours, j'en ai passé trois à Ferrare, courant toutes les auberges.

— Avez-vous un passe-port pour moi?

— J'en ai trois différents : l'un avec les noms et les titres de votre excellence ; le second avec votre nom seulement, et le troisième sous un nom supposé, Joseph Bossi ; chaque passe-port est en double expédition, selon que votre excellence voudra arriver de Florence ou de Modène. Il ne s'agit que de faire une promenade hors de la ville. Monsieur le comte vous verrait loger avec plaisir à l'auberge *del Pelegrino*, dont le maître est son ami.

Fabrice, ayant l'air de marcher au hasard, s'avança dans la nef droite de l'église, jusqu'au lieu où ses cierges étaient allumés ; ses yeux se fixèrent sur la madone de Cimabué, puis il dit à Pépé en s'agenouillant : Il faut que je rende grâces un instant ; Pépé l'imita. Au sortir de l'église, Pépé remarqua que Fabrice donnait une pièce de vingt francs au premier pauvre qui lui demanda l'aumône ; ce mendiant jeta des cris de reconnaissance qui attirèrent sur les pas de l'être charitable les nuées de pauvres de tout genre qui ornent d'ordinaire la place de Saint-Pétrone. Tous voulaient avoir leur part du napoléon. Les femmes, désespérant de pénétrer dans la mêlée qui l'entourait, fondirent sur Fabrice, lui criant s'il n'était pas vrai qu'il avait voulu donner son napoléon pour être divisé parmi tous les pauvres du bon Dieu. Pépé, brandissant sa canne à pomme d'or, leur ordonna de laisser son excellence tranquille.

— Ah! excellence, reprirent toutes ces femmes d'une voix plus perçante, donnez aussi un napoléon d'or pour les pauvres femmes! Fabrice doubla le pas, les femmes le suivirent en criant, et beaucoup de pauvres mâles, accourant par toutes les rues, firent comme une sorte de petite sédition. Toute cette foule horriblement sale et énergique criait : *Excellence*. Fabrice eut beaucoup de peine à se délivrer de la cohue; cette scène rappela son imagination sur la terre. Je n'ai que ce que je mérite, se dit-il : je me suis frotté à la canaille.

Deux femmes le suivirent jusqu'à la porte de Saragosse, par laquelle il sortait de la ville; Pépé les arrêta en les menaçant sérieusement de sa canne, et leur jetant quelque monnaie. Fabrice monta la charmante colline de San-Michele in Bosco, fit le tour d'une partie de la ville en dehors des murs, prit un sentier, arriva à cinq cents pas sur la route de Florence, puis rentra dans Bologne et remit gravement au commis de la police un passe-port où son signalement était noté d'une façon fort exacte. Ce passe-port le nommait Joseph Bossi, étudiant en théologie. Fabrice y remarqua une petite tache d'encre rouge jetée, comme par hasard, au bas de la feuille vers l'angle droit. Deux heures plus tard il eut un espion à ses trousses, à cause du titre d'*excellence* que son compagnon lui avait donné devant les pauvres de Saint-Pétrone, quoique son passe-port ne portât aucun des titres qui donnent à un homme le droit de se faire appeler excellence par ses domestiques.

Fabrice vit l'espion et s'en moqua fort; il ne songeait plus ni aux passe-ports ni à la police, et s'amusait de tout comme un enfant. Pépé, qui avait ordre de rester auprès de lui, le voyant fort content de Ludovic, aima mieux aller porter lui-même de si bonnes nouvelles à la duchesse. Fabrice écrivit deux très longues lettres aux personnes qui lui étaient chères; puis il eut l'idée d'en écrire une troisième au vénérable archevêque Landriani. Cette lettre produisit un effet merveilleux, elle contenait un récit fort exact du combat avec Giletti. Le bon archevêque, tout attendri, ne manqua pas d'aller lire cette lettre au prince, qui voulut bien l'écouter, assez curieux de voir comment ce jeune *monsignore* s'y prenait pour excuser un meurtre aussi épouvantable. Grâce aux nombreux amis de la marquise Raversi, le prince, ainsi que toute la ville de Parme, croyait que Fabrice s'était fait aider par vingt ou trente paysans pour assommer un mauvais comédien qui avait l'insolence de lui disputer la petite Marietta. Dans les cours despotiques, le premier intrigant adroit dispose de la *vérité*, comme la mode en dispose à Paris.

— Mais, que diable! disait le prince à l'archevêque, on fait faire ces choses-là par un autre; mais les faire soi-même, ce n'est pas l'usage; et puis on ne tue pas un comédien tel que Giletti, on l'achète.

Fabrice ne se doutait en aucune façon de ce qui se passait à Parme. Dans le fait, il s'agissait de savoir si la mort de ce comédien, qui de son vivant gagnait trente-deux francs par mois, amènerait la chute du ministère ultra et de son chef le comte Mosca.

En apprenant la mort de Giletti, le prince, piqué des airs d'indépendance que se donnait la duchesse, avait ordonné au fiscal général Rassi de traiter tout ce procès comme s'il se fût agi d'un libéral. Fabrice, de son côté, croyait qu'un homme de son rang était au-dessus des lois; il ne calculait pas que dans les pays où les grands noms ne sont jamais punis, l'intrigue peut tout, même contre eux. Il parlait souvent à Ludovic de sa parfaite innocence qui serait bien vite proclamée; sa grande raison c'est qu'il n'était pas coupable. Sur quoi Ludovic lui dit un jour : — Je ne conçois pas comment votre excellence, qui a tant d'esprit et d'instruction, prend la peine de dire de ces choses-là à moi qui suis son serviteur dévoué; votre excellence use de trop de précautions : ces choses-là sont bonnes à dire en public ou devant un tribunal. Cet homme me croit un assassin et ne m'en aime pas moins, se dit Fabrice, tombant de son haut.

Trois jours après le départ de Pépé, il fut bien étonné de recevoir une lettre énorme fermée avec

une tresse de soie comme du temps de Louis XIV,
et adressée *à son excellence révérendissime monseigneur Fabrice del Dongo, premier grand-vicaire
du diocèse de Parme, chanoine*, etc.

Mais, est-ce que je suis encore tout cela? se dit-
il en riant. L'épître de l'archevêque Landriani était
un chef-d'œuvre de logique et de clarté; elle
n'avait pas moins de dix-neuf grandes pages, et racontait fort bien tout ce qui s'était passé à Parme
à l'occasion de la mort de Giletti.

« Une armée française commandée par le ma-
« réchal Ney et marchant sur la ville n'aurait pas
« produit plus d'effet, lui disait le bon archevêque;
« à l'exception de la duchesse et de moi, mon très-
« cher fils, tout le monde croit que vous vous êtes
« donné le plaisir de tuer l'histrion Giletti. Ce
« malheur vous fût-il arrivé, ce sont de ces choses
« qu'on assoupit avec deux cents louis et une ab-
« sence de six mois; mais la Raversi veut ren-
« verser le comte Mosca à l'aide de cet incident.
« Ce n'est point l'affreux péché du meurtre que
« le public blâme en vous, c'est uniquement la
« *maladresse* ou plutôt l'insolence de ne pas avoir
« daigné recourir à un *bulo* (sorte de fier-à-bras
« subalterne). Je vous traduis ici en termes clairs
« les discours qui m'environnent, car depuis ce
« malheur à jamais déplorable, je me rends tous
« les jours dans trois maisons des plus considé-

« rables de la ville pour avoir l'occasion de vous
« justifier. Et jamais je n'ai cru faire un plus
« saint usage du peu d'éloquence que le Ciel a
« daigné m'accorder. »

Les écailles tombaient des yeux de Fabrice; les
nombreuses lettres de la duchesse, remplies de
transports d'amitié, ne daignaient jamais raconter. La duchesse lui jurait de quitter Parme à
jamais, si bientôt il n'y rentrait triomphant. « Le
comte fera pour toi, lui disait-elle dans la lettre
qui accompagnait celle de l'archevêque, tout ce
qui est humainement possible. Quant à moi, tu as
changé mon caractère avec cette belle équipée; je
suis maintenant aussi avare que le banquier Tom-
bone; j'ai renvoyé tous mes ouvriers, j'ai fait
plus, j'ai dicté au comte l'inventaire de ma fortune,
qui s'est trouvée bien moins considérable que je ne
le pensais. Après la mort de l'excellent comte Pietranera, que, par parenthèse, tu aurais bien plutôt
dû venger, au lieu de t'exposer contre un être de
l'espèce de Giletti, je restais avec 1200 livres de
rente et 5000 francs de dettes; je me souviens, entre
autres choses, que j'avais deux douzaines et demie
de souliers de satin blanc venant de Paris, et une
seule paire de souliers pour marcher dans la rue.
Je suis presque décidée à prendre les 500 000 fr.
que me laisse le duc, et que je voulais employer
en entier à lui élever un tombeau magnifique. Au

reste, c'est la marquise Raversi qui est ta principale ennemie, c'est-à-dire la mienne; si tu t'en-
nuies seul à Bologne, tu n'as qu'à dire un mot,
j'irai te joindre. Voici quatre nouvelles lettres de
change, etc., etc. »

La duchesse ne disait mot à Fabrice de l'opinion
qu'on avait à Parme sur son affaire, elle voulait
avant tout le consoler, et dans tous les cas, la mort
d'un être ridicule tel que Giletti ne lui semblait pas
de nature à être reprochée sérieusement à un del
Dongo. — Combien de Giletti nos ancêtres n'ont-ils
pas envoyés dans l'autre monde, disait-elle au
comte, sans que personne se soit mis en tête de
leur en faire un reproche !

Fabrice tout étonné, et qui entrevoyait pour la
première fois le véritable état des choses, se mit à
étudier la lettre de l'archevêque. Par malheur,
l'archevêque lui-même le croyait plus au fait qu'il
ne l'était réellement. Fabrice comprit que ce qui
faisait surtout le triomphe de la marquise Raversi,
c'est qu'il était impossible de trouver des témoins
de visu de ce fatal combat. Le valet de chambre
qui le premier en avait apporté la nouvelle à
Parme était à l'auberge du village de Sanguigna
lorsqu'il avait eu lieu; la petite Marietta et la
vieille femme qui lui servait de mère avaient disparu, et la marquise avait acheté le *veturino* qui
conduisait la voiture et qui faisait maintenant une
déposition abominable. « Quoique la procédure

« soit environnée du plus profond mystère, écri-
« vait le bon archevêque avec son style cicéronien,
« et dirigée par le fiscal général Rassi, dont la
« seule charité chrétienne peut m'empêcher de
« dire du mal, mais qui a fait sa fortune en
« s'acharnant après les malheureux accusés comme
« le chien de chasse après le lièvre; quoique le
« Rassi, dis-je, dont votre imagination ne saurait
« s'exagérer la turpitude et la vénalité, ait été
« chargé de la direction du procès par un prince
« irrité, j'ai pu lire les trois dépositions du *velu-*
« *rino*. Par un insigne bonheur, ce malheureux se
« contredit. Et j'ajouterai, parce que je parle à
« mon vicaire général, à celui qui, après moi, doit
« avoir la direction de ce diocèse, que j'ai mandé
« le curé de la paroisse qu'habite ce pécheur
« égaré. Je vous dirai, mon très-cher fils, mais
« sous le secret de la confession, que ce curé con-
« naît déjà, par la femme du *veturino*, le nombre
« d'écus qu'il a reçus de la marquise Raversi; je
« n'oserai dire que la marquise a exigé de lui de
« vous calomnier, mais le fait est probable. Les
« écus ont été remis par un malheureux prêtre
« qui remplit des fonctions peu relevées auprès de
« cette marquise, et auquel j'ai été obligé d'inter-
« dire la messe pour la seconde fois. Je ne vous
« fatiguerai point du récit de plusieurs autres dé-
« marches que vous deviez attendre de moi, et qui
« d'ailleurs rentrent dans mon devoir. Un cha-

« noine, votre collègue à la cathédrale, et qui
« d'ailleurs se souvient un peu trop quelquefois
« de l'influence que lui donnent les biens de sa fa-
« mille, dont, par la permission divine, il est resté
« le seul héritier, s'étant permis de dire chez M. le
« comte Zurla, ministre de l'intérieur, qu'il re-
« gardait cette bagatelle comme prouvée contre
« vous (il parlait de l'assassinat du malheureux
« Giletti), je l'ai fait appeler devant moi, et là, en
« présence de mes trois autres vicaires généraux,
« de mon aumônier et de deux curés qui se trou-
« vaient dans la salle d'attente, je l'ai prié de nous
« communiquer, à nous ses frères, les éléments
« de la conviction complète qu'il disait avoir ac-
« quise contre un de ses collègues à la cathédrale ;
« le malheureux n'a pu articuler que des raisons
« peu concluantes ; tout le monde s'est élevé contre
« lui, et, quoique je n'aie cru devoir ajouter que
« bien peu de paroles, il a fondu en larmes et
« nous a rendus témoins du plein aveu de son er-
« reur complète, sur quoi je lui ai promis le se-
« cret en mon nom et en celui de toutes les per-
« sonnes qui avaient assisté à cette conférence,
« sous la condition toutefois qu'il mettrait tout
« son zèle à rectifier les fausses impressions
« qu'avaient pu causer les discours par lui proférés
« depuis quinze jours.

« Je ne vous répéterai point, mon cher fils, ce
« que vous devez savoir depuis longtemps, c'est-

« à-dire que des trente-quatre paysans employés à
« la fouille entreprise par le comte Mosca et que
« la Raversi prétend soldés par vous pour vous
« aider dans un crime, trente-deux étaient au fond
« de leur fossé, tout occupés de leurs travaux,
« lorsque vous vous saisîtes du couteau de chasse
« et l'employâtes à défendre votre vie contre
« l'homme qui vous attaquait à l'improviste. Deux
« d'entre eux, qui étaient hors du fossé, crièrent
« aux autres : *On assassine monseigneur !* Ce cri
« seul montre votre innocence dans tout son éclat.
« Hé bien ! le fiscal général Rassi prétend que ces
« deux hommes ont disparu ; bien plus, on a re-
« trouvé huit des hommes qui étaient au fond du
« fossé ; dans leur premier interrogatoire, six ont
« déclaré avoir entendu le cri : *On assassine mon-
« seigneur !* Je sais, par voies indirectes, que dans
« leur cinquième interrogatoire, qui a eu lieu hier
« soir, cinq ont déclaré qu'ils ne se souvenaient
« pas bien s'ils avaient entendu directement ce cri
« ou si seulement il leur avait été raconté par
« quelqu'un de leurs camarades. Des ordres sont
« donnés pour que l'on me fasse connaître la de-
« meure de ces ouvriers terrassiers, et leurs curés
« leur feront comprendre qu'ils se damnent si
« pour gagner quelques écus ils se laissent aller
« à altérer la vérité. »

Le bon archevêque entrait dans des détails in-

finis, comme on peut en juger par ceux que nous
venons de rapporter. Puis il ajoutait, en se servant
de la langue latine :

« Cette affaire n'est rien moins qu'une tentavive
« de changement de ministère. Si vous êtes con-
« damné, ce ne peut être qu'aux galères ou à la
« mort, auquel cas j'interviendrais en déclarant,
« du haut de ma chaire archiépiscopale, que je
« sais que vous êtes innocent, que vous avez tout
« simplement défendu votre vie contre un bri-
« gand, et qu'enfin je vous ai défendu de revenir
« à Parme tant que vos ennemis y triompheront ;
« je me propose même de stigmatiser, comme il le
« mérite, le fiscal général ; la haine contre cet
« homme est aussi commune que l'estime pour
« son caractère est rare. Mais enfin la veille du
« jour où ce fiscal prononcera cet arrêt si injuste,
« la duchesse Sanseverina quittera la ville et peut-
« être même les États de Parme : dans ce cas l'on
« ne fait aucun doute que le comte ne donne sa
« démission. Alors, très-probablement, le général
« Fabio Conti arrive au ministère, et la marquise
« Raversi triomphe. Le grand mal de votre af-
« faire, c'est qu'aucun homme entendu n'est
« chargé en chef des démarches nécessaires pour
« mettre au jour votre innocence et déjouer les
« tentatives faites pour suborner des témoins. Le
« comte croit remplir ce rôle ; mais il est trop

« grand seigneur pour descendre à de certains
« détails ; de plus, en sa qualité de ministre de la
« police, il a dû donner, dans le premier moment,
« les ordres les plus sévères contre vous. Enfin,
« oserai-je le dire? notre souverain seigneur
« vous croit coupable, ou du moins simule cette
« croyance, et apporte quelque aigreur dans cette
« affaire. » (Les mots correspondant à *notre souve-*
rain seigneur et à *simule cette croyance* étaient en
grec, et Fabrice sut un gré infini à l'archevêque
d'avoir osé les écrire. Il coupa avec un canif cette
ligne de sa lettre et la détruisit sur-le-champ.)

Fabrice s'interrompit vingt fois en lisant cette
lettre ; il était agité des transports de la plus vive
reconnaissance : il répondit à l'instant par une
lettre de huit pages. Souvent il fut obligé de re-
lever la tête pour que ses larmes ne tombassent pas
sur son papier. Le lendemain, au moment de cacheter cette lettre, il en trouva le ton trop mon-
dain. Je vais l'écrire en latin, se dit-il, elle en
paraîtra plus convenable au digne archevêque.
Mais en cherchant à construire de belles phrases
latines bien longues, bien imitées de Cicéron, il
se rappela qu'un jour l'archevêque, lui parlant de
Napoléon, affectait de l'appeler Buonaparte ; à
l'instant disparut toute l'émotion qui la veille le
touchait jusqu'aux larmes. O roi d'Italie, s'écria-
t-il, cette fidélité que tant d'autres t'ont jurée de
ton vivant, je te la garderai après ta mort. Il

m'aime, sans doute, mais parce que je suis un del Dongo et lui le fils d'un bourgeois. Pour que sa belle lettre en italien ne fût pas perdue, Fabrice y fit quelques changements nécessaires, et l'adressa au comte Mosca.

Ce jour-là même, Fabrice rencontra dans la rue la petite Marietta; elle devint rouge de bonheur, et lui fit signe de la suivre sans l'aborder. Elle gagna rapidement un portique désert; là, elle avança encore la dentelle noire qui, suivant la mode du pays, lui couvrait la tête, de façon à ce qu'elle ne pût être reconnue; puis, se tournant vivement :

— Comment se fait-il, dit-elle à Fabrice, que vous marchiez ainsi librement dans la rue? Fabrice lui raconta son histoire.

— Grand Dieu! vous avez été à Ferrare! Moi qui vous y ai tant cherché! Vous saurez que je me suis brouillée avec la vieille femme, parce qu'elle voulait me conduire à Venise, où je savais bien que vous n'iriez jamais, puisque vous êtes sur la liste noire de l'Autriche. J'ai vendu mon collier d'or pour venir à Bologne, un pressentiment m'annonçait le bonheur que j'ai de vous y rencontrer; la vieille femme est arrivée deux jours après moi. Ainsi, je ne vous engagerai point à venir chez nous, elle vous ferait encore de ces vilaines demandes d'argent qui me font tant de honte. Nous avons vécu fort convenablement depuis le

jour fatal que vous savez, et nous n'avons pas dé-
pensé le quart de ce que vous lui donnâtes. Je ne
voudrais pas aller vous voir à l'auberge du *Pele-*
grino, ce serait une *publicité*. Tâchez de louer une
petite chambre dans une rue déserte, et à l'*Ave*
Maria (la tombée de la nuit), je me trouverai ici,
sous ce même portique. Ces mots dits, elle prit la
fuite.

XIII

Toutes les idées sérieuses furent oubliées à l'approche imprévue de cette aimable personne. Fabrice se mit à vivre à Bologne dans une joie et une sécurité profondes. Cette disposition naïve à se trouver heureux de tout ce qui remplissait sa vie perçait dans les lettres qu'il adressait à la duchesse; ce fut au point qu'elle en prit de l'humeur. A peine si Fabrice le remarqua; seulement il écrivit en signes abrégés sur le cadran de sa montre : Quand j'écris à la D., ne jamais dire *quand j'étais*

prélat, quand j'étais homme d'Église; cela la fâche.
Il avait acheté deux petits chevaux dont il était fort
content : il les attelait à une calèche de louage toutes
les fois que la petite Marietta voulait aller voir
quelqu'un de ces sites ravissants des environs de
Bologne; presque tous les soirs il la conduisait à
la *Chute du Reno.* Au retour, il s'arrêtait chez
l'aimable Crescentini, qui se croyait un peu le
père de la Marietta.

Ma foi ! si c'est là la vie de café qui me semblait
si ridicule pour un homme de quelque valeur, j'ai
eu tort de la repousser, se disait Fabrice. Il oubliait qu'il n'allait jamais au café que pour lire le
Constitutionnel, et que, parfaitement inconnu à
tout le beau monde de Bologne, les jouissances de
vanité n'entraient pour rien dans sa félicité présente. Quand il n'était pas avec la petite Marietta,
on le voyait à l'Observatoire, où il suivait un cours
d'astronomie; le professeur l'avait pris en grande
amitié, et Fabrice lui prêtait ses chevaux le di-
manche pour aller briller avec sa femme au *Corso*
de la *Montagnola.*

Il avait en exécration de faire le malheur d'un
être quelconque, si peu estimable qu'il fût. La
Marietta ne voulait pas absolument qu'il vît la
vieille femme; mais un jour qu'elle était à l'église,
il monta chez la *mammacia,* qui rougit de colère
en le voyant entrer. C'est le cas de faire le del
Dongo, se dit Fabrice.

— Combien la Marietta gagne-t-elle par mois quand elle est engagée? s'écria-t-il de l'air dont un jeune homme qui se respecte entre à Paris au balcon des Bouffes.

— Cinquante écus.

— Vous mentez comme toujours; dites la vérité, ou par Dieu! vous n'aurez pas un centime.

— Eh bien, elle gagnait vingt-deux écus dans notre compagnie à Parme, quand nous avons eu le malheur de vous connaître; moi je gagnais douze écus, et nous donnions à Giletti, notre protecteur, chacune le tiers de ce qui nous revenait. Sur quoi, tous les mois à peu près, Giletti faisait un cadeau à la Marietta; ce cadeau pouvait bien valoir deux écus.

— Vous mentez encore : vous, vous ne receviez que quatre écus. Mais si vous êtes bonne avec la Marietta, je vous engage comme si j'étais un *impresario;* tous les mois vous recevrez douze écus pour vous et vingt-deux pour elle; mais si je lui vois les yeux rouges, je fais banqueroute.

— Vous faites le fier; eh bien! votre belle générosité nous ruine, répondit la vieille femme d'un ton furieux; nous perdons *l'avviamento* (l'achalandage). Quand nous aurons l'énorme malheur d'être privées de la protection de votre excellence, nous ne serons plus connues d'aucune troupe, toutes seront au grand complet; nous ne trouverons pas d'engagement, et, par vous, nous mourrons de faim.

— Va-t'en au diable! dit Fabrice en s'en allant.

— Je n'irai pas au diable, vilain impie! mais
tout simplement au bureau de la police, qui saura
par moi que vous êtes un *Monsignor* qui a jeté le
froc aux orties, et que vous ne vous appelez pas
plus Joseph Bossi que moi. Fabrice avait déjà
descendu quelques marches de l'escalier, il revint.

— D'abord la police sait mieux que toi quel peut
être mon vrai nom; mais si tu t'avises de me dé-
noncer, si tu as cette infamie, lui dit-il d'un grand
sérieux, Ludovic te parlera, et ce n'est pas six
coups de couteau que recevra ta vieille carcasse,
mais deux douzaines, et tu seras pour six mois à
l'hôpital, et sans tabac.

La vieille femme pâlit et se précipita sur la main
de Fabrice qu'elle voulut baiser.

—J'accepte avec reconnaissance le sort que vous
nous faites, à la Marietta et à moi. Vous avez l'air
si bon, que je vous prenais pour un niais; et pen-
sez-y bien, d'autres que moi pourront commettre
la même erreur; je vous conseille d'avoir habi-
tuellement l'air plus grand seigneur. Puis elle
ajouta avec une impudence admirable : Vous réflé-
chirez à ce bon conseil, et, comme l'hiver n'est
pas bien éloigné, vous nous ferez cadeau à la Marietta et à moi de deux bons habits de cette belle
étoffe anglaise que vend le gros marchand qui est
sur la place Saint-Pétrone.

L'amour de la jolie Marietta offrait à Fabrice
tous les charmes de l'amitié la plus douce, ce qui

le faisait songer au bonheur du même genre qu'il aurait pu trouver auprès de la duchesse.

Mais n'est-ce pas une chose bien plaisante, se disait-il quelquefois, que je ne sois pas susceptible de cette préoccupation exclusive et passionnée qu'ils appellent de l'amour? Parmi les liaisons que le hasard m'a données à Novare ou à Naples, ai-je jamais rencontré de femme dont la présence, même dans les premiers jours, fût pour moi préférable à une promenade sur un joli cheval inconnu? Ce qu'on appelle amour, ajoutait-il, serait-ce donc encore un mensonge? J'aime sans doute, comme j'ai bon appétit à six heures! Serait-ce cette propension quelque peu vulgaire dont ces menteurs auraient fait l'amour d'Othello, l'amour de Tancrède? ou bien faut-il croire que je suis organisé autrement que les autres hommes? Mon âme manquerait d'une passion; pour quoi cela? ce serait une singulière destinée!

A Naples, surtout dans les derniers temps, Fabrice avait rencontré des femmes qui, fières de leur rang, de leur beauté et de la position qu'occupaient dans le monde les adorateurs qu'elles lui avaient sacrifiés, avaient prétendu le mener. A la vue de ce projet, Fabrice avait rompu de la façon la plus scandaleuse et la plus rapide. Or, se disait-il, si je me laisse jamais transporter par le plaisir, sans doute très-vif, d'être bien avec cette jolie femme qu'on appelle la duchesse Sanseverina, je

25

suis exactement comme ce Français étourdi qui tua un jour la poule aux œufs d'or. C'est à la duchesse que je dois le seul bonheur que j'aie jamais éprouvé par les sentiments tendres ; mon amitié pour elle est ma vie, et d'ailleurs, sans elle, que suis-je ? un pauvre exilé réduit à vivoter péniblement dans un château délabré des environs de Novare. Je me souviens que durant les grandes pluies d'automne j'étais obligé, le soir, crainte d'accident, d'ajuster un parapluie sur le ciel de mon lit. Je montais les chevaux de l'homme d'affaires, qui voulait bien le souffrir par respect pour mon *sang bleu* (pour ma haute puissance), mais il commençait à trouver mon séjour un peu long ; mon père m'avait assigné une pension de douze cents francs, et se croyait damné de donner du pain à un jacobin. Ma pauvre mère et mes sœurs se laissaient manquer de robes pour me mettre en état de faire quelques petits cadeaux à mes maîtresses. Cette façon d'être généreux me perçait le cœur. Et de plus, on commençait à soupçonner ma misère, et la jeune noblesse des environs allait me prendre en pitié. Tôt ou tard, quelque fat eût laissé voir son mépris pour un jacobin pauvre et malheureux dans ses desseins, car aux yeux de ces gens-là, je n'étais pas autre chose. J'aurais donné ou reçu quelque bon coup d'épée qui m'eût conduit à la forteresse de Fenestrelles, ou bien j'eusse de nouveau été me réfugier

en Suisse, toujours avec douze cents francs de
pension. J'ai le bonheur de devoir à la duchesse
l'absence de tous ces maux ; de plus, c'est elle qui
sent pour moi les transports d'amitié que je devrais éprouver pour elle.

Au lieu de cette vie ridicule et piètre qui eût
fait de moi un animal triste, un sot, depuis quatre
ans je vis dans une grande ville et j'ai une excellente voiture, ce qui m'a empêché de connaître l'envie et tous les sentiments bas de la
province. Cette tante trop aimable me gronde
toujours de ce que je ne prends pas assez d'argent
chez le banquier. Veux-je gâter à jamais cette
admirable position? Veux-je perdre l'unique amie
que j'aie au monde? Il suffit de proférer *un mensonge*, il suffit de dire à une femme charmante
et peut-être unique au monde, et pour laquelle
j'ai l'amitié la plus passionnée : *je t'aime*, moi
qui ne sais pas ce que c'est qu'aimer d'amour.
Elle passerait la journée à me faire un crime de
l'absence de ces transports qui me sont inconnus.
La Marietta, au contraire, qui ne voit pas dans
mon cœur, et qui prend une caresse pour un
transport de l'âme, me croit fou d'amour, et
s'estime la plus heureuse des femmes.

Dans le fait je n'ai connu un peu cette préoccupation tendre qu'on appelle, je crois, *l'amour*,
que pour cette jeune Aniken de l'auberge de *Zonders*, près de la frontière de Belgique.

C'est avec regret que nous allons placer ici l'une
des plus mauvaises actions de Fabrice ; au milieu de cette ville tranquille, une misérable *pique*
de vanité s'empara de ce cœur rebelle à l'amour
et le conduisit fort loin. En même temps que lui,
se trouvait à Bologne la fameuse Fausta F***,
sans contredit l'une des premières chanteuses de
notre époque, et peut-être la femme la plus capricieuse que l'on ait jamais vue. L'excellent
poëte Burati, de Venise, avait fait sur son compte
ce fameux sonnet satirique qui alors se trouvait
dans la bouche des princes comme des derniers
gamins de carrefours :

« Vouloir et ne pas vouloir, adorer et détester
« en un jour, n'être contente que dans l'incon-
« stance, mépriser ce que le monde adore, tandis
« que le monde l'adore, la Fausta a ces défauts et
« bien d'autres encore. Donc ne vois jamais ce
« serpent. Si tu la vois, imprudent, tu oublies
« ses caprices. As-tu le bonheur de l'entendre, tu
« t'oublies toi-même, et l'amour fait de toi, en
« un moment, ce que Circé fit jadis des compa-
« gnons d'Ulysse. »

Pour le moment ce miracle de beauté était
sous le charme des énormes favoris et de la haute
insolence du jeune comte M***, au point de n'être
pas révoltée de son abominable jalousie. Fabrice

vit ce comte dans les rues de Bologne, et fut choqué de l'air de supériorité avec lequel il occupait le pavé, et daignait montrer ses grâces au public. Ce jeune homme était fort riche, se croyait tout permis, et comme ses *prepotenze* lui avaient attiré des menaces, il ne se montrait guère qu'environné de huit ou dix *buli* (sorte de coupe-jarrets), revêtus de sa livrée, et qu'il avait fait venir de ses terres dans les environs de Brescia. Les regards de Fabrice avaient rencontré une ou deux fois ceux de ce terrible comte, lorsque le hasard lui fit entendre la Fausta. Il fut étonné de l'angélique douceur de cette voix : il ne se figurait rien de pareil; il lui dut des sensations de bonheur suprême, qui faisaient un beau contraste avec la *placidité* de sa vie présente. Serait-ce enfin là de l'amour? se dit-il. Fort curieux d'éprouver ce sentiment, et d'ailleurs amusé par l'action de braver ce comte M***, dont la mine était plus terrible que celle d'aucun *tambour-major*, notre héros se livra à l'enfantillage de passer beaucoup trop souvent devant le palais Tanari, que le comte M*** avait loué pour la Fausta.

Un jour, vers la tombée de la nuit, Fabrice cherchant à se faire apercevoir de la Fausta, fut salué par des éclats de rire fort marqués lancés par les *buli* du comte, qui se trouvaient sur la porte du palais Tanari. Il courut chez lui, prit de bonnes armes et repassa devant ce palais. La

Fausta, cachée derrière ses persiennes, attendait ce retour, et lui en tint compte. M***, jaloux de toute la terre, devint spécialement jaloux de M. Joseph Bossi, et s'emporta en propos ridicules; sur quoi tous les matins notre héros lui faisait parvenir une lettre qui ne contenait que ces mots :

« M. Joseph Bossi détruit les insectes incom-
« modes, et loge au *Pelegrino*, *via Larga*, n° 79. »

Le comte M***, accoutumé aux respects que lui assuraient en tous lieux son énorme fortune, son *sang bleu* et la bravoure de ses trente domestiques, ne voulut point entendre le langage de ce petit billet.

Fabrice en écrivait d'autres à la Fausta; M*** mit des espions autour de ce rival, qui peut-être ne déplaisait pas; d'abord il apprit son véritable nom, et ensuite que pour le moment il ne pouvait se montrer à Parme. Peu de jours après, le comte M***, ses buli, ses magnifiques chevaux et la Fausta partirent pour Parme.

Fabrice, piqué au jeu, les suivit le lendemain. Ce fut en vain que le bon Ludovic fit des remontrances pathétiques; Fabrice l'envoya promener, et Ludovic, fort brave lui-même, l'admira; d'ailleurs ce voyage le rapprochait de la jolie maîtresse qu'il avait à Casal-Maggiore. Par les soins de Ludovic, huit ou dix anciens soldats des régiments de Napoléon entrèrent chez M. Joseph

Bossi, sous le nom de domestiques. Pourvu, se dit Fabrice en faisant la folie de suivre la Fausta, que je n'aie aucune communication ni avec le ministre de la police, comte Mosca, ni avec la duchesse, je n'expose que moi. Je dirai plus tard à ma tante que j'allais à la recherche de l'amour, cette belle chose que je n'ai jamais rencontrée. Le fait est que je pense à la Fausta, même quand je ne la vois pas... mais est-ce le souvenir de sa voix que j'aime, ou sa personne? Ne songeant plus à la carrière ecclésiastique, Fabrice avait arboré des moustaches et des favoris presque aussi terribles que ceux du comte M***, ce qui le déguisait un peu. Il établit son quartier général non à Parme, c'eût été trop imprudent, mais dans un village des environs, au milieu des bois, sur la route de *Sacca*, où était le château de sa tante. D'après les conseils de Ludovic, il s'annonça dans ce village comme le valet de chambre d'un grand seigneur anglais fort original, qui dépensait 100,000 fr. par an pour se donner le plaisir de la chasse, et qui arriverait sous peu du lac de Côme, où il était retenu par la pêche des truites. Par bonheur, le joli petit palais que le comte M*** avait loué pour la belle Fausta était situé à l'extrémité méridionale de la ville de Parme, précisément sur la route de Sacca, et les fenêtres de la Fausta donnaient sur les belles allées de grands arbres qui s'étendent sous la haute tour de la citadelle. Fa-

brice n'était point connu dans ce quartier désert ;
il ne manqua pas de faire suivre le comte M***, et,
un jour que celui-ci venait de sortir de chez l'admirable cantatrice, il eut l'audace de paraître dans
la rue en plein jour ; à la vérité, il était monté
sur un excellent cheval, et bien armé. Des musi-
ciens, de ceux qui courent les rues en Italie, et
qui parfois sont excellents, vinrent planter leurs
contre-basses sous les fenêtres de la Fausta : après
avoir préludé, ils chantèrent assez bien une can-
tate en son honneur. La Fausta se mit à la fenêtre, et remarqua facilement un jeune homme
fort poli qui, arrêté à cheval au milieu de la rue,
la salua d'abord, puis se mit à lui adresser des
regards fort peu équivoques. Malgré le costume
anglais exagéré adopté par Fabrice, elle eut bientôt
reconnu l'auteur des lettres passionnées qui avaient
amené son départ de Bologne. Voilà un être singulier, se dit-elle, il me semble que je vais l'aimer.
J'ai 100 louis devant moi, je puis fort bien planter
là ce terrible comte M***. Au fait, il manque d'esprit et d'imprévu, et n'est un peu amusant que
par la mine atroce de ses gens.

Le lendemain, Fabrice ayant appris que tous les
jours, vers les onze heures, la Fausta allait entendre la messe au centre de la ville, dans cette
même église de Saint-Jean où se trouvait le tombeau de son grand-oncle, l'archevêque *Ascanio del
Dongo*, il osa l'y suivre. A la vérité, Ludovic lui

avait procuré une belle perruque anglaise avec des
cheveux du plus beau rouge. A propos de la couleur
de ces cheveux, qui était celle des flammes qui brû-
laient son cœur, il fit un sonnet que la Fausta
trouva charmant; une main inconnue avait eu soin
de le placer sur son piano. Cette petite guerre dura
bien huit jours; mais Fabrice trouvait que, malgré
ses démarches de tout genre, il ne faisait pas de
progrès réels; la Fausta refusait de le recevoir. Il
outrait la nuance de singularité; elle a dit depuis
qu'elle avait peur de lui. Fabrice n'était plus retenu
que par un reste d'espoir d'arriver à sentir ce qu'on
appelle *de l'amour*, mais souvent il s'ennuyait.

— Monsieur, allons-nous-en, lui répétait Ludovic, vous n'êtes point amoureux; je vous vois un
sang-froid et un bon sens désespérants. D'ailleurs
vous n'avancez point; par pure vergogne, décam-
pons. Fabrice allait partir au premier moment
d'humeur, lorsqu'il apprit que la Fausta devait
chanter chez la duchesse Sanseverina. Peut-être
que cette voix sublime achèvera d'enflammer mon
cœur, se dit-il; et il osa bien s'introduire déguisé
dans ce palais où tous les yeux le connaissaient.
Qu'on juge de l'émotion de la duchesse, lorsque
tout à fait vers la fin du concert elle remarqua un
homme en livrée de chasseur, debout près de la
porte du grand salon; cette tournure rappelait quelqu'un. Elle chercha le comte Mosca, qui seulement
alors lui apprit l'insigne et vraiment incroyable

folie de Fabrice. Il la prenait très-bien. Cet amour
pour une autre que la duchesse lui plaisait fort;
le comte, parfaitement galant homme, hors de la
politique, agissait d'après cette maxime qu'il ne
pouvait trouver le bonheur qu'autant que la duchesse serait heureuse. — Je le sauverai de lui-
même, dit-il à son amie; jugez de la joie de nos
ennemis si on l'arrêtait dans ce palais! Aussi ai-je
ici plus de cent hommes à moi, et c'est pour cela
que je vous ai fait demander les clefs du grand
château d'eau. Il se porte pour amoureux fou de la
Fausta, et jusqu'ici ne peut l'enlever au comte M***,
qui donne à cette folle une existence de reine. La
physionomie de la duchesse trahit la plus vive douleur : Fabrice n'était donc qu'un libertin tout à
fait incapable d'un sentiment tendre et sérieux. —
Et ne pas nous voir! c'est ce que jamais je ne
pourrai lui pardonner! dit-elle enfin; et moi qui
lui écris tous les jours à Bologne!

— J'estime fort sa retenue, répliqua le comte;
il ne veut pas nous compromettre par son équipée,
et il sera plaisant de la lui entendre raconter.

La Fausta était trop folle pour savoir taire ce
qui l'occupait : le lendemain du concert, dont
ses yeux avaient adressé tous les airs à ce grand
jeune homme habillé en chasseur, elle parla au
comte M*** d'un attentif inconnu. — Où le voyez-
vous? dit le comte furieux. — Dans les rues, à
l'église, répondit la Fausta interdite. Aussitôt elle

voulut réparer son imprudence ou du moins éloigner tout ce qui pouvait rappeler Fabrice : elle se
jeta dans une description infinie d'un grand jeune
homme à cheveux rouges, il avait des yeux bleus ;
sans doute c'était quelque Anglais fort riche et fort
gauche, ou quelque prince. A ce mot, le comte M***,
qui ne brillait pas par la justesse des aperçus, alla
se figurer, chose délicieuse pour sa vanité, que ce
rival n'était autre que le prince héréditaire de
Parme. Ce pauvre jeune homme mélancolique,
gardé par cinq ou six gouverneurs, sous-gouver-
neurs, précepteurs, etc., etc., qui ne le laissaient
sortir qu'après avoir tenu conseil, lançait d'étranges
regards sur toutes les femmes passables qu'il lui
était permis d'approcher. Au concert de la duchesse, son rang l'avait placé en avant de tous les
auditeurs, sur un fauteuil isolé, à trois pas de la
belle Fausta, et ses regards avaient souverainement
choqué le comte M***. Cette folie d'exquise vanité :
avoir un prince pour rival, amusa fort la Fausta,
qui se fit un plaisir de la confirmer par cent détails naïvement donnés.

— Votre race, disait-elle au comte, est aussi
ancienne que celle des Farnèse à laquelle appartient ce jeune homme?

— Que voulez-vous dire? aussi ancienne! Moi
je n'ai point de bâtardise dans ma famille[1].

1. *Pierre-Louis*, le premier souverain de la famille Farnèse, si

Le hasard voulut que jamais le comte M*** ne pût voir à son aise ce rival prétendu; ce qui le confirma dans l'idée flatteuse d'avoir un prince pour antagoniste. En effet, quand les intérêts de son entreprise n'appelaient point Fabrice à Parme, il se tenait dans les bois vers Sacca et les bords du Pô. Le comte M*** était bien plus fier, mais aussi plus prudent depuis qu'il se croyait en passe de disputer le cœur de la Fausta à un prince; il la pria fort sérieusement de mettre la plus grande retenue dans toutes ses démarches. Après s'être jeté à ses genoux en amant jaloux et passionné, il lui déclara fort net que son honneur était intéressé à ce qu'elle ne fût pas la dupe du jeune prince.

— Permettez, je ne serais pas sa dupe si je l'aimais; moi, je n'ai jamais vu de prince à mes pieds.

— Si vous cédez, reprit-il avec un regard hautain, peut-être ne pourrai-je pas me venger du prince; mais certes, je me vengerai; et il sortit en fermant les portes à tour de bras. Si Fabrice se fût présenté en ce moment, il gagnait son procès.

— Si vous tenez à la vie, lui dit-il le soir, en prenant congé d'elle après le spectacle, faites que je ne sache jamais que le jeune prince a pénétré dans votre maison. Je ne puis rien sur lui, mor-

célèbre par ses vertus, fut, comme on sait, fils naturel du saint pape Paul III.

bleu! Mais ne me faites pas souvenir que je puis tout sur vous!

— Ah! mon petit Fabrice, s'écria la Fausta; si je savais où te prendre!

La vanité piquée peut mener loin un jeune homme riche et dès le berceau toujours environné de flatteurs. La passion très-véritable que le comte M*** avait eue pour la Fausta se réveilla avec fureur; il ne fut point arrêté par la perspective dangereuse de lutter avec le fils unique du souverain chez lequel il se trouvait; de même qu'il n'eut point l'esprit de chercher à voir ce prince, ou du moins à le faire suivre. Ne pouvant autrement l'attaquer, M*** osa songer à lui donner un ridicule. Je serai banni pour toujours des États de Parme, se dit-il; eh! que m'importe? S'il eût cherché à reconnaître la position de l'ennemi, le comte M*** eût appris que le pauvre jeune prince ne sortait jamais sans être suivi par trois ou quatre vieillards, ennuyeux gardiens de l'étiquette, et que le seul plaisir de son choix qu'on lui permît au monde, était la minéralogie. De jour comme de nuit, le petit palais occupé par la Fausta et où la bonne compagnie de Parme faisait foule, était environné d'observateurs; M*** savait heure par heure ce qu'elle faisait et surtout ce qu'on faisait autour d'elle. L'on peut louer ceci dans les précautions de ce jaloux, cette femme si capricieuse n'eut d'abord aucune idée de ce re-

doublement de surveillance. Les rapports de tous
ses agents disaient au comte M*** qu'un homme
fort jeune, portant une perruque de cheveux
rouges, paraissait fort souvent sous les fenêtres de
la Fausta, mais toujours avec un déguisement
nouveau. Évidemment c'est le jeune prince, se
dit M***; autrement pourquoi se déguiser? et parbleu! un homme comme moi n'est pas fait pour
lui céder. Sans les usurpations de la république
de Venise, je serais prince souverain, moi aussi.

Le jour de *san Stefano* les rapports des espions
prirent une couleur plus sombre; ils semblaient
indiquer que la Fausta commençait à répondre
aux empressements de l'inconnu. Je puis partir à
l'instant avec cette femme, se dit M***. Mais quoi!
à Bologne, j'ai fui devant del Dongo; ici je fuirais
devant un prince! Mais que dirait ce jeune
homme? Il pourrait penser qu'il a réussi à me
faire peur! Et pardieu! je suis d'aussi bonne
maison que lui. M*** était furieux, mais, pour
comble de misère, tenait avant tout à ne point
se donner, aux yeux de la Fausta qu'il savait
moqueuse, le ridicule d'être jaloux. Le jour de *san
Stephano* donc, après avoir passé une heure avec
elle, et en avoir été accueilli avec un empressement
qui lui sembla le comble de la fausseté, il la
laissa sur les onze heures, s'habillant pour aller
entendre la messe à l'église de Saint-Jean. Le
comte M*** revint chez lui, prit l'habit noir râpé

d'un jeune élève en théologie, et courut à Saint-
Jean ; il choisit sa place derrière un des tombeaux
qui ornent la troisième chapelle à droite ; il voyait
tout ce qui se passait dans l'église par-dessous le
bras d'un cardinal que l'on a représenté à genoux
sur sa tombe ; cette statue ôtait la lumière au fond
de la chapelle et le cachait suffisamment. Bientôt
il vit arriver la Fausta, plus belle que jamais ; elle
était en grande toilette, et vingt adorateurs appartenant à la plus haute société lui faisaient cortége. Le sourire et la joie éclataient dans ses yeux
et sur ses lèvres ; il est évident, se dit le malheureux jaloux, qu'elle compte rencontrer ici
l'homme qu'elle aime, et que depuis longtemps
peut-être, grâce à moi, elle n'a pu voir. Tout à
coup, le bonheur le plus vif sembla redoubler
dans les yeux de la Fausta : Mon rival est présent,
se dit M***, et sa fureur de vanité n'eut plus de
bornes. Quelle figure est-ce que je fais ici, servant
de pendant à un jeune prince qui se déguise ? Mais
quelques efforts qu'il pût faire, jamais il ne parvint à découvrir ce rival que ses regards affamés
cherchaient de toutes parts.

A chaque instant la Fausta, après avoir promené les yeux dans toutes les parties de l'église,
finissait par arrêter des regards, chargés d'amour
et de bonheur, sur le coin obscur où M*** s'était
caché. Dans un cœur passionné, l'amour est sujet
à exagérer les nuances les plus légères, il en tire

les conséquences les plus ridicules; le pauvre M*** ne finit-il pas par se persuader que la Fausta l'avait vu, que malgré ses efforts, s'étant aperçue de sa mortelle jalousie, elle voulait la lui reprocher et en même temps l'en consoler par ces regards si tendres.

Le tombeau du cardinal, derrière lequel M*** s'était placé en observation, était élevé de quatre ou cinq pieds sur le pavé de marbre de Saint-Jean. La messe à la mode finie vers les une heure, la plupart des fidèles s'en allèrent, et la Fausta congédia les *beaux* de la ville, sous un prétexte de dévotion; restée agenouillée sur sa chaise, ses yeux devenus plus tendres et plus brillants étaient fixés sur M***; depuis qu'il n'y avait plus que peu de personnes dans l'église, ses regards ne se donnaient plus la peine de la parcourir tout entière, avant de s'arrêter avec bonheur sur la statue du cardinal. Que de délicatesse! se disait le comte M***, se croyant regardé. Enfin la Fausta se leva et sortit brusquement, après avoir fait, avec les mains, quelques mouvements singuliers.

M***, ivre d'amour et presque tout à fait désabusé de sa folle jalousie, quittait sa place pour voler au palais de sa maîtresse, et la remercier mille et mille fois, lorsqu'en passant devant le tombeau du cardinal il aperçut un jeune homme tout en noir; cet être funeste s'était tenu jusque-là agenouillé tout contre l'épitaphe du tombeau, et de façon à ce que les regards de l'amant jaloux qui le cherchaient pussent passer par-dessus sa tête et ne point le voir.

Ce jeune homme se leva, marcha vite et fut à l'instant même environné par sept à huit personnages assez gauches, d'un aspect singulier et qui semblaient lui appartenir. M*** se précipita sur ses pas, mais, sans qu'il y eût rien de trop marqué, il fut arrêté dans le défilé que forme le tambour de bois de la porte d'entrée, par ces hommes gauches qui protégeaient son rival; enfin, lorsqu'après eux il arriva à la rue, il ne put que voir fermer la portière d'une voiture de chétive apparence, laquelle, par un contraste bizarre, était attelée de deux excellents chevaux, et en un moment fut hors de sa vue.

Il rentra chez lui haletant de fureur; bientôt arrivèrent ses observateurs, qui lui rapportèrent froidement que ce jour-là, l'amant mystérieux, déguisé en prêtre, s'était agenouillé fort dévotement, tout contre un tombeau placé à l'entrée d'une chapelle obscure de l'église de Saint-Jean. La Fausta était restée dans l'église jusqu'à ce qu'elle fût à peu près déserte, et alors elle avait échangé rapidement certains signes avec cet inconnu : avec les mains, elle faisait comme des croix. M*** courut chez l'infidèle; pour la première fois elle ne put cacher son trouble; elle raconta avec la naïveté menteuse d'une femme pas-

24

sionnée, que comme de coutume elle était allée à
Saint-Jean, mais qu'elle n'y avait point aperçu
cet homme qui la persécutait. A ces mots M***,
hors de lui, la traita comme la dernière des
créatures, lui dit tout ce qu'il avait vu lui-même,
et la hardiesse des mensonges croissant avec la
vivacité des accusations, il prit son poignard et
se précipita sur elle. D'un grand sang-froid la
Fausta lui dit :

— Eh bien ! tout ce dont vous vous plaignez est
la pure vérité, mais j'ai essayé de vous la cacher
afin de ne pas jeter votre audace dans des projets
de vengeance insensés et qui peuvent nous perdre
tous les deux ; car, sachez-le une bonne fois, suivant mes conjectures, l'homme qui me persécute
de ses soins est fait pour ne pas trouver d'obstacles
à ses volontés, du moins en ce pays. Après avoir
rappelé fort adroitement qu'après tout M*** n'avait
aucun droit sur elle, la Fausta finit par dire que
probablement elle n'irait plus à l'église de Saint-
Jean. M*** était éperdument amoureux, un peu de
coquetterie avait pu se joindre à la prudence dans
le cœur de cette jeune femme ; il se sentit désarmer.
Il eut l'idée de quitter Parme ; le jeune prince, si
puissant qu'il fût, ne pourrait le suivre, ou s'il
le suivait ne serait plus que son égal. Mais l'orgueil représenta de nouveau que ce départ aurait
toujours l'air d'une fuite, et le comte M*** se dé-
fendit d'y songer.

Il ne se doute pas de la présence de mon petit Fabrice, se dit la cantatrice ravie, et maintenant nous pourrons nous moquer de lui d'une façon précieuse!

Fabrice ne devina point son bonheur; trouvant le lendemain les fenêtres de la cantatrice soigneusement fermées, et ne la voyant nulle part, la plaisanterie commença à lui sembler longue. Il avait des remords. Dans quelle situation est-ce que je mets ce pauvre comte Mosca, lui ministre de la police! on le croira mon complice, je serai venu dans ce pays pour casser le cou à sa fortune! Mais si j'abandonne un projet si longtemps suivi, que dira la duchesse quand je lui conterai mes essais d'amour?

Un soir que prêt à quitter la partie il se faisait ainsi la morale, en rôdant sous les grands arbres qui séparent le palais de la Fausta de la citadelle, il remarqua qu'il était suivi par un espion de fort petite taille; ce fut en vain que pour s'en débarrasser il alla passer par plusieurs rues, toujours cet être microscopique semblait attaché à ses pas. Impatienté, il courut dans une rue solitaire située le long de la Parma, et où ses gens étaient en embuscade; sur un signe qu'il fit, ils sautèrent sur le pauvre petit espion, qui se précipita à leurs genoux : c'était la *Bettina*, femme de chambre de la Fausta; après trois jours d'ennui et de reclusion, déguisée en homme pour échapper au poignard du

comte M***, dont sa maîtresse et elle avaient grand'-
peur, elle avait entrepris de venir dire à Fabrice
qu'on l'aimait à la passion et qu'on brûlait de le
voir ; mais on ne pouvait plus paraître à l'église de
Saint-Jean. Il était temps, se dit Fabrice ; vive l'in-
sistance !

La petite femme de chambre était fort jolie, ce
qui enleva Fabrice à ses rêveries morales. Elle lui
apprit que la promenade et toutes les rues où il
avait passé ce soir-là étaient soigneusement gar-
dées, sans qu'il y parût, par des espions de M***. Ils
avaient loué des chambres au rez-de-chaussée ou
au premier étage ; cachés derrière les persiennes et
gardant un profond silence, ils observaient tout
ce qui se passait dans la rue, en apparence la plus
solitaire, et entendaient ce qu'on y disait.

— Si ces espions eussent reconnu ma voix, dit
la petite Bettina, j'étais poignardée sans rémis-
sion à ma rentrée au logis, et peut-être ma
pauvre maîtresse avec moi.

Cette terreur la rendait charmante aux yeux de
Fabrice.

— Le comte M***, continua-t-elle, est furieux,
et madame sait qu'il est capable de tout... Elle
m'a chargée de vous dire qu'elle voudrait être à
cent lieues d'ici avec vous !

Alors elle raconta la scène du jour de la Saint-
Étienne, et la fureur de M***, qui n'avait perdu
aucun des regards et des signes d'amour que

la Fausta, ce jour-là folle de Fabrice, lui avait
adressés. Le comte avait tiré son poignard, avait
saisi la Fausta par les cheveux, et, sans sa présence d'esprit, elle était perdue.

Fabrice fit monter la jolie Bettina dans un petit
appartement qu'il avait près de là. Il lui raconta
qu'il était de Turin, fils d'un grand personnage
qui pour le moment se trouvait à Parme, ce qui
l'obligeait à garder beaucoup de ménagements.
La Bettina lui répondit en riant qu'il était bien
plus grand seigneur qu'il ne voulait paraître.
Notre héros eut besoin d'un peu de temps avant
de comprendre que la charmante fille le prenait
pour un non moindre personnage que le prince
héréditaire lui-même. La Fausta commençait à
avoir peur et à aimer Fabrice; elle avait pris sur
elle de ne pas dire ce nom à sa femme de chambre,
et de lui parler du prince. Fabrice finit par avouer
à la jolie fille qu'elle avait deviné juste : Mais si
mon nom est ébruité, ajouta-t-il, malgré la grande
passion dont j'ai donné tant de preuves à ta maîtresse, je serai obligé de cesser de la voir, et aussitôt les ministres de mon père, ces méchants
drôles que je destituerai un jour, ne manqueront
pas de lui envoyer l'ordre de vider le pays, que
jusqu'ici elle a embelli de sa présence.

Vers le matin, Fabrice combina avec la petite
camériste plusieurs projets de rendez-vous pour
arriver à la Fausta; il fit appeler Ludovic et un

autre de ses gens fort adroit, qui s'entendirent
avec la Bettina, pendant qu'il écrivait à la Fausta
la lettre la plus extravagante; la situation compor-
tait toutes les exagérations de la tragédie, et Fabrice ne s'en fit pas faute. Ce ne fut qu'à la pointe
du jour qu'il se sépara de la petite cameriste, fort
contente des façons du jeune prince.

Il avait été cent fois répété que, maintenant que
la Fausta était d'accord avec son amant, celui-ci
ne repasserait plus sous les fenêtres du petit palais
que lorsqu'on pourrait l'y recevoir, et alors il y
aurait signal. Mais Fabrice, amoureux de la Bettina, et se croyant près du dénoûment avec la
Fausta, ne put se tenir dans son village à deux
lieues de Parme. Le lendemain, vers les minuit,
il vint à cheval, et bien accompagné, chanter sous
les fenêtres de la Fausta un air alors à la mode, et
dont il changeait les paroles. N'est-ce pas ainsi
qu'en agissent messieurs les amants? se disait-il.

Depuis que la Fausta avait témoigné le désir
d'un rendez-vous, toute cette chasse semblait bien
longue à Fabrice. Non, je n'aime point, se disait-
il en chantant assez mal sous les fenêtres du petit
palais; la Bettina me semble cent fois préférable
à la Fausta, et c'est par elle que je voudrais être
reçu en ce moment. Fabrice, s'ennuyant assez,
retournait à son village, lorsqu'à cinq cents pas
du palais de la Fausta quinze ou vingt hommes se
jetèrent sur lui, quatre d'entre eux saisirent la

bride de son cheval, deux autres s'emparèrent de ses bras. Ludovic et les *bravi* de Fabrice furent assaillis, mais purent se sauver ; ils tirèrent quelques coups de pistolet. Tout cela fut l'affaire d'un instant : cinquante flambeaux allumés parurent dans la rue en un clin d'œil et comme par enchantement. Tous ces hommes étaient bien armés. Fabrice avait sauté à bas de son cheval, malgré les gens qui le retenaient ; il chercha à se faire jour ; il blessa même un des hommes qui lui serrait les bras avec des mains semblables à des étaux ; mais il fut bien étonné d'entendre cet homme lui dire du ton le plus respectueux :

— Votre altesse me fera une bonne pension pour cette blessure, ce qui vaudra mieux pour moi que de tomber dans le crime de lèse-majesté, en tirant l'épée contre mon prince.

Voici justement le châtiment de ma sottise, se dit Fabrice ; je me serai damné pour un péché qui ne me semblait point aimable.

A peine la petite tentative de combat fut-elle terminée, que plusieurs laquais en grande livrée parurent avec une chaise à porteurs dorée et peinte d'une façon bizarre : c'était une de ces chaises grotesques dont les masques se servent pendant le carnaval. Six hommes, le poignard à la main, prièrent son altesse d'y entrer, lui disant que l'air frais de la nuit pourrait nuire à sa voix ; on affectait les formes les plus respectueuses, le nom de

prince était répété à chaque instant, et presque en
criant. Le cortége commença à défiler. Fabrice
compta dans la rue plus de cinquante hommes
portant des torches allumées. Il pouvait être une
heure du matin; tout le monde s'était mis aux
fenêtres, la chose se passait avec une certaine gravité. Je craignais des coups de poignard de la part
du comte M***, se dit Fabrice; il se contente de
se moquer de moi, je ne lui croyais pas tant de
goût. Mais pense-t-il réellement avoir affaire au
prince? s'il sait que je ne suis que Fabrice, gare
les coups de dague!

Ces cinquante hommes portant des torches, et
les vingt hommes armés, après s'être longtemps
arrêtés sous les fenêtres de la Fausta, allèrent pa-
rader devant les plus beaux palais de la ville. Des
majordomes placés aux deux côtés de la chaise à
porteurs demandaient de temps à autre à son altesse si elle avait quelque ordre à leur donner.
Fabrice ne perdit point la tête : à l'aide de la
clarté que répandaient les torches, il voyait que
Ludovic et ses hommes suivaient le cortége autant
que possible. Fabrice se disait : Ludovic n'a que
huit ou dix hommes et n'ose attaquer. De l'intérieur de sa chaise à porteurs, Fabrice voyait fort
bien que les gens chargés de la mauvaise plaisanterie étaient armés jusqu'aux dents. Il affectait de
rire avec les majordomes chargés de le soigner.
Après plus de deux heures de marche triomphale,

il vit que l'on allait passer à l'extrémité de la rue
où était situé le palais Sanseverina.

Comme on tournait la rue qui y conduit, il
ouvre avec rapidité la porte de la chaise, pratiquée
sur le devant, saute par-dessus l'un des bâtons,
renverse d'un coup de poignard l'un des estafiers
qui lui portait sa torche au visage ; il reçoit un coup
de dague dans l'épaule ; un second estafier lui
brûle la barbe avec sa torche allumée, et enfin Fabrice arrive à Ludovic, auquel il crie : *Tue! tue
tout ce qui porte des torches!* Ludovic donne des
coups d'épée et le délivre de deux hommes qui
s'attachaient à le poursuivre. Fabrice arrive en
courant jusqu'à la porte du palais Sanseverina ;
par curiosité, le portier avait ouvert la petite porte
haute de trois pieds pratiquée dans la grande, et
regardait tout ébahi ce grand nombre de flambeaux. Fabrice entre d'un saut et ferme derrière
lui cette porte en miniature ; il court au jardin et
s'échappe par une porte qui donnait sur une rue
solitaire. Une heure après, il était hors de la ville,
au jour il passait la frontière des États de Modène
et se trouvait en sûreté. Le soir il entra dans Bologne. Voici une belle expédition, se dit-il ; je n'ai
pas même pu parler à ma belle. Il se hâta d'écrire
des lettres d'excuse au comte et à la duchesse,
lettres prudentes, et qui, en peignant ce qui se
passait dans son cœur, ne pouvaient rien apprendre
à un ennemi. J'étais amoureux de l'amour, disait-il

à la duchesse ; j'ai fait tout au monde pour le connaître, mais il paraît que la nature m'a refusé un cœur pour aimer et être mélancolique ; je ne puis m'élever plus haut que le vulgaire plaisir, etc., etc.

On ne saurait donner l'idée du bruit que cette aventure fit dans Parme. Le mystère excitait la curiosité : une infinité de gens avaient vu les flambeaux et la chaise à porteurs. Mais quel était cet homme enlevé et envers lequel on affectait toutes les formes du respect ? Le lendemain aucun personnage connu ne manqua dans la ville.

Le petit peuple qui habitait la rue d'où le prisonnier s'était échappé disait bien avoir vu un cadavre, mais au grand jour, lorsque les habitants osèrent sortir de leurs maisons, ils ne trouvèrent d'autres traces du combat que beaucoup de sang répandu sur le pavé. Plus de vingt mille curieux vinrent visiter la rue dans la journée. Les villes d'Italie sont accoutumées à des spectacles singuliers, mais toujours elles savent le *pourquoi* et le *comment*. Ce qui choqua Parme dans cette occurrence, ce fut que même un mois après, quand on cessa de parler uniquement de la promenade aux flambeaux, personne, grâce à la prudence du comte Mosca, n'avait pu deviner le nom du rival qui avait voulu enlever la Fausta au comte M***. Cet amant jaloux et vindicatif avait pris la fuite dès le commencement de la promenade. Par ordre du comte, la Fausta fut mise à la citadelle. La

duchesse rit beaucoup d'une petite injustice que
le comte dut se permettre pour arrêter tout à fait
la curiosité du prince, qui autrement eût pu
arriver jusqu'au nom de Fabrice.

On voyait à Parme un savant homme arrivé du
Nord pour écrire une histoire du moyen-âge; il
cherchait des manuscrits dans les bibliothèques,
et le comte lui avait donné toutes les autorisations
possibles. Mais ce savant, fort jeune encore, se
montrait irascible; il croyait, par exemple, que
tout le monde à Parme cherchait à se moquer de
lui. Il est vrai que les gamins des rues le suivaient
quelquefois à cause d'une immense chevelure
rouge clair étalée avec orgueil. Ce savant croyait
qu'à l'auberge on lui demandait des prix exagérés
de toutes choses, et il ne payait pas la moindre
bagatelle sans en chercher le prix dans le voyage
d'une madame Starke qui est arrivé à une vingtième édition, parce qu'il indique à l'Anglais prudent le prix d'un dindon, d'une pomme, d'un
verre de lait, etc., etc.

Le savant à la crinière rouge, le soir même du
jour où Fabrice fit cette promenade forcée, devint furieux à son auberge, et sortit de sa poche
de *petits pistolets* pour se venger du *camerière* qui
lui demandait deux sous d'une pêche médiocre.
On l'arrêta, car porter de petits pistolets est un
grand crime!

Comme ce savant irascible était long et maigre,

le comte eut l'idée, le lendemain matin, de le faire
passer aux yeux du prince pour le téméraire qui,
ayant prétendu enlever la Fausta au comte M***,
avait été mystifié. Le port des pistolets de poche est
puni de trois ans de galères à Parme ; mais cette
peine n'est jamais appliquée. Après quinze jours
de prison, pendant lesquels le savant n'avait vu
qu'un avocat, qui lui avait fait une peur horrible des
lois atroces dirigées par la pusillanimité des gens
au pouvoir contre les porteurs d'armes cachées ;
un autre avocat visita la prison et lui raconta la promenade infligée par le comte M*** à un rival qui
était resté inconnu. La police ne veut pas avouer
au prince qu'elle n'a pu savoir quel est ce rival :
Avouez que vous vouliez plaire à la Fausta, que
cinquante brigands vous ont enlevé comme vous
chantiez sous sa fenêtre, que pendant une heure on
vous a promené en chaise à porteurs sans vous
adresser autre chose que des honnêtetés. Cet aveu
n'a rien d'humiliant, on ne vous demande qu'un
mot. Aussitôt après qu'en le prononçant vous aurez
tiré la police d'embarras, elle vous embarque dans
une chaise de poste et vous conduit à la frontière,
où l'on vous souhaite le bonsoir.

Le savant résista pendant un mois ; deux ou trois
fois le prince fut sur le point de le faire amener au
ministère de l'intérieur, et de se trouver présent
à l'interrogatoire. Mais enfin il n'y songeait plus
quand l'historien, ennuyé, se détermina à tout

avouer et fut conduit à la frontière. Le prince resta
convaincu que le rival du comte M*** avait une
forêt de cheveux rouges.

Trois jours après la promenade, comme Fabrice,
qui se cachait à Bologne, organisait avec le fidèle
Ludovic les moyens de trouver le comte M***, il
apprit que lui aussi se cachait dans un village
de la montagne sur la route de Florence. Le comte
n'avait que trois de ses *Buli* avec lui; le lendemain, au moment où il rentrait de la promenade,
il fut enlevé par huit hommes masqués qui se
donnèrent à lui pour des sbires de Parme. On le
conduisit, après lui avoir bandé les yeux, dans
une auberge deux lieues plus avant dans la montagne, où il trouva tous les égards possibles et un
souper fort abondant. On lui servit les meilleurs
vins d'Italie et d'Espagne.

— Suis-je donc prisonnier d'État? dit le
comte.

— Pas le moins du monde! lui répondit fort
poliment Ludovic masqué. Vous avez offensé un
simple particulier, en vous chargeant de le faire
promener en chaise à porteurs; demain matin,
il veut se battre en duel avec vous. Si vous le tuez,
vous trouverez deux bons chevaux, de l'argent et
des relais préparés sur la route de Gênes.

— Quel est le nom du fier-à-bras? dit le comte
irrité.

— Il se nomme *Bombace*. Vous aurez le choix

des armes et de bons témoins, bien loyaux, mais il faut que l'un des deux meure!

— C'est donc un assassinat! dit le comte M***, effrayé.

— A Dieu ne plaise! c'est tout simplement un duel à mort avec le jeune homme que vous avez promené dans les rues de Parme au milieu de la nuit, et qui resterait déshonoré si vous restiez en vie. L'un de vous deux est de trop sur la terre, ainsi tâchez de le tuer; vous aurez des épées, des pistolets, des sabres, toutes les armes qu'on a pu se procurer en quelques heures, car il a fallu se presser; la police de Bologne est fort diligente, comme vous pouvez le savoir, et il ne faut pas qu'elle empêche ce duel nécessaire à l'honneur du jeune homme dont vous vous êtes moqué.

— Mais si ce jeune homme est un prince...

— C'est un simple particulier comme vous, et même beaucoup moins riche que vous, mais il veut se battre à mort, et il vous forcera à vous battre, je vous en avertis.

— Je ne crains rien au monde! s'écria M***.

— C'est ce que votre adversaire désire avec le plus de passion, répliqua Ludovic. Demain, de grand matin, préparez-vous à défendre votre vie; elle sera attaquée par un homme qui a raison d'être fort en colère et qui ne vous ménagera pas; je vous répète que vous aurez le choix des armes; et faites votre testament.

Vers les six heures du matin, le lendemain, on servit à déjeuner au comte M***, puis on ouvrit une porte de la chambre où il était gardé, et on l'engagea à passer dans la cour d'une auberge de campagne; cette cour était environnée de haies et de murs assez hauts, et les portes en étaient soigneusement fermées.

Dans un angle, sur une table de laquelle on invita le comte M*** à s'approcher, il trouva quelques bouteilles de vin et d'eau-de-vie, deux pistolets, deux épées, deux sabres, du papier et de l'encre; une vingtaine de paysans étaient aux fenêtres de l'auberge qui donnaient sur la cour. Le comte implora leur pitié. — On veut m'assassiner! s'écria-t-il; sauvez-moi la vie!

— Vous vous trompez, ou vous voulez tromper! lui cria Fabrice qui était à l'angle opposé de la cour, à côté d'une table chargée d'armes; il avait mis habit bas, et sa figure était cachée par un de ces masques en fil de fer qu'on trouve dans les salles d'armes.

— Je vous engage, ajouta Fabrice, à prendre le masque en fil de fer qui est près de vous, ensuite avancez vers moi avec une épée ou des pistolets; comme on vous l'a dit hier soir, vous avez le choix des armes.

Le comte M*** élevait des difficultés sans nombre, et semblait fort contrarié de se battre; Fabrice, de son côté, redoutait l'arrivée de la police, quoique l'on fût dans la montagne à cinq grandes lieues de Bologne; il finit par adresser à son rival les injures les plus atroces; enfin il eut le bonheur de mettre en colère le comte M***, qui saisit une épée et marcha sur Fabrice; le combat s'engagea assez mollement.

Après quelques minutes, il fut interrompu par un grand bruit. Notre héros avait bien senti qu'il se jetait dans une action, qui, pendant toute sa vie, pourrait être pour lui un sujet de reproches ou du moins d'imputations calomnieuses. Il avait expédié Ludovic dans la campagne pour lui recruter des témoins. Ludovic donna de l'argent à des étrangers qui travaillaient dans un bois voisin; ils accoururent en poussant des cris, pensant qu'il s'agissait de tuer un ennemi de l'homme qui payait. Arrivés à l'auberge, Ludovic les pria de regarder de tous leurs yeux, et de voir si l'un de ces deux jeunes gens qui se battaient, agissait en traître et prenait sur l'autre des avantages illicites.

Le combat un instant interrompu par les cris de mort des paysans tardait à recommencer; Fabrice insulta de nouveau la fatuité du comte. — Monsieur le comte, lui criait-il, quand on est insolent, il faut être brave. Je sens que la condition est dure pour vous, vous aimez mieux payer des gens qui sont braves. Le comte, de nouveau piqué, se mit à lui crier qu'il avait longtemps fréquenté la salle

d'armes du fameux Battistin à Naples, et qu'il allait
châtier son insolence; la colère du comte M***
ayant enfin reparu : il se battit avec assez de fermeté, ce qui n'empêcha point Fabrice de lui donner
un fort beau coup d'épée dans la poitrine, qui le
retint au lit plusieurs mois. Ludovic, en donnant
les premiers soins au blessé, lui dit à l'oreille : Si
vous dénoncez ce duel à la police, je vous ferai poignarder dans votre lit.

Fabrice se sauva dans Florence; comme il s'était
tenu caché à Bologne, ce fut à Florence seulement qu'il reçut toutes les lettres de reproches de
la duchesse; elle ne pouvait lui pardonner d'être
venu à son concert et de ne pas avoir cherché à lui
parler. Fabrice fut ravi des lettres du comte Mosca :
elles respiraient une franche amitié et les sentiments les plus nobles. Il devina que le comte avait
écrit à Bologne, de façon à écarter les soupçons qui
pouvaient peser sur lui relativement au duel; la
police fut d'une justice parfaite : elle constata que
deux étrangers, dont l'un seulement, le blessé, était
connu (le comte M***), s'étaient battus à l'épée, devant plus de trente paysans, au milieu desquels se
trouvait vers la fin du combat le curé du village,
qui avait fait de vains efforts pour séparer les duel-
listes. Comme le nom de Joseph Bossi n'avait point
été prononcé, moins de deux mois après, Fabrice
osa revenir à Bologne, plus convaincu que jamais
que sa destinée le condamnait à ne jamais con-

naître la partie noble et intellectuelle de l'amour.
C'est ce qu'il se donna le plaisir d'expliquer fort au
long à la duchesse ; il était bien las de sa vie solitaire et désirait passionnément alors rètrouver les
charmantes soirées qu'il passait entre le comte et
sa tante. Il n'avait pas revu depuis eux les dou-
ceurs de la bonne compagnie.

« Je me suis tant ennuyé à propos de l'amour
« que je voulais me donner et de la Fausta, écri-
« vait-il à la duchesse, que maintenant son caprice
« me fût-il encore favorable, je ne ferais pas vingt
« lieues pour aller la sommer de sa parole ; ainsi
« ne crains pas, comme tu me le dis, que j'aille
« jusqu'à Paris, où je vois qu'elle débute avec un
« succès fou. Je ferais toutes les lieues possibles
« pour passer la soirée avec toi et avec ce comte
« si bon pour ses amis. »